BUCH&media

AF066553

Jürgen Drews, 1933 in Berlin geboren, studierte Medizin, habilitierte sich und wurde Professor für Innere Medizin in Heidelberg und Molekulare Genetik in New Jersey, USA. Von 1970 bis 1998 leitete er die weltweite Forschung und Entwicklung großer international tätiger Pharma-Firmen, zuletzt als Mitglied der Konzernleitung bei Hoffmann-La Roche. Er ist heute freiberuflich tätig und lebt in der Nähe von München und in Naples, USA. 2004 erhielt er den Beckmann Preis der American Laboratory Association für bedeutende Beiträge zur Arzneimittelforschung. Drews veröffentlichte zahlreiche wissenschaftliche Artikel und ist Autor und Herausgeber vieler Fachbücher, z.B. »In Quest of Tomorrow's Medicines« (Springer, New York, 2000). Daneben publizierte er mehrere Romane, u.a. »El Mundo oder die Leugnung der Vergänglichkeit« (2003), »Menschengedenken« (2005), »Der Spiegelmord im Mörderspiel« (2006), »Wie wir den Krieg gewannen« (2007), »Jahresringe« (2008) sowie Erzählungen und Gedichtbände.

Jürgen Drews

Der verschwundene Pianist

Roman

Weitere Informationen über den Verlag und sein Programm unter
www.buchmedia.de

Bibliografische Information der Deutschen Nationalbibliothek
Die Deutsche Nationalbibliothek verzeichnet diese Publikation in der
Deutschen Nationalbibliografie; detaillierte bibliografische Daten sind
im Internet über http://dnb.d-nb.de abrufbar.

März 2010
© 2010 Buch&media GmbH, München
Umschlaggestaltung: Kay Fretwurst, Freienbrink
Umschlagbild: Alexander Raths
Herstellung: Books on Demand GmbH, Norderstedt
Printed in Germany · ISBN 978-3-86520-365-6

Einige handelnde Personen dieses Romans haben in dem fraglichen Zeitraum wirklich gelebt. Ihre Verwicklung in die hier erzählte Geschichte ist jedoch ebenso fiktiv wie die Geschichte selbst.

I

Hin und wieder gerate ich in Situationen, die mir unwirklich erscheinen. Dann ist mir, als hätte ich mich in ein fremdes Dasein verlaufen, in dem ich eigentlich nichts zu suchen habe. Jemand hat mein Leben mit einer anderen Existenz verwechselt. Für eine kurze Zeit bin ich ein anderer, nicht Klaus Mosbacher aus München, sondern eine andere, nicht näher zu benennende Person, die meinen Lebenslauf zwar genau kennt, ihn aber nicht selbst erlebt hat. Solche Zustände zeichnen sich durch ein Gefühl der Leere aus. Ich befinde mich an einem Ort, der mir vielleicht nicht ganz fremd, aber doch unbekannt ist. Jedenfalls erlebe ich ihn als unbekannt. Ich weiß nicht, wie ich an diesen Ort gekommen bin. Natürlich ließe sich mein Weg hierher, in diese alte Wohnung im obersten Stockwerk eines stattlichen Mietshauses am Stubenring in Wien, rekonstruieren. Ich weiß das. Aber es würde mich eine Anstrengung kosten, und ich bin zu müde oder einfach zu träge, um eine solche Anstrengung jetzt zu unternehmen. In gewissem Sinn genieße ich dieses Gefühl der Leere und die damit verbundene Orientierungslosigkeit. Warum? Weil plötzlich alles neu ist. Jamais vu. Ich habe das hier noch nie gesehen.

Ich sitze in einem tiefen Sessel, Fauteuil sagen sie hier in Wien dazu, und bewundere die reichen bunten Jugendstilornamente an den Fenstern. Im schräg einfallenden Nachmittagslicht glühen sie auf, rubinrot, gelb oder grün, leuchten zwischendurch in unergründlichem Blau und werfen dabei farbige Reflexe auf die helle Seidentapete des Zimmers, in dem ich mich befinde. Auch an die weiße Decke, die von einem breiten Band von Stuckverzierungen eingerahmt wird, Putten, die einander Trauben reichen und sich von

Girlande zu Girlande schwingen, fallen einige der farbigen Lichtbahnen. Und drüben, an der den Fenstern gegenüberliegenden Wand, schimmern Schalltrichter und Kurbel aus Messing, Kästen aus rotem Holz, Palisander oder Mahagoni, im Nachmittagslicht. Mein Blick wandert an den geräumigen Etagen eines Regals entlang, auf denen diese Gegenstände aufgereiht stehen. Phonographen, Plattenspieler würde man heute sagen, auf denen man Schellackplatten, die Tonträger einer schon viele Jahrzehnte zurückliegenden Zeit, zum Klingen brachte. Diese ersten, besonders prächtigen Modelle mussten nach einigen Läufen immer aufgezogen werden wie Spieluhren. Neben ihnen stehen Plattenspieler, wie ich sie in meiner Jugend kannte, flache Geräte mit Plastikhauben zur Wiedergabe der auf Langspielplatten gespeicherten Musik: 33 1/3 oder 45 Umdrehungen pro Minute fällt mir dazu ein. Auch Studiogeräte befinden sich darunter, Geräte mit schweren Drehtellern, einige Kilogramm wiegen sie, die einen besonders ruhigen Lauf ermöglichen. Sie sind mit Tonarmen ausgestattet, deren Neigung, den Diamanten oder Saphir beim Abspielen einer Platte immer stärker an die Innenseite einer Tonrille zu pressen, je enger die Kreise werden, durch kleine Gewichte ausgeglichen wird. Diese Gewichte ziehen den Tonarm beständig nach außen. Antiscating nannte man das früher. Je weiter nach rechts und nach unten mein Blick wandert, desto neuzeitlicher werden die Apparate und desto vertrauter wird mir der Ort, an dem ich mich befinde. Auf dem Parkett vor dem Regal steht eine Plattenschneidemaschine: ein Aufnahmegerät, mit dem man die über Mikrophone empfangenen Tonsignale direkt auf eine Polyvinyl- oder Polyacetatplatte übertragen kann. Im unteren Teil des Regals stehen Tonbandgeräte und Abspielvorrichtungen für CDs. Lautsprecher, die aussehen wie kleine Würfel mit einer Kantenlänge von sieben oder acht Zentimetern, sind so im Raum verteilt, dass überall, vor allem aber an der Stelle, an der ich sitze, ein perfekter Raumklang entstehen kann.

»Wie im Goldenen Saal des Musikvereins«, hat mir Anton Muxeneder versichert.

Anton Muxeneder. Dies ist seine Wohnung. Einige Male war ich schon hier. Der Raum mit den bunten Glasfenstern und den vielen alten und neuen Geräten ist sein Tonstudio. Sein Arbeitsraum, in dem er große Musiksendungen des Österreichischen Rundfunks oder auch benachbarter deutscher oder anderer europäischer Sender aufnimmt, entweder auf Tonbändern oder gelegentlich gleich auf Polyvinylplatten. Hier, in dem großen Schrank hinter mir und in einem »Archiv«, das er sich in einer ehemaligen Dienstbotenkammer seiner Riesenwohnung eingerichtet hat, liegen die Schätze, die Muxeneder gesammelt hat – durch Jahre und Jahrzehnte hindurch. Vor mir, auf einem niedrigen Tisch, liegen Bücher, stehen Karteikästen. Drei Kataloge hat Anton angelegt, um seine Aufnahmen jederzeit auffinden und abspielen zu können: ein Verzeichnis der Konzerte, die er aufgenommen hat, ein Personalregister, in dem alle Künstler vermerkt oder aufgeführt sind, die bei den Konzerten mitgewirkt haben, und ein weiterer Katalog mit allen Werken, die hier in dem großen Schrank und drüben im Archiv auf Platten, Magnetbändern oder neuerdings auf CDs festgehalten sind.

»Am besten wäre es, wenn du dir einmal ein paar Tage Zeit nimmst, dich ins Studio setzt und dir ein Bild davon machst, was vorhanden ist«, riet mir Anton, nachdem er sich entschlossen hatte, seine Wohnung aufzugeben und in ein Heim für betreutes Wohnen zu wechseln. »Wenn du die Sammlung nicht haben möchtest, finden wir zusammen vielleicht ein Musikinstitut, einen Sender oder ein Musikarchiv, irgendjemanden halt, der sich dafür interessiert.«

Ich blättere in den Katalogen. Das zuletzt aufgenommene Konzert trägt die Nummer 2156. Mehr als zweitausend Konzerte in vierzig Jahren. Ein Konzert pro Woche.

»Was hat dich dazu getrieben, das alles aufzunehmen und aufzubewahren?«, fragte ich Anton einmal, als unsere langjährige Bekanntschaft schon freundschaftliche Züge angenommen hatte.

»Verrückt, was?«, fragte er zurück.

Nein, nicht verrückt, aber merkwürdig, versuchte ich ihm zu erklären, denn wer sollte das alles hören? Gab es nicht umfangreiche und technisch gut betreute Archive in den großen Sendeanstalten, wollte er mit denen konkurrieren?

Nein, das nicht. Dies hier sei viel persönlicher, nicht so historisch, keineswegs als Dokumentation zusammengestellt.

»Es ist so etwas wie ein musikalisches Tagebuch«, entgegnete Anton. »Musik, das war für mich immer das Höchste, der Inbegriff menschlichen Ausdrucks.«

Ich erinnere mich an dieses Gespräch. Wir saßen in einem Kaffeehaus in Salzburg, vor einem Symphoniekonzert, und tranken Kaffee. Einige Orchestermusiker, die bereits für das bevorstehende Konzert gekleidet waren, saßen an den Nachbartischen und unterhielten sich oder lasen Zeitung.

»Wenn ich dieses Konzert von heute Abend aufnehme, dann wird der Tag, den wir heute zusammen verlebt haben, das Gespräch, das wir jetzt führen, das alles, was wir heute gesehen und erlebt haben, mit aufgenommen. Der Blick vom Kalvarienberg hinunter auf die Salzach zum Beispiel, die weißen Silhouetten der unter uns flussaufwärts fliegenden Schwäne, diese Frühlingsstimmung, die Anemonen an den Waldrändern, der kühle, zerrende Wind, das Gedränge in der Getreidegasse, der Marktplatz mit seinen verlockenden Angeboten, die man nicht wahrnehmen kann, wenn man, wie wir, in einem Hotel wohnt ... Das alles, Klaus, wird wieder lebendig, wenn ich diese Aufnahme später einmal anhöre.«

Ich nickte. Ein musikalisches Tagebuch aus den doch zufälligen Verbindungen von gerade gespielter Musik und den sie umgebenden Ereignissen zusammenzustellen, erschien mir damals als ein etwas abwegiger Gedanke.

»Was spielen sie denn heute Abend?«, fragte ich Anton, der immer alle Programme im Kopf hatte.

»Bruckner, die Fünfte.« Er zog eine Schachtel Zigaretten aus der Tasche und fing an zu rauchen. Später gab er diese Angewohnheit, die mich immer ein wenig an ihm gestört hatte, auf. Ein befrackter Herr, der am Nebentisch saß, fühlte sich durch den aufsteigenden Rauch offenbar animiert. Jedenfalls klopfte er seine Jackentaschen ab, als suche er nach seinen eigenen Zigaretten. Er fand keine und wandte sich ganz ungeniert an Anton: »Entschuldigen Sie, würden Sie mir eine von Ihren spendieren? Ich habe meine Schachtel irgendwo liegen lassen.«

Natürlich reagierte Anton sehr entgegenkommend. »Nehmen Sie die ganze Schachtel«, schlug er vor, »ich habe noch eine zweite.«

Aber der Philharmoniker, um einen solchen handelte es sich, wie wir eine halbe Stunde später herausfanden, wollte nur eine Zigarette. Er musste aus Sachsen stammen, denn seine Dankesformel: »Ich bin Ihnen wirklich sehr verbunden, wirklich, ganz außerordentlich«, klang nach Dresden oder Leipzig.

»Auch so etwas gehört dazu«, sagte Anton zu mir, als wir das Lokal verließen. Als ehemaliger Mitarbeiter des Österreichischen Rundfunks brachte er es immer fertig, sich von den Rohaufnahmen solcher Konzerte eine Kopie zu beschaffen, von der er dann hier in dem Studio, in dem ich jetzt sitze, Kassetten oder Schallplatten anfertigte.

Ein musikalisches Tagebuch, denke ich, während ich den Katalog mit den Künstlern, die in Antons Sammlung vertreten sind, durchblättere. Viele Namen kenne ich, aber längst nicht alle. Ich bin beim Buchstaben »K« angelangt. Karolyi, Julian von; Katchen, Julius. Mit diesen Namen verbinde auch ich Erinnerungen, musikalische und solche, die nicht unmittelbar mit der Musik zusammenhängen, sondern die sich in ihrem Umkreis bildeten. Karajan, Herbert von. Die Fünfte von Bruckner, die hatte Karajan dirigiert, damals, als Anton versucht hatte, mir den Sinn seiner Sammlung zu erklären. Jetzt erinnere ich mich an den wunderbar leisen Beginn des ersten Satzes, an die Pizzikati der Bässe, die der innigen, von den Streichern intonierten Melodie den Charakter einer schrittweisen Annäherung gaben. Mein Blick gleitet die Liste der »K's« entlang. Keilberth, Josef; Klemperer, Otto; Kleiber, Carlos; Kleiber, Erich. Aber halt, da steht noch ein Name, den ich kenne, den ich nicht nur kenne, sondern mit dem sich für mich eine ganze Geschichte verbindet. Kepler, Florian, steht da mit Verweisen auf Konzerte im Jahre 1951 und 1952 in Berlin und in Salzburg. Es trifft mich wie ein Schlag. Florian Kepler, mein Freund Florian. Jedenfalls denke ich gern an diesen Menschen als einen Freund, obwohl wir uns nur wenige Male begegnet sind. Wie kam Anton an diese Aufnahmen? Ich weiß, es ist eine unsinnige Frage. Florians Konzerte wurden damals von RIAS Berlin und vom Österreichischen Rundfunk, vielleicht noch von weiteren Sendern übertragen. Immer war ich der Meinung gewesen, dass es kaum Aufnahmen von Florian gäbe – außer der b-Moll Sonate von Chopin und der a-Moll Suite von Bach habe ich nie etwas von Aufnahmen gehört. Doch, ein Werk fällt mir ein: Von Prokofjews Klavierkonzert Nummer drei gab es schon damals eine Aufnahme.

Ich lege das Namensregister zurück auf den Sofatisch und greife nach dem Verzeichnis der Konzerte. 1951 Berlin, Titania-Palast: Mozart, Klaviersonate a-Moll, Bach, Partita Nummer 2 in c-Moll, Beethovens As-Dur Sonate, Opus 110, und Schubert, die Sonate in B-Dur. Das war ja mein Konzert, fällt mir ein. Ebenfalls aus dem Jahre 1951 eine Aufnahme des Klavierkonzerts Nummer 24 c-Moll von Mozart, dann aus Salzburg vom Sommer 1952 das Konzert für Klavier und Orchester Nummer 3 von Béla Bartók. Ebenfalls 1952 die Diabelli-Variationen und die Goldberg-Variationen aus dem Großen Musikvereinssaal in Wien. Ich habe erst später davon erfahren. Und hinter »Kepler« stehen noch mehr Hinweise auf Konzerte in den Jahren 1950/51 und 1952. Es muss also noch weitere Aufnahmen in Antons Sammlung geben. Nicht jetzt, denke ich mir, ich brauche jetzt Ruhe, einen Augenblick wenigstens. Abstand. Ich stehe auf und gehe ans Fenster. Die Sonne ist hinter den Dächern der benachbarten Häuser verschwunden. Ich trete aus dem Tonstudio hinaus und gehe hinüber in das geräumige Wohnzimmer, dessen Fensterfront auf die Ringstraße hinausweist. Unten fahren die Straßenbahnen vorbei. Die Autos haben ihre Scheinwerfer eingeschaltet. Es herrscht Dämmerung, Zwielicht, die halbe Stunde zwischen Tag und Nacht. Ich will zurück in mein Hotel – unter Menschen. Das Parkhotel kann ich bequem zu Fuß erreichen, und ich kann ja morgen wiederkommen, um mir die Aufnahmen von Florian anzuhören. Was wird Anton dazu sagen, wenn ich ihm von meinem Fund berichte? Vielleicht hat er seine eigenen Erinnerungen an Florian Kepler, denke ich und bin immer noch ergriffen von meiner Entdeckung wie von der Wiederbegegnung mit einem Stück meines Lebens, das mir auf immer entglitten zu sein schien. Bis heute. Bis vor einer Stunde.

Während ich die Ringstraße entlanggehe, überlege ich mir, wie ich Anton am besten erreichen kann. Heute noch? Ich sehe auf die Uhr. Fast sieben. Ich werde ihn anrufen und ihn fragen, ob ich morgen zu einem kurzen Besuch in Klosterneuburg vorbeikommen dürfte.

Am nächsten Vormittag um neun Uhr mache ich mich auf den Weg. Ein Taxi bringt mich hinaus nach Klosterneuburg an den Rand des parkähnlichen Geländes, in dem das Wohnheim liegt, das Anton sich zum Aufenthalt erkoren hat. Ich betrete einen breiten, von alten Bäumen umstandenen Kiesweg, der in sanften Windungen durch Wiesen führt, auf denen jetzt im Frühling viele gelbe Primeln blühen. Im Geäst der alten Kastanien und Ulmen schweben die ersten grünen Schleier. Es riecht nach Erde, nach frischem Grün. Die gelegentlichen Windböen aus Nordwest treffen mich wie kleine

Ermunterungen. Natürlich weiß Anton von meinem Besuch, ich habe ihn ja gestern Abend noch erreicht. Pünktlich wie er ist, wartet er wohl schon auf mich. Nein, nicht nur das: Er kommt mir sogar entgegen. Von Weitem sehe ich seine schlanke, mittelgroße Gestalt auf mich zukommen. Er trägt einen hellen Mantel. Sein silbergrauer Schopf und der etwas kleinschrittige Gang lassen keine Zweifel zu. Jetzt, als nur noch dreißig oder vierzig Meter uns trennen, winkt er mir zu. Dann stehen wir uns gegenüber.

»Du warst im Stubenring?«, fragt er mich, nachdem wir uns begrüßt haben.

Ich nicke. »Ja, und ich habe etwas Neues entdeckt, Anton.«

Er lächelt. Offenbar freut er sich, dass ich gleich auf Anhieb etwas in seiner Sammlung gefunden habe, was mich so beschäftigt, dass ich ihn besuche, um die Neuigkeit zu besprechen.

»Gehen wir ein Stück?«, schlägt er vor und zeigt mit der Hand auf einen Weg, der einige Meter von uns entfernt in freieres Gelände abzweigt.

Die Luft ist mild, ab und zu erinnert ein kühler Windstoß daran, dass wir uns erst im April befinden. Kleine weiße Wolken ziehen über einen Himmel, der wie frisch gewaschen wirkt. Von Zeit zu Zeit verschatten sie für Sekunden, allenfalls für ein oder zwei Minuten die Sonne.

»Einen der Künstler in deinem Katalog kenne ich persönlich.« Ich falle gleich mit der Tür ins Haus. »Es war fast eine Freundschaft zwischen uns damals, die ein plötzliches Ende nahm. Danach verschwand sein Name aus den Feuilletons, aus den Zeitungen, selbst aus den Musikzeitschriften. Diese gewaltsam beendete Freundschaft hat mich mein ganzes Leben lang begleitet wie etwas Unerledigtes, etwas, das irgendwann noch aufgelöst werden müsste. Und nun, nach fast einem halben Jahrhundert, entdecke ich Aufnahmen von ihm.« Ich bleibe stehen. »Ich war ganz bewegt gestern. Deshalb ...«

»Deshalb hast du gestern Abend noch angerufen?«

»Ja, ich wollte hören, ob du noch etwas von Florian Kepler weißt, etwas, das mir mehr Klarheit über sein Leben geben könnte.«

»Der Pianist Florian Kepler«, antwortet Anton, wohl um zu bestätigen, dass wir dieselbe Person meinten.

»Ja, der.«

Anton nickt. Wir spazieren nebeneinander her. Anton überlegt sich etwas. Vermutlich legt er sich zurecht, was er mir über Florian Kepler mitteilen kann. Dann sagt er: »Kepler galt Ende der vierziger und zu Anfang der fünfziger Jahre als ein Vertreter einer neuen Generation amerikanischer Pianisten. Gary Graffmann gehörte auch dazu, Van Cliburn, Leon Fleisher und noch ein oder zwei andere.« Anton bleibt stehen und weist mit seinem Spazierstock auf eine etwa hundert Meter entfernte Bank, die vor einer aus Felssteinen errichteten Mauer steht und nach Süden blickt. »Gehen wir dorthin?« Er meint wohl, dass wir im Sitzen besser über meinen Freund sprechen könnten.

»Florian Kepler galt als der Begabteste in dieser Gruppe«, sagt Anton, »deshalb habe ich seine frühen Konzerte aufgenommen in der Hoffnung, sie eines Tages mit weiteren Einspielungen vergleichen zu können.«

»Du sprichst wie ein Kritiker.«

»So?« Anton scheint plötzlich reserviert.

»Kanntest du ihn persönlich?«

»Nein.« Anton schüttelt den Kopf. Es sieht aus, als dächte er nach – über etwas lange Zurückliegendes. »Aber du«, sagt er, »du kanntest ihn?«

»Ja, ich sagte es ja schon.«

Wir sind bei der Bank angekommen. An einem Tag wie heute ist es wirklich ein geeigneter Platz für ein ruhiges Gespräch. Die kleine Felssteinmauer in unserem Rücken schützt uns vor den gelegentlichen Windstößen. Die Frühlingssonne wärmt uns. Der Blick wandert über Wiesen, die immer noch braune Flecken aufweisen, aber dabei sind, sich mit jedem Tag dichter zu begrünen. Zu unseren Füßen blühen ein paar Veilchen und Primeln, und zweihundert Meter weiter südlich umschließt der Rand eines Wäldchens die Wiesen in einem anmutigen Halbkreis. Wir setzen uns.

»Ja, ich kannte Florian Kepler recht gut.« Ich zögere. »Eine Zeit lang meinte ich sogar, ihn sehr gut zu kennen.«

Anton, der rechts neben mir sitzt, blickt geradeaus über die Wiesen zu dem sanft geschwungenen Waldrand. Er wirkt nicht sehr teilnehmend, obwohl er doch darauf bestanden hat, dass ich in seine Wohnung gehe und mir dort seine Sammlung ansehe und anhöre. Aber vielleicht täusche ich mich.

»Erzähle«, sagt er, ohne seine Blickrichtung zu verändern.

»Es ist eine längere Geschichte.«

Jetzt lächelt Anton. »Umso besser – wir haben doch Zeit.«

Ja, denke ich. Zeit haben wir, aber verfügen wir auch über die Fähigkeit, etwas lange Zurückliegendes wieder in die Gegenwart zu holen, ohne es dabei zu verfälschen?

»Ich hoffe, dass ich alles richtig erzähle«, sage ich.

Anton rührt sich nicht. Komisch. Wie ich ihn kenne, hätte er mich in einer solchen Situation ermuntert, es einfach zu versuchen, hätte gesagt: »Nun fang schon an, ich bin neugierig.« Aber er sagt nichts dergleichen.

Ich beginne zu erzählen.

2

Es war im Hochsommer 1949. Wir, das heißt eine Gruppe von vielleicht fünfzig Studenten aus verschiedenen europäischen Ländern, waren zum Abschluss eines einjährigen Studienaufenthaltes in den USA in Washington zusammengekommen, um die Stadt anzusehen und um über unsere Erfahrungen zu berichten. Alles war sehr aufregend. Du musst wissen, dass wir die erste europäische Gruppe von Studenten darstellten, in der auch Angehörige der ehemaligen Kriegsgegner vertreten waren, also Deutsche, Österreicher, Italiener. Unsere Tutoren waren fähige junge Leute, nur einige Jahre älter als wir selbst. Sie behandelten uns alle als ihresgleichen und bemühten sich sehr, uns für die Vorstellung einer gemeinsamen Zukunft zu begeistern. Wir seien das junge Europa. Ob wir früher Freund oder Feind waren, sei jetzt unwichtig, heute seien wir alle Partner für eine gemeinsame Zukunft. So etwa.

Zum Abschluss unseres Besuches in der Hauptstadt veranstalteten sie für uns in der National Gallery of Art ein Konzert. Und der Künstler, der an diesem Nachmittag für uns spielte, war kein anderer als Florian Kepler. Er war damals schon eine Berühmtheit in den USA und befand sich auf dem Sprung in eine internationale Karriere.

Das Konzert fand in einem der oberen Stockwerke der Galerie statt. In einer Rotunde hatte man einen Konzertflügel aufgestellt und Stühle darum herum gruppiert. Auf jedem Sitz lag ein Programm. Eine Mozart-Sonate und die Chopin-Etüden aus Opus 10 waren angekündigt. Ein kurzes Programm, aber es war ja auch nur ein Konzert außer der Reihe, eine Art Gruß eines amerikanischen Künstlers an die Idee des Studentenaustausches und der neuen Partnerschaft, auf die man damals in Amerika baute.

Dann trat Steve neben das Klavier, Steve Pendergast, der unsere Reise nach Washington begleitet hatte und der alles für uns organisierte. Steve kündigte Florian Kepler an. Aus seiner kurzen Einführung erfuhr ich zum ersten Mal, dass Florian aus Europa, genauer aus Wien stammte. Als Kepler dann selbst erschien, jung, aber ernst, gesammelt und mehr auf sich selbst als auf uns konzentriert, dachte ich: Na, vielleicht ist da jemand, der Böses erfahren hat und der dieses Konzert nur mit Vorbehalten spielt. Jedenfalls wirkte er anfangs bei Mozart noch sehr reserviert. Die Akustik des Raumes war nicht gut – es hallte. Dennoch begriff ich sehr schnell, und auch die anderen Mitglieder unserer Gruppe schienen das zu verstehen, dass Florian Kepler hervorragend Klavier spielte. Er war ganz auf seine Musik konzentriert. Der Mozart, die späte Sonate in B-Dur aus dem Jahr 1789, erklang verspielt, heiter, fast belanglos. Aber die Reinheit und die Genauigkeit von Florians Spiel beeindruckten uns alle als außergewöhnlich, auch wenn die meisten von uns noch nicht viele Konzerte gehört hatten. Außerdem: Im Adagio dieser Sonate, einer innigen, auf dem Es-Dur-Dreiklang aufgebauten Melodie, hatte ich plötzlich das Gefühl, nach einem Jahr Amerika wieder nach Hause gekommen zu sein. Diese Musik erinnerte mich auf eine heitere und doch nachdrückliche Weise an München, an Salzburg, an Europa, an meine Heimat, die zwar noch in Trümmern lag, aber deren Musik unversehrt geblieben war. Die Anteilnahme wuchs. Man merkte es an der enormen Stille, mit der wir Florian Kepler zuhörten. Nach den Chopin-Etüden entlud sich die Spannung. Kepler wurde gefeiert, als hätte er ein Wunder vollbracht – und vielleicht hatte er das auch. Jetzt erst schien er Freude an diesem Konzert zu haben, und er spielte weiter mit Inbrunst und Konzentration: eine späte Beethoven-Sonate, die in As-Dur, Opus 110. Nachdem er geendet hatte, saßen wir alle da wie gebannt. Dann wurde geklatscht. Fünfzig Gesichter strahlten den Pianisten an. Viele drängten nach vorn, um ihm Fragen zu stellen, ihm die Hand zu drücken. Manche hielten ihm einen Programmzettel entgegen und baten um ein Autogramm. Kepler, der zunächst ein wenig steif auf mich gewirkt hatte, freute sich sichtlich über seinen Erfolg. Er lächelte, lachte sogar, sprach Englisch, Deutsch, dazwischen ein paar Brocken Spanisch oder Französisch. Für ihn war es ein Bad in der Menge, wie man sagt, aber eben in einer handverlesenen, kleinen Menge. Diese jungen Leute schlossen ihn in ihr Herz, und Florian erwiderte ihre Freude und wurde ebenfalls zutraulich. Ich wartete, bis der Ansturm vorüber war und er wieder allein an seinem Flügel stand und nach seiner Tasche suchte, die er an einer Balustrade abgestellt hatte. Da erst trat ich auf ihn zu und sprach ihn auf Deutsch an.

»Ich habe von Ihnen gelesen«, sagte ich und fügte hinzu: »Es wäre schön, wenn wir Sie auch in Europa hören könnten.«

»Ich weiß ...«

Sie haben vielleicht etwas gegen Ihre Heimat, wollte ich sagen, aber die Menschen dort sehnen sich nach guter Musik und danach, dass jemand wie Sie, ein junger, berühmter Mann, der einmal einer der Ihren war, zurückkommt und ihnen nicht mehr grollt. Aber natürlich sagte ich das nicht. Nein, ich vermutete nur, dass er sehr beschäftigt sei hier in Amerika und verlor ein paar anerkennende Worte über das Museum, in dem wir uns befanden.

»Da bleiben Sie vielleicht lieber hier, wo Sie sind«, sagte ich und warf einen bewundernden Blick in die neoklassizistische Halle, auf die Säulen und auf den kleinen Springbrunnen, der aus dem unteren Stockwerk leise zu uns heraufplätscherte.

»Hat es dir also gefallen?«, sagte er halb fragend, halb nachdenklich. Er sprach Deutsch ohne Mühe, wie mir schien. Offenbar machte es ihm sogar Freude, denn er lächelte dabei. Dass er mich gleich duzte, wunderte mich nur eine Sekunde lang, denn wer war ich denn? Ein Student, der gerade angefangen hatte, Medizin zu studieren, ein bisschen Botanik, Zoologie, Chemie, Physik und Anatomie. Wie das eben so ist in den ersten vorklinischen Semestern. Er dagegen ein Pianist, noch jung zwar, aber auf dem Sprung ganz nach oben, ein Zögling von Rudolf Serkin, hatte im Programm gestanden.

»Darf ich ›du‹ sagen?«, fragte er, als hätte er meine Gedanken erraten.

Ich glaube, ich wurde rot wie ein Backfisch vor Freude. Er muss damals vierunddreißig Jahre alt gewesen sein, wenn das Geburtsdatum im Programm stimmte, aber er wirkte fast wie ein Vierundzwanzigjähriger – nur ernster, nachdenklicher. Wie jemand, der ständig mit seinen Gedanken woanders ist oder der einen geheimen Kummer hat. Wir standen immer noch an dem Steinway, auf dem er soeben gespielt hatte. Zwei Männer in blauen Drillichanzügen klappten den Deckel zu und rollten das große Instrument in einen Nebenraum.

»Ich bin allein heute Abend«, sagte Florian Kepler, »wollen wir etwas zusammen unternehmen?«

Vielleicht dachte ich zu lange über sein Angebot nach, denn er schränkte plötzlich ein: »Wenn du nicht etwas mit deiner Gruppe vorhast?«

»Nein oder vielmehr doch, aber wir wollten nur zusammen irgendwohin zum Essen gehen, ich kann mich freimachen.«

Er lächelte wieder, aber seine Augen blieben ernst dabei. »Sicher?«, fragte er.

»Ja, ganz sicher. Ich müsste nur Bescheid sagen – aus Höflichkeit.«

Er nickte. »Ich warte unten am Ausgang auf dich«, sagte er und griff nach seiner Tasche.

»Bis gleich«, rief ich und lief den Mitgliedern meiner Gruppe hinterher, die in den angrenzenden Räumen verschwunden waren. Ich sah einige rote und blaue Röcke, weiße Blusen, die mir bekannt vorkamen, und entdeckte endlich Rosemarie Pfaff an ihrer treuherzigen Frisur: Sie trug ihre langen blonden Zöpfe immer mehrfach um den Kopf gewickelt. Die Amerikaner mochten das. »Sind die echt?«, fragten sie Rosemarie jedes Mal, wenn sie mit ihr ins Gespräch kamen.

»Wo ist Steve?«, rief ich Rosemarie zu. Sie zeigte mit dem Finger in einen der Nebenräume. »Dutch Masters« war da auf einem Schild zu lesen. Ich folgte ihrem Hinweis und fand Steve vor einer holländischen Landschaft. Er stand einige Meter von dem Bild entfernt, den linken Arm angewinkelt, den rechten Ellenbogen in die linke Hand gestützt, mit den Fingerspitzen seiner rechten Hand sein Kinn betastend. Versunken wirkte er, nachdenklich. Vielleicht hatte er in Gedanken Eingang in diese Landschaft gefunden, war dreihundert Jahre und fünftausend Kilometer weit zurückgewandert und spürte den von der See kommenden Nordwestwind, wunderte sich über den fernen Horizont und über den unendlich weiten Wolkenhimmel. Ich störte ihn ungern, aber unten wartete Florian Kepler.

»Steve?« Ich hatte ihn zu leise angesprochen, noch dazu schräg von hinten. »He, Steve?«

Diesmal drehte er sich um, erkannte mich, lächelte und schob gleichzeitig seine Brille nach oben. Er sah mit seinem schmalen Gesicht und den blonden Haaren, die er offenbar nie kämmte, selbst noch aus wie ein Student. Dabei musste er den Aufpasser spielen. »Chaperone« hieß das hier. Ich berichtete Steve von meinem Gespräch mit Florian Kepler und dass Kepler mich eingeladen hätte, den Abend mit ihm zu verplaudern.

Steves Augen weiteten sich. »Tatsächlich?«, fragte er. Sein Lächeln verschwand. War er enttäuscht, dass ich mich absetzen wollte?

»Ist das in Ordnung?«, fragte ich.

»Natürlich gehst du«, sagte Steve. »Bessere Gesellschaft findest du heute Abend in ganz Washington nicht. Wir sind im Forum.« Er zog einen Zettel aus der Tasche und schrieb mir die Adresse des Restaurants auf. »Falls du noch Zeit hast. Später dann im Hotel. Du kennst dich doch aus?«

»Ich denke schon.«

»Viel Spaß«, sagte Steve und: »Pass schön auf, er ist ein interessanter Kerl.« Dann schüttelte er den Kopf. »Hätte ich nie gedacht.«

»Nie gedacht? Was?«

»Dass er einen von euch einlädt.«

Ich musste ein erstauntes Gesicht gemacht haben, denn Steve erwähnte plötzlich, dass Kepler zunächst überhaupt nicht für uns spielen wollte.

»Und warum nicht?«

Steve zuckte die Achseln. »Hat er nicht gesagt. Vielleicht erklärt er es dir. Also«, er wandte sich wieder seinem Bild zu und nahm dabei die gleiche Haltung ein, in der ich ihn angetroffen hatte.

Ich beeilte mich, nach unten zum Ausgang zu kommen. Das Hauptportal war noch geöffnet. Das Haus schloss um sechs, die Besucher schlenderten zum Ausgang und über die Freitreppe hinunter zur Mall. Kepler stand seitlich auf dem Treppenabsatz vor dem Portal. Er hatte sich an eine der Säulen gelehnt und kramte in seiner Aktentasche. Erst jetzt fiel mir auf, dass er sich für dieses Konzert nicht besonders gut angezogen hatte. Graue Hosen, ein Sportjackett, ein weißes Hemd, eine blaue Krawatte, braune Schuhe. Er schien jetzt gefunden zu haben, was er suchte. Er überflog das Blatt Papier, dann bemerkte er mich. »Da bist du ja schon.«

»Ich habe mich beeilt«, antwortete ich. Etwas Besseres fiel mir im Augenblick nicht ein.

Er lächelte, was ihm gut stand, auch wenn seine Augen dabei ganz ernst blieben. »Weißt du, ich habe nach einer Adresse gesucht«, erklärte er mir. »Ein Club, bei dem ich Mitglied bin. Sie haben überall ihre Niederlassungen, auch hier. Nur in Washington bin ich so selten, deswegen muss ich immer erst die Adresse wieder finden.«

Wir gingen nebeneinander die Treppe hinunter zur Mall, wo Taxis warteten.

»Ist es dir recht, dass wir in den Club gehen? Das Essen ist nur mittelmäßig, aber man ist dort ungestört.«

»Natürlich.«

»Ich bin sehr geräuschempfindlich, und die Restaurants hierzulande können sehr laut sein.«

Kepler öffnete die hintere Tür eines Taxis. »Sind Sie frei?«, fragte er den Fahrer. Der bejahte und legte den Hebel seines Streckenzählers um. Das Gerät fing an zu ticken.

»Georgetown«, sagte Kepler und nannte eine Straße und eine Hausnummer.

Der Fahrer nickte.

»Wie heißt du eigentlich?«, fragte Kepler mich. »Wir haben uns ja noch gar nicht bekannt gemacht.«

»Klaus Mosbacher«, stellte ich mich vor. In den USA hatte ich mit meinem bayerischen Namen immer Probleme. »Wie buchstabiert man das?«, wurde ich immer gefragt, und dann kam immer etwas heraus, das wie ›Masbäcker‹ klang. Kepler sagte nur: »Klingt österreichisch.«

»Oder bayerisch«, antwortete ich, denn mein Großvater stammte aus dem Allgäu. Florian Kepler nickte. Er machte auf mich einen etwas abwesenden Eindruck. Warum er mich eingeladen hatte, mit ihm in seinen Club zu gehen, war mir nicht klar. Warum hatte er überhaupt jemanden eingeladen? War er vielleicht nicht gern allein?

Wir fuhren jetzt durch stillere Straßen. Viele der Gebäude waren aus roten Ziegeln gebaut und hatten Treppen, die von der Straße gleich in ein etwas erhöhtes Parterre führten. Ich war damals noch nie in England gewesen, aber was ich von Bildern her kannte, ähnelte dem sehr.

»Hier ist es«, sagte Kepler und holte seine Börse aus der Hosentasche. Wir hielten vor einem mehrstöckigen Gebäude, das wie ein Mietshaus aussah. Vor der Eingangstür lag ein verstaubter roter Hanfteppich, der von einem Baldachin überdacht war. Er reichte über den Gehsteig fast bis an die Straße. Ein schwarzer Portier stand neben dem Eingang. Er trug einen Zylinder, einen langen lodengrünen Mantel mit Tressen an den Ärmeln, ebenso gefärbte Hosen und weiße Handschuhe. Als er bemerkte, dass wir es auf den von ihm bewachten Eingang abgesehen hatten, trat er an das Taxi und riss mir die Tür auf. Kepler war inzwischen schon auf der anderen Seite ausgestiegen.

»Willkommen im Vanderbilt Club«, rief der Portier und blitzte uns mit seinen weißen Zähnen so freundlich an, als seien wir liebe, lang entbehrte Verwandte von ihm.

Wir betraten die Halle, in der ein Kristallleuchter von der Decke hing. Der Portier begleitete uns. Kepler stellte ein paar Fragen, die ich nicht verstand, und der Portier nickte. Wir schienen angemeldet zu sein und stiegen eine etwas protzige Treppe empor, die zu einem in eine Wand eingelassenen Brunnen führte und sich an dieser Stelle nach links und rechts verzweigte. Die Räume, in die wir jetzt kamen, waren alle mit dunklem Holz getäfelt. Auch die Möbel, zumeist von Sesseln umstandene niedrige Tische, waren in dunklen Tönen gehalten. Obwohl Hochsommer war, flackerte Feuer in den Kaminen. Ich kam mir vor wie im Theater. Kepler schien meine Verwunderung nicht zu bemerken.

»Eine Marotte«, sagte er trocken. »Englischer Herrenclub, Frauen sind unerwünscht, Musik ebenso, außer bei besonderen Anlässen. Auf Ruhe wird Wert gelegt und darauf, dass sich nicht viel ändert. Alles muss so sein, wie es schon immer war. Die Kaminfeuer beweisen es. Sie sind eine Erinnerung an das kühle, feuchte Wetter auf der britischen Insel. Trinken und Zeitung lesen sind die Hauptbeschäftigungen«, fügte er hinzu und wies auf einen Stapel von Magazinen, die in einem Regal lagen, und auf die Tageszeitungen, die, eingespannt in lange Holzklammern, an den Wänden hingen wie Mäntel in einer Garderobe. Wir suchten uns eine entfernte Ecke des großen Aufenthaltsraumes und ließen uns in zwei Sessel fallen, die dort standen.

»Hier kann uns der Ober sehen, wenn unser Tisch fertig ist«, erklärte Florian.

Eine überflüssige Bemerkung, denn der Ober aus dem angrenzenden Speisesaal kam ohnehin ständig angerannt, um seine Gäste für das Abendessen zu finden, die sich unter den hohen Sessellehnen versteckt hatten. Er kam auch zu uns und fragte in antrainiertem Oxford-Englisch, ob wir einen Drink wollten.

Florian bestellte sich einen Gin Tonic. »Und was möchtest du?«, fragte er dann auf Deutsch, was zur Folge hatte, dass die Augenbrauen des Obers sich hoben. »Ungewohnte Klänge?«, fragte ich Florian Kepler.

»Also was? Coca Cola?«

Ich war einverstanden. Meine Alkoholtoleranz war damals noch wenig entwickelt, und ich wollte nichts riskieren. Der Ober nickte und ließ diese Bewegung seines Kopfes mit routiniertem Schwung in eine Kehrtwendung münden, in der ich eine gewisse Ablehnung zu spüren meinte. Ich war wohl der Einzige, der hier Coca Cola bestellte.

»Steve«, sagte ich, »Steve Pendergast, der uns hier herumführt …«

Florian nickte.

»Er meinte, Sie hätten zuerst gar nicht für uns spielen wollen?«

»Nein, wollte ich nicht. Da hat er recht.«

»Darf ich fragen …?«

Ich kam mit meiner Frage nicht bis ans Ende, denn der Kellner brachte unsere Getränke, Kepler seinen Gin Tonic, mir ein großes, mit Eiswürfeln gefülltes Glas mit einer noch leise vor sich hin prickelnden Coca Cola.

»Also.« Kepler hob sein Glas.

Ich tat ein Gleiches und kam mir dabei ein wenig unterbelichtet vor. Klaus Mosbacher aus München in der großen weiten Welt in Gesellschaft eines Sterns am Pianistenhimmel, der von Nacht zu Nacht heller schien.

»Du magst Musik?«

Ja, natürlich, wollte ich sagen. Ich bin vernarrt in Musik, vor allem in die Musik der Klassik und Romantik, in Haydn, Mozart, Beethoven, Schubert, Schumann, Brahms. Von Bruckner und Mahler hatte ich damals noch nichts gehört. Aber ich nickte nur.

»Wenn du Musik magst, muss dir doch die Akustik in diesem Bildertempel aufgefallen sein. Der Nachhall. Es klingt wie in einer Bahnhofshalle. Das war der Grund.« Kepler trank noch einen Schluck. »Ich hätte gern in einem guten Saal für euch gespielt.«

»Also mit uns hatte es nichts zu tun – ich meine damit, dass viele Deutsche und Österreicher in unserer Gruppe sind?«

»Warum sollte mir das etwas ausmachen?« Dass ich überhaupt an so etwas dachte, schien Kepler zu ärgern. Er schüttelte den Kopf. »Nein«, sagte er, und einen Augenblick lang hatte ich den Eindruck, dass er die Unterhaltung mit mir am liebsten beendet hätte. Und vielleicht hätte er mich auch gebeten zu gehen, wenn ich nicht ganz plötzlich gesagt hätte: »Entschuldigen Sie, Mister Kepler, vielleicht war es dumm von mir, so etwas zu vermuten.«

»Was zu vermuten?«

»Na, vielleicht eine Gekränktheit über das Unrecht, das Ihnen zugefügt worden ist.« Ich redete jetzt mit größerer Selbstsicherheit als zuvor. Wenn aus dieser Bekanntschaft nichts würde, dann wollte ich wenigstens frei und offen gesprochen haben. »Uns, ich meine, den Deutschen in dieser Gruppe, sind die Menschen hier im Lande meistens genauso freundlich und offen begegnet wie den Norwegern, den Iren, den Schotten und wen wir sonst noch so in unserer Gruppe haben. Aber es gab auch Ausnahmen. Es gab auch Leute, die uns geschnitten haben, in New York zum Beispiel. Da war ein Geiger, der nicht für uns spielen wollte, weil wir aus den ehemaligen Feindländern kamen, oder ein jüdischer Professor für Geschichte, der erst so tat, als wollte er zu uns sprechen und sich dann mit dem Hinweis von uns verabschiedete, dass wir Kinder einer Generation von Mördern seien. Er könne nicht mit uns reden. Deutschland sei ein Paria unter den Ländern, ein ausgestoßenes, moralisch diskreditiertes Land. ›Sie sollten wissen, warum ich nicht Ihr Freund sein kann‹, sagte er und ließ uns einfach stehen – zum Entsetzen unserer Begleiter.«

Ich redete, wie mir ums Herz war, und erwähnte nur diese beiden Zwischenfälle. In Wirklichkeit hatten wir einzeln, während unserer individuellen Aufenthalte, noch ganz andere Dinge erlebt. Davon wollte ich ihm auch noch erzählen, aber Kepler winkte ab. Offenbar verstand er mich.

»Ich bewundere die Organisation, die euch hergebracht hat, den American Exchange Service«, sagte er. »Du kommst aus Deutschland – aus München, Klaus. Ich stamme aus Wien. Ich will wissen, wie die jungen Leute aus deiner Generation denken, wie sie die Welt sehen. Seid ihr kritisch oder einfach dankbar für die erwiesene Freundlichkeit? Was geschehen ist, das ist geschehen. Deine Generation hatte damit nichts zu tun. Aber wie soll es nun weitergehen mit Deutschland und auch mit meiner Heimat Österreich? Und überhaupt mit Europa? Das ist doch die Frage.«

Kepler saß jetzt ganz aufrecht, hatte die Ellenbogen auf seine Knie gestützt und die Hände zusammengelegt. So gesammelt hatte er vor zwei Stunden ausgesehen, als er für uns spielte. Die ernsten braunen Augen, das wellige braune Haar, das er nach einer damals in Europa aufkommenden, aber in den USA noch nicht weit verbreiteten Mode recht lang trug, sodass nicht nur sein Kopf, sondern auch die Schläfen von langen, nach hinten gekämmten Haaren bedeckt waren, die kräftigen Brauen, der feste Mund mit den wie im Trotz leicht aufgeworfenen Lippen, die wohlproportionierte Nase und das kräftige Kinn. Kepler sah gut aus, er hätte, so dachte ich, während er mit mir sprach, auch Filmschauspieler werden können. Aber dafür war er vielleicht zu »seriös«, zu »aufrichtig«. Zu »sincere«, wie man hier sagte.

»Du bist jung, Klaus, ihr alle seid so jung, ihr seid Anfänger im besten Sinne des Wortes. Du bist frei, frei von Schuld, also benimm dich auch wie ein freier Mensch.« Er musterte mich mit seinem ernsten Blick. Dann lächelte er. »Die Musik, um die es mir am meisten geht, kommt aus Europa: aus Wien, aus Salzburg, aus München, aus Thüringen und Sachsen – habe ich was vergessen?«

Wir hatten unsere Gläser leer getrunken. Der Ober kam und bedeutete Florian, dass der Tisch für uns bereitstünde. Florian nickte mir zu. Immer noch fühlte ich mich wie in einem nicht besonders gut gelungenen englischen Film, aber ich hatte meinem Herzen Luft gemacht, und Florian hatte freundlich darauf reagiert.

»Erzähl mir ein bisschen von dir«, forderte er mich auf, nachdem wir uns gesetzt hatten.

Ich fasste mein Leben kurz zusammen: 1930 in München geboren, der Vater Angestellter bei den Bayerischen Motorenwerken, die Mutter Hausfrau, eine zwei Jahre jüngere Schwester. Beide Eltern künstlerisch interessiert, dabei gut katholisch.

»Ich habe wohl eine typisch bayerische Kindheit verlebt«, sagte ich, obwohl ich für diese Vermutung kaum Beweise hatte. Zu einem erheblichen Teil schien unser Leben in ähnlichen Bahnen zu verlaufen wie das meiner Spielkameraden und Schulfreunde. Typisch? Das sagt man eben, wenn man neunzehn ist und gerade angefangen hat zu leben.

»Wir hatten unser Auskommen, sonntags gingen wir alle in die Kirche, wenn wir nicht, was später immer häufiger geschah, an den Wochenenden in die Berge fuhren. Zu Hause – wir wohnten in Schwabing – wurde viel musiziert, vorgelesen, später, als wir zur Schule gingen, auch diskutiert. Nein, mein Vater wurde nicht einberufen, er war in einem kriegswichtigen Betrieb beschäftigt. Dann kamen die Bombennächte. Mein Vater brachte uns hinaus aufs Land, ins Allgäu – sagt Ihnen das etwas?«

»Natürlich, das ist ja schon fast Österreich«, erwiderte Kepler und fragte: »Das kleine und das große Walsertal?«

»Die sind noch deutsch«, behauptete ich.

»Aber österreichisches Zollgebiet?«

»Oder umgekehrt?«, fragte ich. Plötzlich wusste ich es auch nicht mehr so genau.

Es gab zwar eine Speisekarte in diesem Club, aber sie diente lediglich der Information über das jeweilige Angebot. Man konnte entweder das ganze Menü essen oder nur ein oder zwei Gänge. Ich entschied mich für den Fisch und den Salat, Florian nahm ein Steak und eine Idaho Potato mit Sour Cream.

»Damit können sie nicht viel falsch machen«, begründete er seine Wahl.

»Das Konzert heute Nachmittag«, sagte ich. »War das so geplant, oder war da plötzlich Improvisation im Spiel?«

Kepler hatte wieder seine Lieblingshaltung angenommen: die Unterarme auf dem Tisch, leicht nach vorn gebeugt. Er schaute die meiste Zeit auf das Tischtuch, hob aber hin und wieder den Blick und sah mich aus seinen großen, ernsten Augen an.

»Die Mozart-Sonate und die Chopin-Etüden waren geplant.«

»Und dann?«

Er sah mich wieder an. Manchmal fand ich seinen Augenaufschlag fast mädchenhaft. »Dann geschah etwas mit mir«, sagte er, und dabei war wirklich eine Spur von Schwärmerei und Verträumtheit in seinen Augen.

»Und was war das?«

»Das wart ihr.« Kepler musste seine Lieblingshaltung einen Augenblick lang aufgeben, weil der Ober ihm seinen Salat brachte. Aber dann ignorierte er die grünen Blätter, die jetzt vor ihm standen. »Ich spürte plötzlich eine Anspannung, ein Mitgehen der Zuhörer.« Er fing an, einzelne Blätter mit der Gabel aufzuspießen und aß etwas von seinem Salat.

»Kennst du das?« Er legte seine Gabel wieder hin.

Ich nickte, obwohl ich keine Ahnung hatte, wovon er redete. Ich wollte nur, dass er weitersprach.

»Geht es dir manchmal auch so?«

»Wie?«

»Du spürst die Anteilnahme, die Empathie, das momentane Glück deiner Zuhörer, du spürst das wie ein Medium, das dich durchflutet, dem du dich nicht entziehen kannst. Es ist wie ein höheres Einverständnis, eine von Gott gestiftete Zusammengehörigkeit.«

Kepler wandte sich wieder seinem Salat zu und schob dann den abgegessenen Teller ein Stück von sich fort. »Oder von einem guten Geist gestiftet.« Er lächelte. »Aber du bist ja katholisch, du glaubst wohl eher an die Gegenwart Gottes.«

Ich zuckte mit den Achseln. »Ist ja egal«, sagte ich. »Jedenfalls ...«

»Ja, jedenfalls war da plötzlich eine Gemeinschaft der Seelen oder der Erwartungen. Jetzt erst fing das Konzert an, mir Spaß zu machen. Danach habe ich so gespielt, wie ich eigentlich immer spielen sollte.«

»So gut?«

»So konzentriert, so aufmerksam für jede Einzelheit. Hast du es bemerkt?«

»Ich glaube, wir alle haben es bemerkt.«

Wieder kam der Ober, räumte die Salatteller ab und servierte das Hauptgericht.

»Trinkst du ein Glas Wein?«, fragte mich Kepler, aber ich blieb lieber bei dem leicht nach Chlor schmeckenden Wasser aus der Leitung.

Kepler fragte den Ober nach den vorhandenen Weinen und bestellte sich ein Glas Bordeaux.

»Ich habe so gut gespielt, weil ihr so gut zugehört habt. Plötzlich war alles wahnsinnig wichtig: die genaue Lautstärke des As-Dur-Motivs, mit dem die Sonate beginnt, das Lamentoso und dann die Fuge und ihre Umkehrung. Da ist keine Note überflüssig, aber es fehlt auch nichts. Es ist ein vollkommenes Stück, vollkommen auch da, wo sich Beethoven aus dem Fugato wieder löst, wenn nach der Umkehrung das Anfangsthema der Fuge in akkordischer Form wiederkehrt – das ist wie …«, Kepler suchte nach Worten, »… das ist, als wenn ein Mensch nach dem Eingebundensein in eine Gemeinschaft – an so etwas könnte man bei der Umkehrung des Themas denken – sich wieder findet. Und sich selbst, seine Gestalt, seine Bedeutung am Schluss zur vollen Geltung bringt.«

Kepler sprach diese Worte, die ihn innerlich wohl sehr bewegten, in unverkennbar wienerischem Tonfall. »Und das«, fuhr er fort, »geht nur, wenn die Zuhörer einem dabei folgen.« Er unterbrach sich, um einen Schluck Wein zu trinken. »Nicht nur folgen: recht geben müssen sie dir in ihrer Hingabe an diese Musik. Warum erzähle ich dir das alles? Weil ich ein Publikum brauche, wie ihr es heute Nachmittag wart. Menschen mit Erfahrung, mit einer Nähe zu dieser Musik. Ohne ein solches Publikum kann ich gar nicht werden, der ich sein möchte.«

Ich wunderte mich, dass er so offen zu mir war, obwohl wir uns kaum ein paar Stunden lang kannten.

»Ich glaube, Klaus, das wollte ich dir sagen, als du vorhin zu mir kamst und mich fragtest, ob ich nicht auch in Europa spielen will. Natürlich will ich in Europa spielen – in Wien im Musikverein oder im Konzerthaus, in München, in Berlin … wenn das nur alles schon wieder möglich wäre. Ich spüre, dass ich dort die Menschen finde, das Publikum, das mir nicht nur zuhört, sondern das mir gehört und dem ich gehöre.«

»Und wenn Sie hier sind, Mister Kepler? Wo spielen Sie am liebsten?«

»Nenn mich Florian. Dein Mister Kepler klingt so ehrerbietig, dass ich mir dabei alt vorkomme.«

»Also, Florian«, sagte ich, hatte aber vor lauter Hemmungen

vergessen, was ich ihn fragen wollte. Ich musste mich erst an die Nähe gewöhnen, die er offenbar suchte. Einen Moment lang war ich verwirrt.

»Wo ich gern musiziere?«

»Ja.«

»In New York, aber auch in kleineren Orten. In Philadelphia bin ich gern. Neulich war ich in Princeton, die haben dort einen schönen Konzertsaal. Aber New York ist wichtig – schon wegen der Agenten, die alle dort sitzen, und wegen der Kritiker.«

Ich wollte wissen, wann er nach Amerika gekommen sei.

»Früh«, erwiderte Florian. »Gott sei Dank.«

Da wir mit unserer Mahlzeit am Ende waren – der Ober hatte uns bereits zweimal nach weiteren Wünschen gefragt und war abschlägig beschieden worden –, gingen wir wieder an unseren alten Platz im Lesesaal zurück. Florian trank noch ein Glas Rotwein, ich blieb bei Leitungswasser.

»Als ich nach Wien kam«, erzählte Florian, nun bequem in seinen Sessel zurückgelehnt, »hatte ich gerade angefangen, mir einen Namen zu machen. In Wien kannten mich die Leute bereits, aber ich hatte auch in kleinen deutschen Städten schon konzertiert, in Bamberg zum Beispiel, in Ulm, in Aachen, in Regensburg. Nicht gerade große Musikstädte, aber Städte mit einem durchaus anspruchsvollen Konzertpublikum. Damals jedenfalls. 1937 hatte ich einen schönen Erfolg in Nürnberg mit dem dortigen Symphonieorchester. Carl Maria von Weber, Konzertstück für Orchester. Kennst du es?« Er lächelte versonnen. »Es ist ein romantisches, ritterliches Stück, Abschied, Abwesenheit, Heimkehr. Im letzten Satz steht ein Glissandolauf, den der Pianist, wenn er es kann, ins Orchester schleudert und damit den Einsatz für das volle Orchester gibt, das nun den Helden auf seiner Heimkehr begleitet.« Er lachte. »Mir gelang das über die Maßen gut, es ist ja auch sehr wirkungsvoll. Das Publikum jubelte, der Dirigent zollte respektvollen Beifall, das Orchester applaudierte. Weißt du, warum es mir so gut gelang? Ich war verliebt. Verliebt in Anna Forster, die unten im Publikum saß. Wir standen kurz vor unserer Hochzeit. Am nächsten Tag gab es begeisterte Kritiken. Zum Teil kamen sie allerdings aus der falschen Ecke. Manche waren unangenehm patriotisch, andere schlichtweg indiskret. ›Ein neuer Stern am Pianistenhimmel‹, hieß es in den ›Nürnberger Nachrichten‹. Ein Kritiker schrieb: ›Vielleicht spielte Florian Kepler auch deswegen so ungewöhnlich gut, weil er seine liebreizende Muse gleich mitgebracht hatte. Anna Forster heißt die Auserwählte, die, wie der Künstler selbst, aus Wien stammt.‹ Natürlich sprach sich das auch in Wien herum. Der Journalist meinte es gut in seiner wichtigtuerischen Geschwätzigkeit. Er wusste nicht, dass Anna, obwohl katholisch wie ich selbst, aus einer jüdischen Familie stammte. In Wien aber wusste man das sehr wohl, und die nationale Presse nahm ebenfalls Notiz davon, sowohl von dem erfolgreichen Konzert in Nürnberg als auch von Annas jüdischer Abstammung. Na, mir war's einstweilen wurscht. Aber dann, am 11. März 1938, kam Hitler nach Wien, – und keine zwei Wochen später bekam ich eine Einladung von Herrn von Schirach, dem Jugendführer der Nazis, der dann später Gauleiter von Wien wurde. Er empfing mich im Hotel Imperial. Eine Wohnung hatte er damals noch nicht in Wien. Er gab sich jovial und sicherte mir jede Unterstützung zu, um die ich ihn gar nicht gebeten hatte. Die Partei wolle die Kunst in Deutschland fördern, Ausnahmekünstler wie ich stünden unter dem besonderen Schutz des Führers und so weiter und so weiter. Wir seien die künftigen Botschafter der deutschen Kultur, unser Wirken würde das Bild bestimmen, das die Welt in zehn Jahren von Deutschland haben werde.

›Und gerade Sie, Herr Kepler, Sie als Wiener, als Vertreter der Kaiserstadt, Sie haben eine besonders wichtige Rolle zu spielen. Jetzt ist Wien die Hauptstadt der Ostmark.‹« Florian richtete sich in seinem Sessel ein wenig auf und musterte mich aus seinen ernsten Augen. »Ich war damals dreiundzwanzig Jahre alt und hatte ein paar Konzerte gegeben, die freundlich besprochen worden waren. Ist das ein Grund, um einen jungen Mann in eine protzige Hotelsuite einzuladen und ihm hehre Zukunftsbilder zu entwerfen? Je länger diese Besprechung dauerte, desto misstrauischer wurde ich. Von Schirach faselte von einer sorgfältig aufgebauten Karriere, zuerst Erfolge in mittleren Städten, Halle an der Saale erwähnte er, komisch, dass mir ausgerechnet Halle einfällt, und dann die großen Musikmetropolen, Dresden, Leipzig, München, Wien und Berlin. Ich saß schließlich nur noch da und wartete auf eine Gelegenheit, mich zu verabschieden. Ich weiß nicht mehr genau, was ich sagte, irgendetwas freundlich Abwehrendes wie: ›Ich werde mir alles in Ruhe durch den Kopf gehen lassen. Vielen Dank für die Einladung, ich bin so viel Beachtung gar nicht gewöhnt, fange doch erst an ...‹ So in der Art. Und dann ließ er die Katze aus dem Sack.

›Ich höre, Sie sind schon verheiratet?‹, fragte er mich. Ich Idiot. Natürlich hatte er erfahren, dass Anna Jüdin war.

›Ja, seit Kurzem‹, gab ich zur Antwort und wollte ein anderes Thema anschneiden, aber er ließ nicht locker.

›Die Tochter von Professor Forster‹, sagte er und tat so, als ob er nachdächte. ›Der Mann ist ein hervorragender Augenarzt. Einer der besten in Wien.‹

›Ja‹, stimmte ich zu, denn ich wusste, dass mein Schwiegervater ein berühmter Arzt war.

Dann fing von Schirach an zu philosophieren. Wir stünden vor schweren Entscheidungen, die nicht immer leicht zu treffen seien, aber persönliche Dinge müssten zurückstehen, wenn es um das neue Deutschland ginge. ›Wir leben in einer großen Zeit‹, sagte er. Daran erinnere ich mich noch genau. Er saß in einem weinroten Sessel mit hoher Lehne, in Uniform und mit schwarzen blanken Lederstiefeln, die Beine hatte er übereinander geschlagen.

›Sehen Sie‹, sagte er und beobachtete dabei seine Stiefelspitzen, ›ich habe persönlich überhaupt nichts gegen Professor Forster. Auch der Führer hätte nichts gegen den Mann, wenn er ihn kennen würde. Darum, Herr Kepler, geht es ja gar nicht, ob wir jemanden mögen oder nicht. Aber wir, das deutsche Volk, die deutsche Jugend besonders, wir gehen jetzt neue Wege, und da ist kein Platz mehr für Juden, ob sie nun Forster oder Veilchenfeld heißen.‹ Von Schirach schwieg einen Augenblick, dann stand er auf. Ich hatte auf diesen Augenblick gewartet und erhob mich fast gleichzeitig mit ihm. Er streckte mir die Hand hin, die ich ergriff, wofür ich mich heute noch ohrfeigen könnte. ›Ich bin sicher, Sie werden für sich die richtige Entscheidung treffen‹, sagte er, ›Sie können sich ruhig ein wenig Zeit damit lassen. Aber wir rechnen auf Sie.‹

Wie ich dann wieder nach draußen kam, vorbei an altmodisch livrierten Hotelangestellten und an blitzblanken, salutierenden Uniformierten, die ihre Hacken zusammenknallten und dabei den rechten Arm nach vorn streckten, das weiß ich nicht mehr. Aber sobald ich draußen war, wusste ich, dass ich nicht mehr warten konnte. Wir hatten damals gerade eine kleine Etagenwohnung in Hietzing bezogen. Ich ging schnurstracks zu Anna und erzählte ihr, was vorgefallen war.«

Ich spürte, dass Florian diese Erzählung sehr mitnahm. Wenn es ihn zu sehr anstrenge, über diese Zeit zu reden, dann solle er sich jetzt vielleicht lieber ausruhen, schlug ich vor und schaute auf meine Uhr. Aber Florian protestierte.

»Nein, nein«, rief er. »Es tut mir gut, darüber zu reden. Du weißt, wovon ich rede. Du kommst aus Deutschland, sprichst unsere Sprache, du bist jung und ganz unschuldig an diesen Dingen. Zu wem sonst sollte ich davon sprechen, wenn nicht zu einem wie dir?« Er griff nach seinem Weinglas, entdeckte, dass es leer war, und winkte dem Ober. »Wir sind am nächsten Tage ausgereist«, sagte er dann unvermittelt, »in die Schweiz. Ich hatte ohnehin für die zweite Aprilhälfte eine kleine Tournee durch die Schweiz vereinbart, Zürich, Luzern, Basel, Genf. Wir hoben alles an Geld ab, das wir gemeinsam besaßen, setzten uns in den Zug und fuhren die Nacht hindurch. An der Grenze wurden wir kontrolliert. Der deutsche Zoll war schon durch Grenzpolizei verstärkt worden, aber ich hatte Einladungsbriefe aus Zürich und Basel bei mir. Außerdem hatte ich diesen törichten Artikel aus den ›Nürnberger Nachrichten‹ mitgenommen, den die Grenzbeamten sich gegenseitig vorlasen.

›Und das hier ist die junge Anna Kepler?‹ fragte einer von ihnen gönnerhaft.

›Sie begleiten den Herrn Gemahl auf der Konzertreise. Na, das muss ja ein Erfolg werden‹, lächelte ein anderer, und Anna besaß genug Grips, um zurückzulächeln. Zum Schluss wünschten sie uns viel Glück und toi, toi, toi …

›Habe die Ehre‹, sagte der Anführer und legte die Hand an die Mütze.«

»Und die Schweizer?«, fragte ich.

»Denen haben wir nicht gesagt, dass wir als Flüchtlinge kämen. Ich erzählte meine Tourneegeschichte, sie stempelten unsere Pässe und stellten die üblichen Fragen. ›Haben Sie Waren zu verzollen?‹

Ich hatte keine Ahnung, was für Waren sie meinten, sagte, ich sei Künstler, Pianist, und auf dem Weg zu einer Konzertreise durch die Schweiz. Als ich ihnen dann ebenfalls ein Einladungsschreiben meiner Agentur in Zürich zeigte, waren sie überaus höflich und wünschten uns ›eine gute Reise‹. Siehst du, Klaus, uns beiden, Anna und mir, ist eigentlich nichts geschehen, ich meine persönlich. Wir haben unsere Möbel verloren, ich meinen Flügel, einen Bösendorfer, den mir Annas Vater geschenkt hatte, aber wir wurden nicht eingesperrt, misshandelt oder dergleichen. Wir reisten einfach aus. Selbst meine Schwiegereltern, die nichts von unserer Flucht wussten, sind dann einige Monate später noch herausgekommen. Sie haben natürlich viel mehr zurücklassen müssen als Anna und ich.«

»Und was wurde aus der Tournee?«

»Die habe ich wie geplant absolviert, sogar mit einigen zusätzlichen Konzerten. In Basel rief ich Paul Sacher an. Ich hatte ihn in Wien kennengelernt. Er kannte einen meiner Lehrer, und als er mit dem Basler Kammerorchester einmal in Wien war, wurde ich mit ihm bekannt gemacht. Ich durfte ihm vorspielen, er gab sich beeindruckt. Ich hielt seine Komplimente zunächst nur für Höflichkeiten. Aber als ich ihn dann anrief, konnte er sich sehr genau erinnern, und als ich andeutete, in welcher Lage ich mich befände, verschaffte er mir Engagements, half mir, in Basel eine Wohnung zu finden – er war wirklich ein Helfer in der Bedrängnis. Er schien mich zu mögen, vielleicht tat er vieles auch Anna zuliebe. Für sie hatte er eine Schwäche, wie man so sagt.«

Florian schwieg. Der Lesesaal hatte sich merklich geleert. Ich schaute auf die Uhr, halb zehn. Meiner Gruppe würde ich mich heute nicht mehr anschließen können. Außerdem wollte ich Florians Geschichte noch zu Ende hören, obwohl er das Wichtigste wohl bereits erzählt hatte.

»1940, ein halbes Jahr nach Kriegsausbruch, hatten wir unsere Papiere für die USA«, sagte Florian. »Sacher hat geholfen. Paul Sacher und Rudolf Serkin, bei dem ich später am Curtis Institute studierte.«

»Und jetzt?«

»Ganz geschafft habe ich es noch immer nicht, denke ich oft. Weißt du, geschafft hat man es eigentlich nie. Von außen mag das so aussehen: Der oder die hat ›es geschafft‹. Was heißt das? Ich habe einen Agenten, der mir Einladungen zu Konzerten vermittelt, der für mich wirbt. Ich gebe einige Konzerte im Jahr. Wenn ich Glück habe, werden sie in der Presse besprochen. Einige Male hat ein New Yorker Sender auch schon Studioaufnahmen von mir gemacht. Daneben habe ich einige Schüler, bin aber selbst jemand, der noch lernt und der ab und zu einen Lehrer braucht. Einen wie Serkin zum Beispiel. International gesehen fange ich erst an. Aber das geht vielen so. Der Krieg und die Nachkriegszeit haben uns zurückgeworfen. Ich wohne in New York, in Manhattan, sogar in der Upper East Side, wenn dir das ein Begriff ist – mit Anna und unseren Kindern. Marlene ist sechs Jahre alt, Joshua vier. Eine junge Familie, für die Anna die Hauptlast trägt. Sie hat ihre eigene Karriere mehr oder weniger aufgegeben – meinetwegen.«

»Was für eine Karriere?«, fragte ich.

»Sie wäre auch gerne eine Konzertpianistin geworden«, sagte Florian.

Ich muss etwas erstaunt gewirkt haben, denn Florian schien nun darauf zu bestehen, von Anna zu erzählen. »Sie ist sehr begabt«, versicherte er, »in mancher Hinsicht begabter als ich. Und sie hatte schon als junges Mädchen einen tollen Lehrer. Eduard Steuermann unterrichtete sie. Aber sie war erst neunzehn, als wir heirateten, und in den turbulenten Jahren in der Schweiz und dann hier ... das wäre nicht gegangen.«

»Spielt sie nun gar nicht mehr?«

»Doch, doch«, Florian lächelte etwas gequält, »sie gibt Unterricht – und später wird sie Marlene und Joshua unterrichten. Außerdem«, er sah mich jetzt an, als verriete er etwas, das eigentlich einer intimen Lebenssphäre angehörte. »Sie ist so etwas wie mein gutes Gewissen. Meine beste Zuhörerin und Kritikerin. Sie macht meine Programme. Eine Zeit lang war es so: Ich sagte, was ich erarbeiten wollte. Serkin beriet mich, überredete mich wohl auch, erst Mozart und Bach zu spielen und erst danach Beethoven und die Romantiker. Serkin passte auf, dass ich mir mein Repertoire in der richtigen Reihenfolge aneignete und dass ich technisch keine Kompromisse machte. Und Anna stellte aus dem wachsenden Repertoire dann die Programme zusammen, die ich jetzt öffentlich spiele.« Noch immer ruhten seine großen Augen auf mir. »Wir drei sind ein Lebenstrio, weißt du?«

»Ich bin sicher, es ist ein Erfolgstrio«, sagte ich, obwohl mir die Kindlichkeit, mit der Florian eine solche Behauptung aufstellte und vielleicht erwartete, dass man ihn darum beneide, merkwürdig vorkam. Etwas bieder und hausbacken, selbst für meine damaligen Verhältnisse. Nicht ganz passend für einen Pianisten, den der große und gefürchtete Musikkritiker Harold C. Schonberg fast schon in den künstlerischen Adelsstand erhoben hatte. Sein Spiel, so hatte Schonberg geschrieben, zeichne sich durch eine geradezu verbissene Integrität und durch eine rückhaltlos ehrliche Technik aus. So jedenfalls – oder so ähnlich – hatte ich es in einem der kleinen Faltblätter gelesen, die heute Nachmittag auf unseren Sitzen gelegen hatten und in denen uns angekündigt wurde, was Florian Kepler für uns spielen würde. Ein kindlicher Mensch, entschied ich, als er mich so mitteilsam und treuherzig ansah und dabei von dem Erfolgstrio aus Anna Kepler, seinem Lehrer Rudolf Serkin und ihm selbst sprach. Fast ein wenig simpel, fand ich und wunderte mich über den Gegensatz zwischen Florians eigenen Vorstellungen von sich und seinem Erfolg und den etwas schwer verständlichen Metaphern seiner Bewunderer.

»Was dieser Schonberg über dich geschrieben hat, über deine Technik und über die ›verbissene Integrität‹ – wie kommt das zustande?«

»Das ist ganz einfach. Er meint, dass ich alle Noten so spiele, wie sie im Text stehen. Ich mache kaum Fehler, jedenfalls nicht, wenn ich öffentlich spiele. Und das mit der Integrität, nun, ich finde es nicht in Ordnung, wenn Kollegen eine Musik anders spielen, als sie der Komponist aufgeschrieben hat. Das gehört sich nicht. Was in den Noten steht, ist ohnehin kein Absolutum, wenn du weißt, was ich meine. Noten sind nur Zeichen für Klang. Sie sind noch nicht der Klang selbst. Und wenn ich ein Stück einübe, jede Stimme einzeln, langsam, Note für Note, dann memoriere, Takt für Takt mit geschlossenen Augen – dann kommt am Ende doch etwas heraus, das durch mich gegangen ist, das irgendwo meine Erfahrungen, meine Anatomie, die Funktionen meiner Gelenke enthält. Das ist einfach so. Und bei Rudolf Serkin oder bei meinen jüngeren Kollegen, bei Dinu Lipatti oder bei Janis Byron, nimm, wen du willst, klingt es dann doch anders, auch wenn sie genauso gewissenhaft jede Note beachten oder jeden Hinweis, der im Text steht. Jeder Mensch ist anders. Wie hat es in der Vorstellung des Komponisten geklungen?« Florian stellte sich diese Frage selbst und schüttelte dabei nachdenklich den Kopf, um anzudeuten, dass sie nicht zu beantworten sei. »Aber eben deshalb, weil man nicht hoffen darf, dieses Ziel jemals zu erreichen, selbst mit größter Genauigkeit nicht, bin ich so empfindlich gegen Pianisten, die sich nicht einmal die Mühe machen, das zu ermitteln, verstehst du? Das zu ermitteln, was der Komponist wollte. Einige Pianisten, ich will jetzt keine Namen nennen, verändern sogar ganz offen und absichtlich die Texte. Sie ignorieren Tempoangaben, fügen Noten hinzu, lassen andere weg, führen dynamische Bezeichnungen ein, die frei erfunden sind, ein Crescendo zum Beispiel oder ein Diminuendo, tun dies sogar dann, wenn der Komponist etwas anderes vorschreibt.«

»Warum tun sie das?«

»Sie benutzen ein Klavierstück, um sich selbst darzustellen, ihre eigene pianistische Potenz, ohne viel Gedanken an die Musik zu verschwenden, die zu spielen ist. Und das«, Florian sah mich traurig an, »das ist nun das Gegenteil von Integrität – es ist Betrug.«

»Und das Publikum bejubelt sie trotzdem?«

Er nickte und lachte. »Mit einigen von ihnen bin ich sogar befreundet. Meine Freunde, die Betrüger.«

»Kann man das?«, fragte ich. »Kann man mit Menschen befreundet sein, deren Maßstäbe man nicht teilt?«

Er überlegte einen Augenblick. »Das mit den Freunden habe ich eben so dahingesagt, ohne viel zu überlegen, aber wenn ich ganz ehrlich bin, ich kenne einen Kollegen, der die Dinge tut, die ich eben erwähnt habe – Fälschungen in meinen

Augen –, aber ich mag ihn trotzdem. Er ist hilfsbereit, hat Humor, ist intelligent, ist auch begabt, sehr begabt sogar.«

»Und wenn du ihn auf seine Verfälschungen ansprichst? Was sagt er dann?«

»Dann behauptet er, mit seinen Kunststücken dem jeweiligen Komponisten die Wege zu einem breiteren Publikum zu ebnen. ›Was willst du?‹, sagt er, ›die Leute haben doch keine Beziehung zur Klassik, man muss sie erst herstellen, indem man klassische Musik ansprechend verpackt‹. Die Substanz bliebe doch erhalten, und darauf allein käme es an, sagt er.«

»Und? Stimmt das?«

»Nein. Die Substanz wird eben verfälscht. Was er Verpackung nennt, ist im Grunde eine Kapitulation vor der Größe der Musik. Vor ihrer Größe und vor ihrem Anspruch. Aber ich fürchte, wir haben hier ein Problem. Deshalb will ich auch wieder mehr in Europa spielen – in Wien oder in Rom. In München, vielleicht sogar in Berlin. Jetzt, wo die Blockade vorbei ist, wird es auch dort wieder lebhafter werden.«

»Was ist denn das Problem hier in den USA?«, wollte ich noch wissen.

»Es wird schwerer werden, klassische Musik zu vermitteln.« Florian sah auf die Uhr. »Du musst jetzt wohl gehen«, sagte er. »Es ist spät geworden.«

»Und du?«

»Ich kann hier übernachten.«

»Warum wird es schwerer werden?«

»Hier gibt es keine großen Traditionen des Musikhörens wie in Deutschland, Österreich oder in Italien. Oder es gibt sie nur an wenigen Orten und in engen Kreisen. In Boston, in Cleveland, in New York oder in Philadelphia, wo die großen Orchester zu Hause sind. Da gibt es Familien, die schon seit zwei oder drei Generationen ins Konzert gehen – fast wie die Abonnenten der Philharmonie in Wien, die ihre Abonnements von einer Generation zur nächsten vererben. Sonst?« Wieder schüttelte Florian den Kopf, als stelle er sich und seiner Kunst eine bedenkliche Prognose. »Es geht ziemlich wahllos zu hier in den Programmen. Chopin, Mozart, dann Gershwin und ein wenig Jazz. Musik ist Musik, alles ist gleichberechtigt, nur keine elitären Ansprüche, die sind sofort verdächtig.«

Ich stand auf.

»Schreib mir noch auf, wo ich dich erreichen kann.« Florian holte einen Zettel aus seiner Brusttasche und fand auch einen Bleistift.

»In München.« Ich setzte mich noch einmal hin und schrieb ihm unsere Adresse auf, denn ich wohnte damals noch bei meinen Eltern in Schwabing. »Ein Telefon haben wir noch nicht«, sagte ich und schämte mich fast für so viel Armseligkeit.

Aber Florian hatte dafür Verständnis. »Ich weiß, meine Eltern in Wien haben lange auf eines warten müssen«, bemerkte er, und dann schob er mir eine kleine Karte zu, auf der seine Adresse, seine private Telefonnummer und auch die Adresse seines Agenten vermerkt waren. »Wenn du mir etwas Wichtiges mitteilen willst«, lächelte er. »Vielleicht kommst du bald wieder her oder du hast plötzlich geheiratet?«

Jetzt standen wir beide auf.

»Ich bring dich noch nach unten. Der Portier wird dir ein Taxi rufen. Hast du Geld?«, fragte er fürsorglich.

Ja, Geld hatte ich, genug jedenfalls für eine Taxifahrt in mein Hotel am anderen Ende der Stadt.

»Ich werde mich wohl mal melden bei dir«, sagte er, als wir unten in der Halle standen. Der Portier war auf die Straße gelaufen, um ein Taxi einzufangen. Ich streckte Florian zum Abschied die Hand hin, er aber ergriff meine Oberarme und schenkte mir zum Abschied noch einen seiner ernsten und zugleich kindlichen Blicke. »Es hat mir viel bedeutet, dich kennenzulernen«, sagte er und gab mir nun, als der Portier zurückkam, auch die Hand.

»Ihr Taxi, Sir.«

»Mir hat es auch Spaß gemacht. Es wäre schön, wenn wir uns wiedersehen könnten.«

»Das werden wir«, sagte Florian. Er sagte es beiläufig, aber mit der gleichen Bestimmtheit, mit der er vorhin über sein Musizieren gesprochen hatte. Noch einmal gaben wir uns die Hand, noch einmal traf mich einer dieser ernsten Blicke aus seinen braunen Augen. Wenn Florian mich ansah, hatte ich das Gefühl, er suche etwas.

Aber was?, überlegte ich, als ich im Taxi durch die damals noch ziemlich dunkle Stadt fuhr. Was suchte er? Verständnis? Daran fehlte es ihm doch sicher nicht. Hatte er nicht seine Anna, die ihm ohne zu zögern gefolgt war und seinetwegen sogar auf ihre eigene Karriere verzichtet hatte? Und seinen Lehrer? Das Erfolgstrio?

Vielleicht sucht er, so ging es mir durch den Sinn, etwas, das er verloren hat. Wien, Europa, das Publikum, für das er spielte, damals in seiner Heimatstadt, in der deutschen Provinz und vielleicht auch in der Schweiz. Vielleicht sucht er den Ernst, die Überzeugung, dass es auf der Welt nichts Wichtigeres gäbe als die Sonate As-Dur Opus 110 von Beethoven, die er heute so unvergleichlich schön gespielt hatte. Und zu einer solchen Überzeugung, fand ich, gehören wohl immer zwei: einer, der spielt, mit Inbrunst, mit aller Genauigkeit, mit allem Ernst, dessen er fähig ist, und einen Zweiten, der es hört und der – was hatte er gesagt? – dem Spielenden recht gibt. Vielleicht suchte er das: die Zustimmung, das Rechtgeben. Und plötzlich hatte ich eine Art Erleuchtung – in dem Alter, in dem ich mich damals befand, kein allzu häufiges Ereignis, wie jeder bestätigen wird, dessen Erinnerung an die Zeit seines Erwachsenwerdens noch nicht ganz verschüttet ist. Dieses Konzert in der National Gallery of Art, zu dem sich Florian zunächst nur zögernd bereitgefunden hatte, das er mit einer Mozart-Sonate und den Chopin-Etüden aus Opus 10 abtun wollte, hatte ihm ganz unerwartet und überraschend etwas gegeben, das er schon fast vergessen hatte.

Die Einsicht nämlich, wie sehr das Gelingen eines Konzerts von dem Einverständnis abhängt, das den oder die Künstler auf dem Podium und die Zuhörer verbindet. Und dieses Einverständnis? Worauf beruhte das? Nicht auf Offenheit, entschied ich, davon musste er hier genug haben. Eher auf gemeinsamer Erfahrung, auf der gemeinsamen Überzeugung, dass diese Musik, die er gespielt hatte, wirklich so etwas enthalten kann wie ein letztes Wort, eine bindende Auskunft über Schönheit, über Güte, über Trost, – das Beste eben, was Menschen untereinander verbinden kann. War es das?

3

Anton hat, während ich erzählte, still neben mir gesessen und zugehört. Nur an den Stellen, an denen von Florians Beziehung zu Anna Forster die Rede war, von seiner Heirat und von seiner Reise in die Schweiz, auch davon, dass Anna ihre Karriere zu Gunsten Florians aufgegeben habe, rührte er sich. Ich hatte das Gefühl, dass er etwas sagen wollte, und unterbrach mich einige Male, um ihm Gelegenheit zu einer Bemerkung oder zu einer Frage zu geben. Einmal, als er mich fragend ansah, erkundigte ich mich: »Wolltest du etwas sagen?« Aber er schüttelte den Kopf, schaute wieder geradeaus über die Felder bis hin zu dem Rand des Wäldchens und ließ mich weiterreden.

Jetzt allerdings scheint er fürs Erste genug zu haben. Er steht auf, fasst sich, während er mit der rechten Hand seinen Spazierstock umgreift, mit der linken Hand ins Kreuz, als täte ihm etwas weh.

»Gehen wir zurück?«

Ich bin einverstanden und erhebe mich ebenfalls. Mir fallen solche körperlichen Stellungswechsel noch leichter als ihm. Auch als wir jetzt den Weg zurückspazieren, wäre ich gern rascher gegangen, passe mich aber Antons etwas kleinschrittigem Gang an. Immerhin ist er älter als ich. Achtzehn Jahre älter sogar. Er ist drei Jahre früher geboren als Florian, fällt mir ein.

»Du hast recht mit der Antwort, die du dir damals auf deine Frage gegeben hast«, sagt er plötzlich. Und als ich nicht gleich verstehe, fügt er hinzu: »Musik lebt von den Zuhörern oder – besser – von der Gemeinschaft aus denen, die spielen, und denen, die zuhören. Sie lebt von dem gemeinsam

Glauben an große, wichtige Dinge, die durch Musik vermittelt werden können.« Jetzt lacht er. »Uns beide hat sie ja auch zusammengeführt.«

Es stimmt, was er sagt. Ohne die Osterfestspiele in Salzburg, für die wir beide ein Abonnement halten, hätten wir uns wohl nie kennengelernt.

»Ich glaube, ich habe einen Käufer für meine Wohnung«, sagt Anton. Es klingt erleichtert und bedauernd zugleich – wie so vieles bei ihm. Als wir in Salzburg zum ersten Mal miteinander ins Gespräch gekommen waren und uns über das besonders ansprechende Programm gefreut hatten, sagte er auf einmal mit traurigem Gesicht: »Und in drei Tagen ist das alles schon wieder vorbei. Dann müssen wir wieder ein Jahr warten.«

Alles ist schön und gleichzeitig auch traurig. Oder umgekehrt: traurig, aber auch schön. Ganz fröhlich, zupackend, lebensbejahend habe ich Anton Muxeneder nie erlebt. Eigentlich schade, denke ich, weiß aber sogleich, dass es gerade dieses Schweben zwischen Heiterkeit und Trauer, zwischen Zorn und Resignation, zwischen Offenheit und Zurückgezogenheit ist, was ich an ihm mag.

»Je schneller du dich entscheidest, ob du die Sammlung übernehmen willst, desto lieber ist es mir«, sagt Anton. »Aber du müsstest sie wohl mit nach München nehmen.«

Ich weiß, dass ich meine Wohnung nicht mit Antons Geräten vollstellen möchte. Er wiederum will seine Sammlung nicht aufteilen. Diese Sammlung sei ein Lebenswerk, so etwas könne man doch nicht zerreißen, hat er mir vor wenigen Tagen noch einmal bedeutet. Er hat niemanden, ich bin sein einziger Freund. Ich würde sogar so weit gehen zu behaupten, dass die Sammlung gar nicht existierte, wenn Anton ein sogenanntes normales Leben geführt hätte. Ein Leben mit einer Familie, mit Frau und Kindern, vielleicht mit Enkeln und mit Freunden. Diese Sammelei, dieses Festhalten von Klängen, von Stimmen, von Ereignissen, die Kataloge, seine stille Teilnahme am musikalischen Leben der Welt –

war das nicht alles eine Kompensation für etwas anderes, weniger Abstraktes?

Wir sind eine Weile schweigend nebeneinander hergegangen und stehen jetzt an dem Punkt, wo wir uns bei meiner Ankunft vor gut zwei Stunden getroffen haben. Er schaut auf die Uhr.

»Wenn ich mich beeile, bekomme ich noch etwas zum Mittagessen. Darf ich dich einladen?«

Wie nett von ihm, denke ich. Er fragt nicht einfach: »Kommst du mit?« oder »Wollen wir zusammen essen?« Nein, er ist der Gastgeber, und ganz ohne Formen geht es bei ihm nicht. Aber das ist auch so ein Zug an ihm, den ich schätze. Trotzdem, es passt mir nicht. Ich esse nicht gern zu Mittag, es zerreißt mir den Tag.

»Geh nur allein, Anton. Vielen Dank für die Einladung, aber ich will noch ein wenig spazieren gehen und später, wenn du nichts dagegen hast, noch in deine Wohnung.«

Ja, die Wohnung. Das Tonstudio. Das ist wichtig, das muss Vorrang haben. Er lächelt zustimmend, gleichzeitig wehmütig. Wie er das nur zustande bringt, immer mindestens zwei entgegengesetzte Empfindungen zum Ausdruck zu bringen?

»Ja, dann geh nur. Und ruf mich wieder an. Wir können ja auch noch einmal zusammen hingehen?«

Aber ich weiß, dass er das nur ungern täte. Die alte Wohnung noch einmal betreten, so tun, als ginge das Leben dort noch weiter, fiele ihm schwer. Er beschränkt seine Besuche dort auf das Allernotwendigste. Er wohnt jetzt hier in Klosterneuburg, nicht weit vom Donaufluss, nicht mehr am Stubenring in Wien.

»Heute komme ich allein zurecht, Anton. Aber wenn ich dich brauche, lasse ich es dich wissen.«

Gegenüber Anton drücke ich mich immer ein wenig gewählter aus als im Umgang mit anderen Menschen. Es liegt an ihm.

»Melde dich«, sagt er und wendet sich zum Gehen.

Ich schlendere den Weg zurück durch die Wiesen und an der Bank vorbei, auf der wir eben gesessen haben. Dann gehe ich weiter in Richtung Weidling. Ich finde einen bequemen Fußweg, der mich in den Naturpark Eichenhain führt, und denke an Anton, der jetzt wohl beim Mittagessen sitzt. Ich kannte ihn eigentlich schon, bevor ich ihn zum ersten Mal sah, das heißt, nicht ihn selbst, sondern seine Stimme, die in den Kultursendungen des Österreichischen Rundfunks, die ich in München empfangen kann, häufig zu Wort kam. Nicht in eigener Sache, dazu war Muxeneder nicht der Mann. Er produzierte nichts Eigenes. Und hätte er es doch getan, dann wäre er sicher nicht als Vermittler seiner eigenen Texte aufgetreten. Das wäre ihm als zu aufdringlich erschienen. Nein, Anton beschränkte sich auf eine Rolle als Sprecher. Er führte durch die Sendung, las auch einmal einen kurzen Text, der als Beispiel in eine literarische oder musikalische Sendung eingestreut war. Längere Texte oder Zitate wurden in seinen Sendungen immer von anderen Stimmen vorgetragen, von Stimmen, die den Charakter des Mitzuteilenden besser zur Geltung brachten als die seine.

Er sei eigentlich ein Radioansager, ein Nachrichtensprecher, meinte Anton einmal und spielte seine Fähigkeiten damit wohl absichtlich herunter, denn er war durchaus in der Lage, einer Sendung allein durch seine Ansagen, durch kurze Kommentare oder Interviews Atmosphäre zu geben.

Als ich Ostern 1971 die Festspiele zum ersten Mal besuchte, saß im Großen Festspielhaus in Reihe 14 zu meiner Rechten ein schlanker, bereits damals schon silberhaariger Mann, erheblich älter als ich selbst, der mit freundlichem Lächeln von meiner Anwesenheit Notiz nahm, aber nie das Wort an mich richtete, außer, wenn er zum Konzertbeginn oder am Ende der Pause erschien, um seinen Platz einzunehmen. Ich saß dann meistens schon auf meinem Sitz am Ende der Reihe, und Anton bat mich jedes Mal ausdrücklich, ihn an seinen Platz durchtreten zu lassen, obwohl ich bei seinem Anblick nach kurzer Zeit ohne Aufforderung aufstand.

»Wenn Sie gestatten«, sagte er dann oder: »Wären Sie so freundlich?« Und nachdem er das einige Male gesagt hatte und diese Floskeln auch im folgenden Jahr und im Jahr darauf immer wieder vorbrachte, dämmerte mir, um wen es sich handeln könnte. Die Stimme kannte ich, und nach einigem Nachdenken war ich mir sicher, dass der gepflegte, etwas schüchterne, aber durchaus sympathische Herr neben mir Anton Muxeneder sein müsse, der mir wohl bekannte Sprecher der Kulturnachrichten in Österreich 1.

Da wir beide Förderer und Abonnenten der Salzburger Festspiele waren, hatten wir immer dieselben nebeneinander liegenden Plätze in Reihe 14. Im zweiten Jahr begrüßten wir uns als bereits »vom Sehen« miteinander Bekannte, und im dritten Jahr gab ich ihm die Hand und sagte ihm, dass er doch wohl der Anton Muxeneder sein müsse, den ich schon des Öfteren und stets mit Vergnügen und Sympathie im Radio gehört habe. Ja, er war es, und die Tatsache, dass ihn jemand auf seine Rolle beim Rundfunk ansprach, noch dazu ein Fremder aus einer Stadt, die nicht offiziell zum Sendebereich des Österreichischen Rundfunks zählte, machte ihn fast verlegen, schien ihn aber auch zu freuen. Von nun an sprachen wir vor Beginn der Vorstellungen und in den Pausen über die Konzerte, über den Dirigenten, sein Orchester, die Solisten und das Publikum, von dem Anton damals behauptete, es sei das beste der Welt. Besser noch als das Publikum in Wien. »Genauso begeistert, aber internationaler, erfahrener und aufgeschlossener«, urteilte er und sprach dabei in dem gleichen Tonfall, den ich aus seinen Sendungen kannte.

Anlässlich der Osterfestspiele hatten wir immer nur vier Tage Zeit, um unsere Bekanntschaft zu vertiefen – so lange dauerte ein Zyklus der Osterfestspiele. Anfangs sprachen wir fast nur über Musik. Dabei fiel mir auf, dass Muxeneder ein geradezu enzyklopädisches Gedächtnis für musikalische Ereignisse besaß. Wenn ich ihn zum Beispiel fragte, welche Sopranistin unter Gustav Mahler 1906 oder 1907 die Rolle des Fidelio gesungen hatte, dann wusste er den Namen der Dame sofort: Anna Bahr-Mildenburg. Er wusste auch, wann Wilhelm Backhaus zum letzten Mal öffentlich konzertiert hatte, und konnte mir das Programm sagen, das der Pianist ändern musste, weil er das ursprünglich in Aussicht gestellte Pensum kräftemäßig nicht mehr zu bewältigen imstande war. Da Muxeneder, ausgehend von solchen anekdotischen Mitteilungen, meistens etwas Zusammenhängendes über die genannten Personen sagen konnte, zum Beispiel über Gustav Mahlers Direktorat an der Wiener Oper oder über Mahler als Dirigenten, um bei dem ersten Beispiel zu bleiben, verließen unsere Gespräche den Bereich des Musikalischen oder Künstlerischen eigentlich nur ganz gelegentlich. Irgendwann, es muss im fünften oder sechsten Jahr unserer Bekanntschaft gegen Ende der Osterfestspiele gewesen sein, drückte ich mein Bedauern darüber aus, dass wir, die wir so angeregt zusammen Musik gehört und darüber gesprochen hätten, so wenig voneinander wüssten, obwohl wir doch gar nicht so weit auseinander wohnten, er in Wien und ich in München, wo ich schon damals meine internistische Praxis ausübte.

Anton verstand diese Bemerkung zunächst als Aufforderung, mir ein wenig von sich zu erzählen. Aber es entsprach wohl seinem scheuen und bescheidenen Wesen, dass er den Spieß sofort umdrehte und mich nach meiner Herkunft und nach meinem Leben fragte. Immerhin sei ich ja um einiges jünger als er, bemerkte er, um dieser von ihm gewünschten Reihenfolge einen äußeren Anschein von Logik zu geben. Also fing ich an und erzählte ihm von meiner Jugend in München, den Kriegsjahren, meinen gut katholischen Eltern, meiner Schwester, dem Medizinstudium in München und Berlin, anschließend von meiner fast unüberwindlichen Abneigung, mich irgendeiner von anderen Menschen diktierten Ordnung zu unterwerfen.

»Ich habe es versucht«, gestand ich Anton, »ich habe meine klinischen Pflichtjahre an verschiedenen Berliner und Münchner Kliniken absolviert, aber der Gedanke, in dieser

Fron nun noch zusätzliche Jahre zu verharren, um eines Tages Oberarzt zu werden, mich zu habilitieren und dann vielleicht eine akademische Laufbahn einzuschlagen, erschien mir einfach unerträglich.«

Er lächelte, als ich ihm von meinem Wunsch nach Unabhängigkeit erzählte, und fragte zwischendurch: »Aber das Zeug zu einer solchen Karriere hätten Sie doch gehabt?«

Ich wusste es nicht, damals nicht. Selbst heute weiß ich es nicht.

»Vielleicht waren Sie nur ein wenig faul?«, fragte Anton.

Wir hatten damals begonnen, uns mit Vornamen anzureden, ohne offiziell zu beschließen, etwa bei einem Glas Wein, uns fortan zu duzen. Die Vertraulichkeit unseres Umgangs miteinander und damit auch die Selbstverständlichkeit des »Du« anstelle der formelleren Anrede entwickelte sich erst ganz allmählich über die Jahre hinweg.

»Was man als Wunsch nach Unabhängigkeit stilisiert, ist oft, besonders in jungen Jahren, nur Faulheit«, sagte Anton mit Bestimmtheit.

Wir saßen bei dieser Unterhaltung im ersten Stock des Festspielhauses in einem mit Polstermöbeln ausgestatteten Bereich der Wandelhalle, der den Förderern der Festspiele vorbehalten ist, und tranken unseren nachmittäglichen »Großen Braunen«.

Ich weiß, dass mich Antons Direktheit, die ich an ihm nicht gewohnt war, zunächst ärgerte, aber dann fragte ich mich: Hat er nicht recht? Ich war vielleicht nicht durchgehend faul, denn bestimmte Dinge tat ich gern und intensiv: Bergsteigen zum Beispiel mit Jochen König oder Klavierspielen. Auch die Medizin hatte ich mit Leidenschaft und Anteilnahme für meine Patienten betrieben, und in meiner Praxis konnte ich wirklich hart arbeiten. Ich kann es noch immer und tue es gern. Das alles gab ich Anton zu bedenken, um die eben geäußerte Faulheitsvermutung zu entkräften.

»Trotzdem, ein wenig recht hast du schon«, sagte ich

einlenkend. »Wann immer ich mich nach anderen richten musste oder schlimmer: Wann immer ich die Initiative ergreifen musste, um andere zu beeindrucken – meine Chefs in der Klinik oder eine Frau, die mir gefiel und mit der ich gern befreundet gewesen wäre –, dann brachte ich nicht die Energie auf. Eine kleine spöttische Zurückweisung genügte schon, und ich zog mich zurück. Wenn ein Professor bei einer Visite eines meiner Argumente zerpflückte, dann wehrte ich mich nicht. Allenfalls erklärte ich, wie ich zu meiner Meinung gekommen sei, aber ich versuchte nicht, die Position des Professors zu erschüttern. Und mit den Frauen? Wenn mir eine gefiel, lud ich sie wohl ein, mit mir auszugehen. Wenn sie sich dann ein wenig drehte und wendete, dann versuchte ich nicht, sie zu überreden und ihr dabei zu zeigen, wie amüsant und charmant ich sein konnte, sondern ich sagte einfach: »Überlegen Sie es sich. Sagen Sie mir dann Bescheid.« Ich musste selbst lachen, als ich Anton dieses Geständnis machte. »Also, da wurde nie etwas draus«, sagte ich.

»Auch später nicht?«, fragte Anton.

»Später war ich der Chef – zumindest in meiner Praxis. Ich wurde oft eingeladen, lernte viele Menschen kennen. Einige von ihnen wurden später meine Patienten. Ohne es zu wollen wurde ich mit der Zeit so eine Art Modearzt. Und wenn mir eine Frau besonders gefiel, dann musste ich meistens nicht lange bitten. Ich bekam, was ich wollte. Aber geheiratet habe ich nie.«

Die erste Klingel ertönte zum Zeichen, dass die Zuhörer sich in den Konzertsaal begeben sollten. Anton und ich gehen aber erst beim dritten Klingelzeichen. Wir sitzen am Rand der 14. Reihe und können auch unmittelbar vor Beginn der Vorstellung noch zu unseren Plätzen kommen.

»Und bei Ihnen?«, fragte ich Anton und verbessere mich: »Bei dir?«

Nachdem wir begonnen hatten, uns füreinander zu öffnen,

wollte ich auch den Rest von Förmlichkeit loswerden, der unsere Gespräche noch ein wenig beschwerte.

»Ich bin auch nicht verheiratet«, sagte Anton zögernd, »aber ich war es einmal.«

Das zweite Klingelzeichen schrillte. Die Leute um uns herum brachen auf, um zu ihren Plätzen zu gelangen.

»Meine Frau ist früh gestorben«, sagte Anton, »wir sind kinderlos geblieben. Es ein zweites Mal zu versuchen ...«, er führte den Satz nicht zu Ende.

Überhaupt kamen wir erst am Abend nach dem Konzert dazu, unser Gespräch fortzusetzen.

Wir hörten eine bewegende Aufführung des »Deutschen Requiem« und waren danach nicht in der Stimmung, das »Nachtmahl«, wie Anton es nennt, in einem der von Festspielgästen überlaufenen Salzburger Nobelrestaurants, in denen es oft laut und gespreizt herging und in denen die Gäste obendrein noch von irgendeiner unerträglichen Musik berieselt wurden, einzunehmen. Ich schlug ein stilles, gemütliches Lokal auf der bayerischen Seite vor, das »Maximiliansschlössl«, das etwas außerhalb von Bad Reichenhall lag. Anton widersprach nicht, obwohl er eine Abneigung gegen Ausflüge zu hegen schien, die ihn über die österreichischen Gemarkungen hinausführten. Dort sei ihm alles fremd geworden, lautete seine vage Erklärung, als ich ihn einmal auf diese eigentümliche Art der Bodenständigkeit ansprach. Auf die Frage, was »fremd« bedeute, wusste er keine rechte Antwort. Vielleicht fühlte er sich auch gehemmt, weil er mich nicht kränken wollte. »Laut, oberflächlich, vordergründig« ginge es dort zu, meinte Anton. Bad Reichenhall sei ein einziger kassenärztlicher Betrieb. Dort hielten sich nur Leute auf, die sich einbildeten, krank zu sein und die auf Staatskosten ihre Leiden mit Methoden behandeln ließen, deren Wirksamkeit genauso ins Reich der Fantasie gehörten wie die Krankheiten selbst. Und das alles geschähe mit tierischem Ernst. Die Küchen arbeiteten nur bis neun Uhr abends, danach habe Ruhe zu herrschen. Ich widersprach ihm mit sanftem Nachdruck. Nein, mein »Maximiliansschlössl« habe mit dem Kurbetrieb nicht das Geringste zu tun und sei etwas ganz anderes. Es galt damals als Geheimtipp für Leute, die dem Festspielrummel abends entkommen und in Ruhe und ländlicher Behaglichkeit noch etwas essen oder auch nur ein Glas Wein trinken wollten. Der Wirt war ein gebürtiger Bayer, der nach vielen Jahren im Ausland in seine Heimat zurückgekehrt war. Er bot eine herzhafte und leichte Küche, gute Weine, lokale Biere vom Fass und in viele Nischen unterteilte Goststräume an, die durch Holztäfelungen, bequeme Stühle und überall ausgelegte Bauernteppiche eine angenehme Atmosphäre verbreiteten. Anton war zufrieden. Ich merkte es daran, dass sein Gesicht sich aufhellte, als wir an einem der einladend gedeckten Tische saßen, der durch die hochgezogenen Lehnen der Sitzbänke von den umstehenden Tischen abgeschirmt war. Nachdem er auf der Weinkarte seinen Lieblingswein, einen Grünen Veltliner des Weingutes Jamek in der Wachau, und daneben noch andere gute österreichische Weine entdeckt hatte, verspürte Anton sogar Appetit und bestellte einen Tafelspitz, der ihm mit allen klassischen Zutaten serviert wurde: mit fein gehacktem Spinat, Apfelkren und einem Gratin aus Röstkartoffeln. Er musterte alles kritisch. Dann sagte er nur: »Da schau her. Das hätte ich jetzt nicht geglaubt.«

Es war noch früh am Abend, als wir in das Restaurant gekommen waren. Das Konzert hatte bereits am Nachmittag begonnen und gegen acht Uhr geendet. So blieb uns viel Zeit, über Antons Vergangenheit zu sprechen. Ich hatte ihm ja bereits einige Stunden lang von mir erzählt und wartete nun darauf, dass er seine Reserve aufgeben und auch von sich berichten würde. Ich wurde nicht enttäuscht. Nachdem er seinen Tafelspitz verzehrt und die Zubereitung anschließend mit dem Wort »authentisch« gelobt hatte, schob er seinen Teller ein Stück weit von sich weg und lehnte sich zurück.

»Mein Leben ist nicht so geradlinig verlaufen wie deines«, begann er und hielt dabei den Blick gesenkt, als ob es ihm unangenehm sei, von seiner Vergangenheit zu reden. »Es lag wohl am Krieg, ich war immerhin schon siebenundzwanzig Jahre alt, als er ausbrach, also sozusagen im besten Soldatenalter.« Er lächelte ein wenig gequält. »Aber ich sollte von vorn anfangen. Ich bin in Wien aufgewachsen. Als ich 1912 auf die Welt kam, stand mein Vater noch im Dienste seiner kaiserlichen und königlichen apostolischen Majestät des Kaisers. Meine Mutter stammte aus Graz und hatte gelernt, was bürgerliche Töchter damals lernten, nämlich einen Haushalt zu führen. Wir wohnten im 18. Gemeindebezirk. Eine hübsche Gegend, damals fast noch ein Randbezirk von Wien. Als ich zehn Jahre alt war, das Kaiserreich hatte inzwischen den Geist aufgegeben, wurde ich in ein Internat gesteckt. Es lag Gott sei Dank ganz in der Nähe von Wien, in Kalksburg, sodass ich an den Wochenenden zu Hause sein konnte. Du hast mir vorhin gesagt, deine Eltern seien gut katholisch gewesen. Nun, das waren meine ebenfalls, aber sie waren daneben auch noch gut kaiserlich. Mein Vater besonders. Er war als Beamter für die Verwaltung der kaiserlichen Museen in Wien verantwortlich. Er war also so etwas wie ein Kurator oder ein Kustos. Damit, dass diese für ihn geheiligten Orte nun Eigentum der Republik sein sollten, hat er sich nie abgefunden. Meine Kindheit, auch meine Schulzeit, fielen in unruhige Jahre. Das Ende des Kaiserreichs, anschließend Deutsch-Österreich, dann die Republik Österreich, soziale Spannungen, schließlich Bürgerkrieg – ich hatte das Gefühl, dass sich in dem kleinen Land, der damaligen Republik Österreich, alle Konflikte spiegelten, die später auch das Schicksal von Europa als Ganzem bestimmten. Alles war vorhanden: die Arbeiterbewegung, der es nicht gelang, sich vom russischen Bolschewismus abzugrenzen, die konservativen, klerikalen Kräfte und, immer stärker hervortretend, die Deutsch-Nationalen, die sich von Jahr zu Jahr radikaler und antisemitischer gebärdeten.«

Es hört sich an, als halte er eine Vorlesung, dachte ich. Vielleicht hatte er meine Gedanken erraten, denn fast im gleichen Augenblick fragte er: »Langweile ich dich?«

Anstatt zu antworten und um schneller in die Gegenwart zu gelangen, fragte ich: »Und du wolltest schon immer einen Beruf ergreifen, der etwas mit Schreiben zu tun hat?«

»Ja, das wurde mir gegen Ende meiner Schulzeit klar. Ich hatte den Wunsch, von den Dingen, die sich bei uns abspielten, zu berichten.«

»Und?«

»Daran hielt ich fest. 1931 legte ich meine Matura ab und studierte die Rechte. Jus sagt man dazu bei uns. Gleichzeitig trat ich als Volontär bei der ›Neuen Freien Presse‹ ein. Bald darauf wurde ich Assistent der Lokalredaktion und schrieb kleine Artikel über das, was die Menschen in Wien damals bewegte. Und das war ja nicht nur die große Politik, es waren lokale Geschichten und immer wieder Ereignisse, die mit Musik und Musikern zusammenhingen.« Er lächelte mich an, ohne seine Haltung zu verändern. »In Wien findet man Zugang zur Musik am leichtesten über die Musiker. Also lief ich ihnen nach, gewann auch mal jemanden für ein Interview, eine Sängerin wie Maria Cebotari oder einen Dirigenten wie Otto Klemperer. Das kam gut an, und zwei Jahre später saß ich in der Kulturredaktion und schrieb Musikkritiken.«

»Und das Studium?«

»Das habe ich beizeiten an den Nagel gehängt.« Wieder lächelte er. Sein Leben als Musikkritiker schien sich mit angenehmen Erinnerungen zu verbinden. »Ich kam damals viel herum, wurde bekannt, begegnete vielen Menschen, nicht nur Musikern übrigens, sondern Leuten, die sich für Musik interessierten: Ärzte, Rechtsanwälte. Dabei traf ich auch meine spätere Frau. Lisa. Lisa Dunkel. Sie stammte aus einer sehr deutsch-national gesinnten Familie. Ihr Vater, Friedrich Dunkel, gehörte später zum Stab von Seysz-Inquart. Aber davon wussten wir damals noch nichts. Wir heirateten bei Kriegsausbruch. Ich wurde eingezogen und war dann bis 1945 Soldat.« Er schüttelte den Kopf. »Kannst du dir das vorstellen? Sechs Jahre. Den Polenfeldzug machte ich nicht mit. Ich war noch in der Ausbildung. Aber im Sommer 1940 in Frankreich, da war ich dabei. Danach blieb ich in Frankreich, schrieb für die Wiener Zeitungen Berichte über das Pariser Kulturleben und durfte dann auf Betreiben meines Schwiegervaters eine Zeit lang zurück nach Wien. Das war im Herbst 1940 und im Frühjahr 1941. Damals war der Krieg noch fern, es war die einzige Zeit, in der Lisa und ich so etwas wie eine Ehe führten. Ich schrieb Musik- und Theaterkritiken, sie arbeitete als Sekretärin in der Gauleitung. Natürlich war das Musikleben eingeengt. Jüdische Künstler gab es nicht mehr, die Liste der Werke, die nicht mehr gespielt werden durften, war beängstigend umfangreich. Kein Mendelssohn, kein Mahler, kein Schönberg ... Nichts. Die neue Wiener Schule wurde ignoriert, wichtige spezifisch wienerische Musikgrößen wie Alexander von Zemlinsky oder Erich Wolfgang Korngold ebenfalls. Es war schon deprimierend. Meine Frau stand sehr unter dem Einfluss ihres Vaters, und die Stellung als Sekretärin in einer Nazibehörde tat ein Übriges ... Wir waren politisch meist verschiedener Meinung, manchmal kriselte es, wie man so schön sagt. Und so war ich nicht einmal unglücklich, als ich im Sommer 1941 als Kriegsberichterstatter an die Ostfront geschickt wurde. Und dort blieb ich bis zum bitteren Ende. Ein sogenannter Kriegsberichterstatter führt ein riskantes Leben. Wir waren entweder direkt an der Front oder immer gleich dahinter. Warum die Nazis so viel Wert auf die Nähe der Berichterstatter zur kämpfenden Truppe legten, weiß ich bis heute nicht, denn unsere Berichte wurden ja zensiert, und was dann übrig blieb, war oft nur Propaganda ohne jeden Informationswert. So etwas hätte man sich auch in der Etappe zusammenfantasieren können. Ich bin dann, als ich über die Kämpfe von Moskau im Winter 1941/42 berichtete und die völlig unzureichende Ausrüstung der deutschen Truppen beanstandete, ein paar Mal angeeckt. Es gab Ärger, ich wollte nicht mehr weiterschreiben und wurde schließlich Sanitäter bei einer Panzerdivision. Nach Hause kam ich nur noch gelegentlich. Alle sechs bis acht Monate für ein oder zwei Wochen. Und jedes Mal wurde es trostloser: Lebensmittelknappheit, Tristesse, Niedergeschlagenheit und Bombenangriffe. Zum letzten Mal war ich im Dezember 1944 in Wien – zum Begräbnis meiner Frau. Sie war bei einem Bombenangriff auf die Innenstadt umgekommen. Wir wohnten damals – sie wohnte, müsste ich sagen – in einem alten Mietshaus im ersten Bezirk. Das Haus erhielt einen Volltreffer. Der Luftschutzkeller – es war eben nur ein flachgelegener Keller – bot keinen Schutz. Vierzehn Menschen kamen damals ums Leben. Lisas Eltern, Friedrich Dunkel und seine Frau Margarete, litten natürlich unter dem Verlust ihrer Tochter, aber sie zeigten keinerlei politische Einsicht. Dunkel wollte, dass ich eine Serie über den Bombenkrieg gegen die deutsche Zivilbevölkerung schreibe – im Sinne des Regimes natürlich. Aber ich konnte das nicht. Ich hatte gesehen, was wir den Menschen im Osten angetan hatten. Dieses Sterben und Töten hatte mich damals so überwältigt, dass ich meinte, nie wieder schreiben zu können. Ich wollte auch nicht mehr nach Wien zurück.«

»Warum nicht?«, fragte ich vorsichtig.

Ein Ausdruck von Verlegenheit lag plötzlich auf Antons Gesicht. »Du musst wissen, ich liebte sie ja immer noch, und ich hoffte, dass wir zueinander finden würden, wenn dieser unselige Krieg erst einmal vorbei sein würde. Wenn der Einfluss ihrer Eltern und ihrer Umgebung in der Gauleitung erst einmal wegfiele, dann würde sie wieder Lisa sein, die fröhliche, liebevolle und lebenslustige Frau, die ich geheiratet hatte. Aber jetzt? Jetzt war diese Hoffnung zunichte. Besser nie wieder hierher kommen, dachte ich damals, denn wo keine Hoffnung war, da konnte auch nichts Neues entstehen.«

Er legte beide Hände mit Nachdruck auf den Tisch und richtete sich auf. Mit dieser Geste schien er in die Gegenwart zurückzukehren. »Und ich bin dann doch wiedergekommen und habe ein neues Leben angefangen.«

»Und ein erfolgreiches«, sagte ich.

Anton lächelte sein zustimmendes und zugleich trauriges Lächeln.

»Wenn man so will«, sagte er. »Der Beruf als Kulturredakteur und Sprecher bei einem großen Sender, erst bei Radio Wien, dann beim ORF, das hat mir schon gepasst. Aber ich bin allein geblieben. Allein und wohl auch einsam.«

Es rührte mich, diese Sätze von ihm zu hören. Es klang ganz schlicht, einfach. Keineswegs larmoyant, allenfalls ein wenig bedauernd.

»Die Sammlung von Tondokumenten, von Aufnahmen besonderer Konzerte hat mir vermutlich etwas über diese Einsamkeit hinweggeholfen.«

Ich muss ihn wohl etwas zweifelnd angesehen haben, denn er fuhr fort: »Diese Aufnahmen sind nicht nur Dokumente der Wiedergabe von Musik, sie sind, anders als Studioaufnahmen, auch Abbildungen eines gemeinsamen Musikerlebens. Das Publikum spielt immer mit. In vielen dieser Aufnahmen, in gebanntem Schweigen wie im ausbrechenden Beifall, erlebte ich etwas von dieser Gemeinsamkeit, die mir sonst auf weite Strecken gefehlt hat.«

»Dann ging es dir gar nicht so sehr um die Musik selbst?«, fragte ich.

»Doch, es ging um Musik in ihrer wichtigsten Rolle: als Stifterin von Gemeinsamkeit zwischen denen, die sie erzeugen mit ihren Stimmen und Instrumenten, und denen, die zuhören und sich verzaubern lassen. Es sind Augenblicke intensiven gemeinsamen Erlebens, verstehst du? Ich sammle Augenblicke, in denen die Musik etwas sagt, das alle – oder viele – bejahen.«

Seine Bemerkungen erinnerten mich an das, was Florian

Kepler einmal über die entscheidende Rolle der Zuhörer gesagt hatte, damals in Washington. Ich erwähnte es. Aber Anton hörte mir nicht zu. Er war mit seinen Gedanken wieder tief in seinen Erinnerungen.

Ich sehe auf die Uhr. Es ist drei Uhr nachmittags. Ehe ich unten in Weidling bin, vergeht eine Stunde. Ein Taxi rufen und in die Stadt fahren, dürfte eine weitere Stunde in Anspruch nehmen. Es ist eigentlich zu spät, um heute noch in die Wohnung im Stubenring zu gehen. Ich nehme mir vor, nach Klosterneuburg zurückzulaufen. Den Besuch im Stubenring will ich auf morgen verschieben. Aber wenn ich schon in Klosterneuburg bin, sollte ich Anton dann nicht anrufen und ihn fragen, ob wir uns zum Abendessen noch einmal sehen könnten? Natürlich würde er mir anbieten, in der Kantine seines Wohnheims zu Abend zu essen. Nicht, weil es billiger sei, würde er mir das anbieten, sondern weil er mir auf seine diskrete Weise zeigen will, dass sein Heim kein typisches Altersheim, sondern ein Wohnheim, eigentlich eine Wohnanlage ist, wie man hier sagt. Sein Heim unterscheide sich von einem normalen Wohnhaus nur durch zusätzliche Einrichtungen, die man in Anspruch nehmen könne, wenn man sie benötige. Andernfalls seien sie zu ignorieren, hatte er mir mehr als einmal versichert. Er zum Beispiel habe die Bäderabteilung oder eines der Krankenzimmer nur einmal betreten, als er sich nach einer neuen Wohnung umgeschaut habe.

In Weidling rufe ich ihn an. Er ist hoch erfreut über meinen Vorschlag und über meine Bereitschaft, mit ihm das Gästerestaurant zu besuchen. »Du wirst es nicht bereuen.« Quasi als Gegenleistung stellt er mir in Aussicht, an einem der nächsten Tage zusammen mit mir in den Stubenring zu gehen, um die Aufnahmen mit Florian Kepler herauszusuchen und mir zu zeigen, auf welchen Geräten man diese selbst geschnittenen Platten am besten abspielt. Ein paar Stunden später sitze ich ihm gegenüber im »Gästerestaurant«. So heißt diese Einrichtung, die den Bewohnern des Wohnheims zur Verfügung steht, wenn sie Besucher bewirten und dies in einer dezenteren und gepflegteren Umgebung tun möchten, als es die Kantine bietet, gegen die im Übrigen, wie mir Muxeneder versichert, überhaupt nichts einzuwenden sei. Nein, er hat recht, man fühlt sich wirklich wie in einem feinen Restaurant – oder besser, wie in einem Club, nur eben in einem österreichischen und keinem angelsächsisch geprägten Club. Die Stühle und Sitzbänke sind mit Stoffen bezogen, die an alpine Trachten erinnern. Goldgelbe, flaschengrüne und warme rote Farbtöne überwiegen. An den Fenstern hängen Portieren, die mit ihren Faltenwürfen und Drapierungen eine Aura von gehobener Bürgerlichkeit vermitteln, aber genügend Licht hereinlassen. Jetzt allerdings wird es schnell dunkel. Die Tischlampen verbreiten ein anheimelndes Licht.

»Du hast nicht übertrieben«, sage ich, »es ist wirklich sehr angenehm hier.«

»Nicht wahr, das will ich meinen.«

Die Redensartlichkeit von Antons Sprechweise erinnert mich an lange zurückliegende Abende. Wenn meine Eltern Gäste einluden, Arbeitskollegen meines Vaters zum Beispiel, dann klang es auch so. Ich bin froh, dass ich nicht zurück nach Wien gefahren bin. Muxeneder ist jetzt ganz Gastgeber, er studiert die Speisekarte, fragt, empfiehlt, sucht einen Wein aus und befragt den Ober, der sich nach unseren Wünschen erkundigt. Er bestellt für uns beide, nachdem ich ihm versichert habe, dass ich mich gerne seinen Wünschen anschließen würde. Nachdem der Ober uns wieder verlassen hat, sagt er unvermittelt: »Jetzt würde ich gern hören, wie die Geschichte weiterging.«

»Welche Geschichte meinst du?«

»Na, die Geschichte von heute Vormittag. Wie ging es weiter, nachdem du dich von Kepler verabschiedet hattest?«

Wie es weiterging?

4

Zunächst fuhren wir alle wieder heim. Mit dem Schiff, der SS Vulkania, nach Genua und von dort mit der Bahn zurück in unsere Heimatorte. Im Spätsommer 1949 war ich wieder in München. Zu der Zeit fanden auch die ersten Wahlen zum Bundestag statt, und im Herbst desselben Jahres gab es wieder einen deutschen Staat, wenn er auch noch keine volle Souveränität genoss. Aber die Zeichen der Erholung von den Kriegsjahren waren überall zu erkennen. Unsere Wohnung in Schwabing war renoviert worden, die Schaufenster hatten sich gefüllt, die neue Währung schien zu halten, was sie bei ihrer Einführung versprochen hatte. Es ging, wie die Politiker, allen voran der alte Kanzler, verkündeten, wieder aufwärts, und obwohl angesichts eines solchen Optimismus noch niemand in Jubel ausbrach, war der Stimmungspegel doch eindeutig gestiegen. Ich studierte nun ernsthaft Medizin, das heißt, ich entkam der gut gemeinten Regelmäßigkeit und Enge meiner elterlichen Wohnung einerseits durch den Besuch meiner Pflichtvorlesungen und Kurse. Andererseits aber bot mir ein wachsender Kreis von studentischen Freunden und Bekannten die Möglichkeit, auch außerhalb des Semesterbetriebs eigene Wege zu gehen.

Es gab Fahrradtouren und Wanderungen in die Berge, im Winter schüchterne Versuche auf geliehenen Skiern, Faschingsfeste, bei denen chronischer Geldmangel durch Fantasie und ständige Verliebtheiten mehr als kompensiert wurde – ich vermisste eigentlich wenig. Gelegentlich, wenn ich allein zu Hause war, saß ich vor dem Klavier, das auf Drängen meiner Mutter sehr bald nach Kriegsende angeschafft worden war, weil ihr Flügel zusammen mit aller übrigen Habe und der dazu gehörigen Wohnung 1944 in Schutt und Asche gesunken war. Ich versuchte mich an einigen Mozart-Sonaten und stieß dabei auch auf Mozarts Sonate in B-Dur, die Florian für uns gespielt hatte. Weil ich mich erinnerte, wie dieses Stück unter seinen Händen geklungen hatte, fand ich mich so leidlich darin zurecht. Aber zu einem ganz fließenden und zusammenhängenden Vortrag brachte ich es nicht, obwohl ich wieder angefangen hatte, bei einem Professor an der Hochschule für Musik Klavierunterricht zu nehmen. Noch schlechter als mit der Mozart-Sonate erging es mir mit Beethovens Opus 110. Meine manuellen Fähigkeiten erlaubten mir lediglich, das einleitende rufende Motiv und die auf diesen Ruf antwortende Melodie einwandfrei zu spielen. Mit den Zweiunddreißigstel-Läufen hatte ich bereits meine Schwierigkeiten. Dennoch versuchte ich es immer wieder mit einer gewissen Hartnäckigkeit, die von der Erinnerung an Florians unvergleichliches Spiel und an den mit ihm verbrachten Abend unterhalten wurde. Am Ende solcher Klaviersitzungen, die bis zu einer Stunde dauerten und dann in vorläufiger Resignation endeten, sehnte ich mich nach guter Musik, besonders nach gutem Klavierspiel. Ich besuchte einige Konzerte, Klavierabende und Orchesterkonzerte, in denen neben symphonischer Musik auch Klavierkonzerte zur Aufführung kamen – an das zweite Brahms-Konzert, das damals in der Aula der Universität gegeben wurde, erinnere ich mich noch ebenso wie an das zweite Konzert von Bartók. Ich freute mich daran. Die Faszination allerdings, die ich vor einem Jahr in der National Gallery of Art empfunden hatte, als Florian nach dem offiziell angekündigten Teil seines Konzerts mit Beethovens Sonate in As-Dur Opus 110 eine neue Ebene betrat, wie er allein durch seine Konzentration, durch die Kraft seiner Ausstrahlung ein kategorisches »So und nicht anders« verkündete und wie seine Zuhörer diese Forderung anerkannten: gebannt, schweigend, mit angehaltenem Atem fast, wenn so etwas möglich wäre – nein, diese Faszination wollte sich nicht einstellen.

Manchmal also hatte ich Sehnsucht nach Florian. Dann wünschte ich, dass er mir schriebe und mir dabei irgendein Konzert in Aussicht stellte, das ich hätte besuchen können. Aber es kam kein Lebenszeichen. Soll ich ihm schreiben, fragte ich mich, aber was hätte ich ihm denn mitteilen sollen? Nein, der erste Schritt musste schon von ihm kommen.

Den Winter 1950/51 verbrachte ich noch in München, im Frühling aber wollte ich nach Berlin wechseln. Einige meiner Freunde erklärten mich für verrückt, von München in die Halbstadt zu wechseln, die doch immer in Gefahr war, ganz von der westlichen Welt abgeschnitten zu werden. Aber gerade das reizte mich. Außerdem hatten mir Kommilitonen, die dort studierten, von der sich wieder belebenden Kulturszene, besonders von den Berliner Theatern, berichtet, die viel frecher und lebendiger seien als ihre Münchner Pendants. Auch die Musikszene sei internationaler, selbst wenn noch kein neuer Konzertsaal zur Verfügung stünde. Unordentlicher, ärmer und kaputter sei Berlin als München, aber viel aufregender – schon wegen seiner Nachbarschaft zu Ostberlin. Ich hatte kein Problem, einen Studienplatz zu bekommen – mein Austauschjahr in den USA erwies sich in diesem Zusammenhang als hilfreich. Geld hatte ich nur wenig, aber ich hatte schon in München Nachhilfeunterricht in Englisch gegeben. Das würde ich nun eben auch in Berlin tun.

Also fuhr ich im April 1951 nach Berlin und fand auch bald ein Quartier in Lichterfelde-West, in einer alten Villa in der Potsdamer Straße. Ich hatte das mir angebotene Zimmer genommen, weil es sehr hell und geräumig war und weil die alte Dame, eine Frau Freidank, der das Haus gehörte, nichts dagegen hatte, wenn ich mich in ihrem Garten aufhielt oder Klavier spielte. In ihrem Salon, wie sie den schmalen, dunklen Raum nannte, der in einen Wintergarten mündete und in dem sie den Großteil ihrer Zeit verbrachte, stand ein alter Bechstein-Flügel von mindestens zwei Metern Länge, fast schon ein Konzertflügel. Das Instrument war verstimmt. Frau Freidank, eine gemütliche, etwas korpulente Frau mit weißen Haaren, erzählte mir von ihrem verstorbenen Mann, der täglich an diesem Klavier gesessen und gespielt habe, bevor ihn die Russen 1945 auf Nimmerwiedersehen verschleppten.

Ich konnte die Anfänge vieler klassischer Stücke auswendig spielen und versuchte nun, meiner Wirtin auf diese Weise einen – zugegebenermaßen geschönten – Eindruck von meinen Fähigkeiten zu geben. Meine Taktik verfing.

»Sie spielen ja wunderbar«, sagte Frau Freidank und rang die Hände, wobei ihre wässrigen braunen Augen in die Ferne schauten, hinaus in den Wintergarten und in das sich dahinter erstreckende Gartengelände. Offenbar erinnerte sie sich der Jahre, in denen ihr Mann, der Regierungsrat Freidank, noch an dieser Stelle gesessen und gespielt hatte. Und dann seufzte sie fast entschuldigend: »Aber ich muss dringend den Klavierstimmer bestellen.«

»Ja, das wäre wohl nötig«, meinte ich und fügte noch einige altkluge und unbewiesene Bemerkungen hinzu: Es sei nicht gut für ein Instrument, wenn es so lange unbenutzt herumstünde.

Mein Zusammenleben mit Frau Freidank gestaltete sich sehr angenhm. Sie hatte das Gästezimmer ihrer Villa wohl in erster Linie vermietet, weil sie nicht mehr allein in dem großen Haus wohnen wollte. Gelegentlich erzählte sie ein wenig von früher, von dem Leben, das sie und ihr Mann geführt, von den Reisen, die sie unternommen hatten, bevor der Krieg ihrer Unternehmungslust Fesseln angelegt hatte. Ich hörte ihr zu, durfte dafür auf dem Bechstein spielen, der gut klang, nachdem Herr Püschel, ein Angestellter des Hauses Bechstein in Berlin-Kreuzberg, das Instrument gestimmt und seine leicht klappernde Mechanik nachgestellt hatte.

Meine neue Unterkunft erwies sich noch in anderer

Hinsicht als günstig: Nach Dahlem zu den Instituten und Behelfsunterkünften der Freien Universität konnte ich jetzt in der anbrechenden warmen Jahreszeit bequem mit dem Rad fahren. Und wenn ich durch Dahlem oder Zehlendorf fuhr oder die Podbielskiallee entlangradelte, um zu meinen Anatomie- und Physiologievorlesungen zu kommen, erlebte ich die Weitläufigkeit dieser westlichen Vororte der ehemaligen Hauptstadt. Gewässer zum Baden und Bootfahren gab es genug, einige lagen in der Nähe – das Gefühl des Eingesperrtseins stellte sich nicht ein. Ich war mit meiner Entscheidung, nach Berlin zu wechseln, sehr zufrieden.

Mitten im Sommersemester kam aus München ein dicker brauner Umschlag, in dem sich einige ungeöffnete Briefe befanden. »Vielleicht ist etwas Wichtiges dabei«, schrieb meine Mutter. So war es in der Tat. Denn einer der Briefe kam aus New York und trug auf der Rückseite als Absender den Namen einer Agentur mit einer Postfachnummer. Ich musste den Brief erst öffnen und die Anrede »Lieber Klaus« lesen, um zu kapieren, dass dieser Brief von Florian Kepler kam. Sein Agent sei dabei, für ihn eine Konzerttournee durch Europa zusammenzustellen. London, Paris und Mailand stünden als Konzertorte schon fest. Auch Berlin sei vorgesehen. Es täte ihm sehr leid, dass er dieses Mal nicht nach München kommen könne, die Tournee würde vom Außenministerium finanziell unterstützt, und die Leute dort seien der Meinung, Berlin sei im Augenblick wichtiger als München. Außerdem gebe es in Berlin eine große amerikanische Gemeinde, die bedacht sein wolle. In Deutschland würde er also in Berlin und vielleicht in Frankfurt am Main Station machen. »Kannst Du nicht für ein paar Tage nach Berlin kommen?«, fragte er. Dann ginge es wiederum nach London und Ende Oktober von South Hampton aus mit dem Schiff zurück nach New York.

»Es wäre wunderbar, wenn Du meine Konzerte in Berlin hören könntest. Natürlich würde ich Dir Freikarten besorgen. Du könntest Anna kennenlernen und Marlene, unsere Tochter. Sie begleiten mich auf dieser Reise.« Dann nannte er mir die Daten seiner Konzerte. Eines würde im Titania-Palast stattfinden mit dem RIAS-Symphonieorchester unter einem ungarischen Dirigenten. Das andere sei ein Soloabend, dessen Datum bereits feststehe, für den ein passender Ort aber noch nicht gefunden sei. Konzertsäle seien offenbar knapp in Berlin. Aber weitere Nachrichten kämen bald, ich sollte bitte sofort antworten. Natürlich schrieb ich sogleich zurück. Ich sei schon in Berlin, konnte ich Florian mitteilen, steckte bereits mitten im Medizinstudium und könnte gar nicht sagen, wie sehr mich sein Brief und seine Einladung gefreut hätten. Natürlich würde ich zur Stelle sein, bei beiden Konzerten.

»Selbstverständlich gehen Sie da hin«, sagte Frau Freidank, der ich abends von meiner Freundschaft mit Florian Kepler und von dessen Konzertterminen in Berlin erzählte. »Das wird ihn sicher freuen, Ihren Künstler.« Ihre Augen wurden feucht. »Mich freuen solche Geschichten auch sehr, ja, sie geben mir manchmal sogar den Glauben an das Leben zurück. Der ist mir nämlich manchmal schon abhanden gekommen.« Sie betupfte sich mit einem Taschentuch die Augen. »Wenn ich nur an Erwin denke.«

Ich tätschelte ihr ein wenig den Arm, bis sie sich beruhigt hatte und wieder auf andere Gedanken kam.

»Ich werde mir zum Abendessen ein paar Kartoffelpuffer zubereiten«, sagte sie schließlich. »Mögen Sie auch ein paar?«

»Ja, danke, wenn Sie sich die Mühe machen wollen«, antwortete ich.

Als wir später im Wintergarten saßen und uns an Frau Freidanks Kartoffelpuffern labten, sagte sie: »Jetzt werden Sie doch auch wieder ein bisschen mehr Klavier spielen, oder. So eine Nachricht gibt Ihnen doch sicher Auftrieb.«

Da hatte sie recht. Denn obwohl zwischen Florians Beruf und meiner Klavierliebhaberei kein Zusammenhang bestand – nie hätte ich es gewagt, Florian gegenüber mein eigenes Geklimper auch nur zu erwähnen –, die Aussicht, ihn bald wiederzusehen und zu hören, belebte mich. Sobald ich seine Programme kannte, wollte ich mir die Noten kaufen und die Stücke auch als Notentexte kennenlernen. Und damit mir das halbwegs gelänge, musste ich meine Geläufigkeit verbessern, vor allem aber meine Fähigkeit, Notentexte zu lesen.

Das Sommersemester 1951 ging zu Ende, ohne dass ich eine Antwort oder eine weitere Nachricht von Florian erhalten hätte. Viele meiner Freunde hatten sich jetzt, Mitte Juli, bereits in die Ferien verabschiedet. Ich zögerte meine Abreise nach München noch hinaus, weil ich hoffte, von Florian zu hören. Aber es kam kein Brief mehr. So setzte ich den Tag meiner Abreise fest, kaufte mir eine Fahrkarte für den Interzonenzug nach München und verabschiedete mich von Frau Freidank, bei der ich im Herbst wieder wohnen wollte.

Der Zug nach München ging am frühen Abend. Ich hatte mir für den Weg zum S-Bahnhof Lichterfelde-West ein Taxi bestellt, um dann über Westkreuz zum Bahnhof Zoo zu fahren. Frau Freidank begleitete mich bis an ihr Gartentor. Trotz der sommerlichen Temperaturen trug sie ein dunkles Kleid mit langen Ärmeln und dazu auch noch einen breiten Schal, den sie selbst aus altrosa Wollresten gehäkelt hatte. Altrosa auf Schwarz, dazu weiße Haare und große braune Augen, so habe ich Frau Freidank heute noch in Erinnerung. Sie schüttelte mir die Hand und versicherte mir, dass ich ein angenehmer Gast gewesen sei.

»Ich freu mich schon, wenn Sie wiederkommen«, versicherte sie mir und winkte dem Taxi hinterher, das mich und meinen großen Koffer zum Bahnhof brachte.

Im S-Bahnhof fand ich einen Kiosk, an dem man Zeitungen

und Zigaretten erstehen konnte. Ich kaufte mir den »Abend«, um unterwegs den letzten Berliner Tratsch zu lesen. Während ich die Schlagzeilen der ausgelegten Zeitungen und Illustrierten überflog, streifte mein Blick einen Stapel von Heften mit dem Titel »Konzertführer«.

»Ist das schon für die nächste Saison?«, fragte ich den Verkäufer am Kiosk.

»Keene Ahnung. Müssen Se selber nachsehen«, sagte der und schob mir eines der Hefte über seine Theke. »Die sind umsonst.«

Ich bezahlte meine Zeitung, nahm auch den Konzertführer mit. Dann wuchtete ich meinen Koffer auf den Bahnsteig und wartete auf die S-Bahn. Das Betreten eines S-Bahnhofs erinnerte mich damals immer an einen kleinen Grenzübertritt. Hier befand ich mich auf dem Gelände der Deutschen Reichsbahn und das hieß »Osten«. Immerhin – eine Bank stand noch da. Ich setzte mich und blätterte im Konzertführer. Für den August war nicht viel angekündigt. Saure-Gurken-Zeit. Im September allerdings belebte sich die Szene und im Oktober – da stand ja, worauf ich so lange gewartet hatte: »Sonntag, 26. Oktober 1951: Orchesterkonzert des RIAS-Symphonieorchesters, Solist: Florian Kepler. Großer Saal im Rundfunkhaus in der Masurenallee. Mozart: Ouvertüre zur Zauberflöte, dann das Klavierkonzert Nr. 26 in c-Moll und als Abschluss die Jupitersymphonie.«

Ein Mozartabend! Ich muss mir diese Noten besorgen, dachte ich und hätte dabei beinahe meinen Zug verpasst, der nur kurz hielt, weil nur wenige Leute aus- und einstiegen. Im Zug, ich saß auf einer der aus hellen polierten Holzleisten konstruierten Bänke, die damals noch üblich waren, las ich weiter. Hier: Am 20. Oktober 1951 ein Klavierabend im Titania-Palast. »Endlich auch in Berlin«, stand da zu lesen. »Florian Kepler, der heute zu den bedeutendsten amerikanischen Pianisten der jüngeren Generation zählt, gibt sein Debüt in Berlin.« Und was für ein Programm! Zu Anfang sollte die Bach-Partita Nr. 2 in c-Moll stehen, danach wollte er die Sonate von Beethoven in As-Dur spielen, dieselbe Sonate, die er auch schon in Washington vorgetragen hatte. Nach der Pause dann die Sonate in a-Moll von Mozart (Köchelverzeichnis 310) und zum Abschluss die Sonate in B-Dur von Schubert, seine letzte. Es waren eigentlich zwei Konzerte, dachte ich, während mich die S-Bahn hin- und herschaukelte. Einmal Bach und dann Beethoven mit der Sonate, die von allen seinen späteren Werken am deutlichsten auf Bach zurückgreift, auf den Wechsel zwischen freiem rezitativischen Ausdruck und streng in die Form einer Fuge und ihrer Umkehrung eingebundener Aussage. Und der zweite Teil? Aber darüber konnte ich jetzt nicht nachdenken. Ich musste umsteigen und dann im Bahnhof Zoo den Zug suchen, der mich nach München bringen sollte. Zwischendurch, während ich meinen Koffer über Treppen und Bahnsteige schleppte und auf den Zug wartete, dachte ich immer wieder an Florians Programm. Aber erst später am Abend, als ich den Kontrollpunkt Drewitz/Dreilinden hinter mir hatte, fiel mir zum zweiten Teil des Klavierabends etwas ein. Es dunkelte bereits, der Zug würde nun bis zur Zonengrenze nicht mehr halten. Ich saß allein in einem Abteil und sah in Fahrtrichtung aus dem Fenster in die dämmernde Kiefer- und Heidelandschaft, die an meinem Fenster vorüberzog. Die Nähe zum Tod verband die beiden Werke des zweiten Programmteils, glaubte ich plötzlich zu wissen. Die Entstehung von Mozarts a-Moll Sonate fiel mit dem Tod seiner Mutter zusammen. Die Reise nach Paris, der winterliche Aufenthalt dort, die kalten Zimmer und dann im Frühsommer 1779 die Erkrankung und der Tod der Mutter – das war der Hintergrund, auf dem dieses Werk entstanden war. Seine Mutter war der erste tote Mensch, den der junge Mozart sah. Ein direkter Zusammenhang zwischen dem bittersten Verlust, den er bis dahin erlitten hatte, dem größten und vielleicht auch dem bedrohlichsten, ist nicht belegt. Der zeitliche Zusammenhang indessen ist unleugbar. Die Sonate entstand in den Tagen nach dem Tod seiner Mutter, und die dunkle Unerbittlichkeit des ersten Satzes, auch der düstere dissonante Mittelteil des langsamen Satzes, nach dessen Ende die Erinnerungsseligkeit des einleitenden F-Dur-Themas nur noch seltsam gebrochen wiederkehrt – das alles verweist mit Nachdruck auf eine nicht nur zufällige zeitliche Nähe, sondern auf einen tiefen inneren Zusammenhang, den die künstlerische Beherrschung der Form nicht verbergen kann. Und vielleicht sollte sie das auch gar nicht. Und Schuberts Sonate in B-Dur? Ein Wandern durch eine herbstliche Landschaft, Ausblicke auf Vergangenes, bereits Entrücktes, Anwandlungen von Düsterkeit und Todesangst. Hier steht der eigene Tod bevor, und Schubert weiß es, wenn er auch oft versucht, den Gedanken an das baldige Ende wegzusingen. Der lyrisch-liedhafte Charakter dieses Spätwerks, die ständigen Tonartwechsel, die schiere Fülle von musikalischen Ideen unterscheiden dieses Werk von Mozarts klassizistischem Jugendwerk, und doch gibt es geheime Verbindungen zwischen beiden.

Manchmal hat man das Gefühl, ein Kind singe im Dunkeln, um seine Angst zu vertreiben, die dann doch als jäher Schrecken hereinbricht und die melodischen Gedanken zerreißt, bis die Dunkelheit selbst in etwas anderes verwandelt wird, etwas, vor dem sich das Kind nicht mehr fürchten muss.

Aber was dachte ich mir da? Ich fügte es ohnehin nur aus Erinnerungen an bereits Gehörtes zusammen. Florian würde mir sagen, warum er diese Stücke so zusammengestellt hatte. Vielleicht waren ganz andere Gründe als die von mir vermuteten ausschlaggebend.

Das Nachdenken über Florians Programm, über Mozart und Schubert, hatte mich ermüdet. Ich schlief ein, wurde für kurze Zeit wach, als der Zug an der Zonengrenze hielt, und dann erst wieder in Nürnberg, also fast schon am Ziel.

In München herrschten hochsommerliche Temperaturen. Als ich nach Hause kam, empfing mich meine Mutter mit Post von Florian Kepler und von Jochen König, meinem ehemaligen Münchner Kommilitonen, der seine Ferien in Innsbruck verbrachte und mich, wie er schrieb, dort erwarte. Klettertouren verhieß er mir. Die Grubreisen-Türme bei Innsbruck.

»Ganz nah an der Stadt, gleich hinter der Nordkette, aber Du fühlst Dich wie im tiefsten Karwendel, weit weg von allem.«

Das war nur der Anfang von dem, was er in der verbleibenden Ferienzeit mit mir anstellen wollte. Ins Stubaital wollte er, aufs Zuckerhütl, ins Ötztal auf die Wildspitze, auf die Tribulaune. Ein Freund, den ich eher als etwas bequem, um nicht zu sagen faul, in Erinnerung hatte, schien plötzlich von einem wahren Bergfieber erfasst zu sein.

»Telegrafiere, wenn Du kommst, Dein Jochen.«

Und Florian? Der hatte nur an meine Münchner Adresse geschrieben, um mir seine inzwischen bereits veröffentlichten Programme anzukündigen und mir schon Tage vorzuschlagen, an denen wir uns sehen könnten – im Harnack-Haus in Berlin-Dahlem wollte er mich treffen. Na gut. Das lag ja noch ein paar Monate in der Zukunft. Jetzt kam der August, dann der September, die beiden besten Monate für Kletter- und Hochtouren. Wenn ich aus dem Fenster unserer Schwabinger Wohnung in den blauen Sommerhimmel schaute, dann packte mich die Sehnsucht nach den Bergen, nach ihrer Schönheit, nach der Stille der Bergwelt und nach dem Nervenkitzel, den ich immer wieder erlebt hatte, wenn ich Touren unternahm, die an den Grenzen meines Könnens lagen. Und natürlich sehnte ich mich nach Jochens fröhlicher und unbeschwerter Gesellschaft. Seiner Natur nach neigte er dazu, die Freuden des Lebens im Irdischen zu suchen und zu erfahren, in der Natur, beim Bergsteigen, beim Skilaufen, im Umgang mit Freunden und mit Freundinnen, besonders, wenn diese hübsch waren. Die Künste, Literatur vor allem und Musik, nötigten Jochen Bewunderung ab. Wenn ich ihm von einem Buch erzählte, das ich gelesen hatte, oder von Musik, die ich besonders liebte, nahm sein Gesicht einen sehr ernsten, fast braven Ausdruck an. Er stellte dann viele verständige Fragen, die einerseits zeigten, dass er die dargestellten Werke nicht kannte, dass er andererseits aber von ihrem ideellen und allgemein bildenden Wert zutiefst überzeugt war. Er wirkte dann auf mich wie ein Schwerathlet, den man in ein Geschäft mit feinen Glassachen und wertvollem Porzellan führt: Er bewundert die schönen Gegenstände, hat aber auch Angst, dass er ihnen zu nahe kommen und sie dabei beschädigen könnte.

Nach wenigen Tagen in Schwabing stieg ich in den Zug, um nach Innsbruck zu fahren. Also keine eigenen Versuche mehr am Klavier meiner Eltern in Schwabing, kein Herumstochern in Noten von Beethoven, Schubert oder Mozart. Stattdessen handfestere Spiele auf den steinernen Orgeln des Karwendelgebirges, des Wilden Kaisers und eine nicht allzu schwere, aber lange Kletterei auf den Pflerscher Tribulaun. Jochen wohnte damals im Norden von Innsbruck, in Hötting, da, wo die Stadt in alter Zeit versucht hatte, sich an den steilen Flanken der Nordkette ein wenig emporzuarbeiten. Das Haus, in dem auch ich unterkam, gehörte einer leutseligen Tiroler Familie, die froh war, nach Ende des Semesters mit Jochen und mir die Sommermonate überbrücken zu können. Ob es stimmte, weiß ich nicht, aber unser Haus wurde mir als ehemaliges Gesindehaus von Kaiser Maximilian I. vorgestellt. Es hatte dicke Mauern, deren Konturen noch verrieten, dass sie aus behauenen Felssteinen errichtet waren, kleine Zimmer mit niedrigen Decken, Holzbalkone und ein flaches Giebeldach. Die Nachbarhäuser in der Höttinger Riedgasse sahen alle gleich aus. Jochen und ich waren in der näheren Umgebung bald bekannt wie bunte Hunde. Unsere Begeisterung für die Berge, der wir mit viel Energie und recht begrenztem Können nachgingen, bildete Gesprächsstoff für unsere Wirtsleute, für die Nachbarn, besonders für den Kreisler, der gleich nebenan einen kleinen Kolonialwarenladen betrieb, in dem wir alle unsere Nahrungsmittel einkauften. Der Inhaber des Ladens, ein Herr Ziegenmaier, war ein schlanker, kleiner Mann, der immer einen schwarzen Kittel trug und sonst lediglich durch seinen nur noch am Rande behaarten Eierkopf und seine helle Stimme auffiel, mit der er alle Äußerungen seiner Kunden lachend kommentierte, es sei denn, jemand sprach von Krankheit oder gar von Tod. Er begrüßte uns stets mit der stereotypen Formel: »Habe die Ehre, Herr Jochen« oder »Herr Klaus«, um sich dann nach unseren Wünschen zu erkundigen.

Wenn dieser Punkt erledigt war, fragte er uns unweigerlich: »Wos habt's denn als Nächstes vor?«

Diese Frage stellte er bereits mit einem Unterton der Belustigung, denn wir hatten ihm in unserer Arglosigkeit einige unserer Abenteuer, auch die fehlgeschlagenen, freimütig geschildert.

Besonders hatte ihn ein missglückter Abseilversuch erheitert, bei dem Jochen im unteren Teil einer etwa vierzig Meter hohen Wand stecken geblieben war, weil das Seil zu kurz war. Jochen pendelte zunächst ziemlich hilflos an seinem zu kurzen Seil hin und her, bis er schließlich einen Standort fand, von dem aus er den unteren Teil der Wand überbrücken konnte. Von da an ermahnte uns Herr Ziegenmaier jedes Mal, ein Seil von normaler Länge mitzunehmen, wobei er das Wort »normal« besonders betonte, um gleich darauf in sein helles Lachen auszubrechen.

Auch ein Ausflug auf den Sulzenauferner im Stubaital, bei dem wir von einem Gewitter überrascht wurden und bei dem an den Metallteilen unserer Eispickel Elmsfeuer auftraten, gereichte Herrn Ziegenmaier zum Vergnügen. »Wie durch ein Wunder seid's noch amol davonkemma«, sagte er lachend.

»Unkraut vergeht nicht«, antwortete Jochen, aber Herr Ziegenmaier war sich da nicht so sicher.

»Der Krug geht so lange zum Brunnen, bis er bricht«, prophezeite er fröhlich.

Ziegenmaiers Laden wurde zum Umschlagplatz neuer Nachrichten von den Bergabenteuern der beiden netten Münchner, die leider etwas »kopfschiach« waren und aus diesem Grunde immer wieder in brenzlige Situationen gerieten. Dabei erlebten Jochen und ich wunderbar anstrengende und zugleich erhebende Wochen in den Tiroler Bergen. Wir wurden allmählich sicherer und gingen bei unseren Klettereien immer ruhiger und systematischer zu Werke. Trotzdem gerieten wir noch einmal in eine kritische Situation. Es war am Pflerscher Tribulaun. Wir hatten eine steile, fast senkrecht abfallende Wand von etwa fünfzig Metern Höhe zu überwinden. Auf der Hälfte der Strecke befand sich ein kleines Felsplateau, auf dem man bequem stehen konnte. Hier hatten Bergsteiger vom Alpenverein einen Haken eingemauert, den man zur Sicherung benutzen konnte. Von dieser Stelle aus kletterte Jochen voran. Ich musste darauf achten, dass er immer genug Seil hatte und gleichzeitig durch mich gesichert war. Das vor uns liegende Stück war nicht besonders schwierig. Es gab genügend bequeme Griffe und Tritte im Fels. Warum Jochen nach etwa zehn Metern Kletterei dennoch ausrutschte und zu Fall kam, weiß ich heute nicht mehr. Ich hörte ihn etwas rufen, es klang überrascht. Dann polterte es oberhalb meines Standplatzes. Ich stand günstig, hatte ein Bein gegen einen Felsblock gestemmt und das Seil durch einen Karabinerhaken mit dem eingemauerten Haken verbunden. Ich sah Jochen wie einen Schatten an mir vorbeirutschen und spürte plötzlich den starken Druck, den das sich straffende Seil verursachte, obwohl Jochen sich kurz unterhalb der Stelle, an der er ausrutschte, noch einmal mit einem Haken gesichert hatte. Jetzt hing er plötzlich einige Meter unter meinem Standort. Außer einigen Hautabschürfungen hatte er sich nichts getan. Meine Handflächen waren von dem durchlaufenden Hanfseil aufgerissen worden, weil ich just in diesem Augenblick keine Handschuhe trug. Jochen konnte an der Stelle, an der er hing, keinen Fuß fassen, und meine Hände taten mir so höllisch weh, dass ich ihm zunächst nicht helfen konnte. Fast eine Stunde – eine Ewigkeit in so einer Lage – verging, ehe es mir gelang, meine Handschuhe überzuziehen und Jochen langsam nach unten zu lassen, bis er einen soliden Halt gefunden hatte und sich selbst sichern konnte. Dann konnte ich mich abseilen. Als ich neben Jochen stand, grinste er mich an und zitierte Ringelnatz: »Und da verzichteten sie weise dann auf den letzten Teil der Reise.«

Das taten wir an diesem Tag tatsächlich. Wir legten eine Pause von fast einer Woche ein, um unsere Wunden zu kurieren, und setzten den Tribulaun erst zum Schluss des Sommers wieder auf unser Programm. Beim zweiten Mal wählten wir eine andere Route. Wir stiegen abends vom hinteren Gschnitztal zum Tribulaunhaus hinauf, übernachteten dort und wählten am nächsten Morgen einen mittelschweren Weg durch die Nordwand und über den Nordgrat zum Gipfel des Berges. Die Kletterei war eher schwieriger als der Weg durch die Südwand, die wir abbrechen mussten, aber wir hatten weniger Steinschlag zu beachten, und sobald wir den Grat erreicht hatten, kamen wir rasch voran. Oben auf dem Gipfel umarmte mich Jochen plötzlich. Eigentlich neigte er nicht zu solchen spontanen Gefühlsäußerungen, aber dies war ein besonderer Tag. Wir waren fünf Stunden geklettert und hatten einen Berg bezwungen, der uns schon einmal abgewiesen hatte. Jetzt genossen wir bei klarem Spätsommerwetter einen traumhaften Blick auf die Zillertaler Alpen, den Hochfeiler und auf die Nachbarberge, den Gschnitzer Tribulaun, die schwarze Wand und das Goldkappel. Doch in unser Hochgefühl über den Gipfelsieg mischte sich die Trauer über den bevorstehenden Abschied. Jochen musste zurück nach Innsbruck. Ich wurde in München erwartet und würde mich nach einem kurzen Aufenthalt in Schwabing wieder nach Berlin begeben. Wir schauten hinunter nach Pflersch, ins Eisacktal und nach Norden ins Gschnitztal, aus dem wir gekommen waren. Sechs Wochen waren wir nun zusammen durch diese Bergwelt gezogen. Wenn wir in die Runde blickten, in die Zillertaler Alpen, zu den Gipfeln des Hochstubai, zur Wildspitze im Osten oder weit nach Norden, wo im Dunst jenseits des Inntals das Karwendelgebirge lag, dann blickten wir auf die Wege, die wir gemeinsam gegangen waren, und auf die Grate und Gipfel, die wir gemeinsam erstiegen hatten. Und auf allen diesen Wegen hatten wir uns aufeinander verlassen müssen.

Wir breiteten den mitgebrachten Proviant zwischen uns aus: Schwarzbrot, Speck, ein paar hart gekochte Eier, etwas Obst und kalten Tee. Für damalige Verhältnisse war das ein fürstlicher Imbiss. Jochen hatte sein Taschenmesser aufgeklappt und bemühte sich, diese Nahrungsmittel in mundgerechte Bissen zu zerschneiden. Ich hatte inzwischen zwei kleine Metallbecher mit Tee gefüllt. Wir prosteten uns zu.

»Auf unsere Touren«, sagte Jochen und sah mich aus seinen blauen Augen an. Er lächelte, aber seine Augen blieben ernst.

Plötzlich fühlte ich mich an Florian Kepler erinnert. Der konnte einen auch so ansehen, lächelnd, aber mit ernsten Augen.

»Auf die Berge unserer Zukunft«, antwortete ich, denn wir hatten uns vorgenommen, auch im nächsten Jahr wieder gemeinsam zu wandern und zu klettern. Ich beobachtete Jochen, während er einzelne Scheiben von Schwarzbrot mit Speck oder Wurststreifen belegte. Sein Gesicht war sonnenverbrannt. Nur um die Augen herum war die Haut etwas heller geblieben. Dort hatte die Gletscherbrille die bräunenden Strahlen abgehalten. Wie Florian hatte auch Jochen ein eher schmales und regelmäßig geformtes Gesicht, das im Ganzen jedoch bäuerlicher und erdnaher wirkte als das von Florian. Auch war Jochen blond, selbst seine Augenbrauen waren von der Sonne gebleicht, und auf seinen Wangen sowie um

Lippen und Kinn herum hatte sich ein blonder Stoppelbart ausgebreitet.

Wenn ich heute an jenen Tag auf dem Gipfel des Pflerscher Tribulauns denke, an das stille, fast ein wenig gefühlvolle Einvernehmen, das plötzlich zwischen uns herrschte und das durch die weiten Blicke in die von uns gemeinsam durchwanderte und zum Teil auch durchstiegene Bergwelt noch gesteigert wurde, dann weiß ich, dass damals, in dieser Stunde, so etwas wie eine brüderliche Freundschaft zwischen uns entstand. Außer mit Florian Kepler hatte ich ein solches Gefühl noch nie mit jemandem geteilt.

Irgendwie, das wurde mir plötzlich klar, hatte das alles miteinander zu tun: meine Neigung zu Florian und die durch diesen zu Ende gehenden Bergsommer entstandene und bestätigte Freundschaft mit Jochen.

»Jetzt sind wir Blutsbrüder«, sagte Jochen, als wir den Gipfel verließen. »Wenn wir Indianer wären, hätten wir uns mit dem Taschenmesser die Haut ritzen müssen und unser Blut zusammen mit dem kalten Tee getrunken. Aber«, er grinste, »wir sind ja erwachsen, oder?« Und bei diesen Worten knallte er mir seine rechte Hand auf die Schulter, dass ich fast in die Knie gegangen wäre.

Ein Stück weit stiegen wir auf dem Nordgrat talwärts, dann fanden wir eine Reihe von eingemauerten Haken, die es uns erlaubten, den eigentlichen Bergkegel durch Abseilmanöver schnell hinter uns zu bringen. Dabei konnte ich eine Eigenschaft Jochens bewundern, die ich – auf einer ganz anderen Ebene – auch an Florian bemerkt hatte. Die Fähigkeit, sich voll und ganz auf das zu konzentrieren, was jetzt in diesem Augenblick wichtig war. Ich fand damals und finde es immer noch, dass diese Fähigkeit eine ungeheure Ruhe vermittelt. Aber vielleicht habe ich darauf auch nur so stark reagiert, weil ich selbst immer Schwierigkeiten hatte, die übrige Welt über einer Tätigkeit oder einem Gedanken zu vergessen. Immer stahlen sich andere Gedanken, die ganz

Entferntes betrafen, in meine Versuche, mich ganz auf eine Sache zu konzentrieren. Florian und Jochen konnten das, jeder auf seine Weise, der eine beim Musizieren, der andere beim Bergsteigen, besonders beim Klettern. Und sie waren in diesen Augenblicken der Hingabe an eine Aufgabe ganz sie selbst – fast unfehlbar, wenn man das von Menschen sagen könnte. Nur einmal in diesem Sommer war dieses Aufgehen in einer Aufgabe plötzlich unterbrochen worden, damals, bei unserem ersten Versuch, den Tribulaun auf der Südroute zu besteigen, wo Jochen gestrauchelt und ins Seil gestürzt war.

Heute an unserem letzten Tag hingegen arbeitete er in völliger Ruhe, und auch an ausgesetzten Stellen, an denen er immer die Führung hatte, mit einer unzerstörbar wirkenden Sicherheit.

Im Tribulaunhaus, das wir am frühen Nachmittag erreichten, packten wir unsere dort zurückgelassenen Habseligkeiten zusammen und begannen mit dem Abstieg. Unten im Tal, am Gasthof Feuerstein, erwischten wir den Postbus nach Innsbruck.

Vor dem Bahnhof trennten wir uns. Jochen hatte noch einen Marsch durch die Stadt vor sich bis hinauf nach Hötting in seine Behausung in der Riedgasse, und ich wollte spät abends noch in München sein. Wir gaben uns die Hand.

»Bis bald«, sagte Jochen und umarmte mich noch einmal mit seinem freien Arm.

»Bis bald, Jochen«, sagte ich.

Ich habe Jochen nie wieder gesehen. Zwei Jahre nach unserer Tour auf den Tribulaun verunglückte er beim Bergsteigen. Als es passierte, war er offenbar allein. Was damals wirklich geschehen ist, habe ich nie erfahren.

5

Am nächsten Tag scheint die Sonne. Der Himmel spannt sich über der Stadt in makellosem Blau. »Kaiserwetter« nannten die Wiener dieses Wetter früher. Die Älteren unter ihnen tun es wohl immer noch.

Es ist einfach zu schön, um im Hotel zu bleiben. Ich schlendere nach dem Frühstück durch die Kärntner Straße, gehe in einen Buchladen, den ich immer wieder aufsuche, wenn ich in Wien bin, kaufe auch etwas und lasse mich weitertreiben – in Richtung Stephansdom. Dann wandere ich den Graben hinunter und bewundere die Auslagen der Wiener Juweliere. Ein wenig altmodisch mögen sie ja sein, aber was sie anbieten, ist so unverkrampft schön, dass ich minutenlang auf Armbänder und Kolliers schauen kann: Bunte Edelsteine auf mattgoldenem Untergrund – diese Zusammenstellungen strahlen oft ein fast kindliches Verständnis von Schönheit aus. Ihre naive Anmut verbindet sie mit den alten Reichsinsignien, die einige hundert Meter von hier in der Schatzkammer der Burg zu besichtigen sind. Ich fühle mich an Märchen erinnert, in denen Gold und Edelsteine zuhauf vorkommen. Etwas Märchenhaftes hat sich diese Goldschmiedekunst hier in Wien bewahrt.

Golden leuchtet auch ein großes Plakat an einer Litfasssäule weiter unten am Graben, fast schon am Kohlmarkt. Ein Konzert im Großen Musikvereinssaal wird angekündigt. Sollen die goldenen Plakate an den Goldenen Saal im Musikverein erinnern? Der Goldene Saal. Einmal hat Florian dort gespielt. Im Spätsommer 1952 als Solist bei den Wiener Philharmonikern. Die Aufnahme dieses Konzerts liegt im Stubenring, wo ich mich morgen mit Muxeneder treffen will.

Damals, als Florian zum ersten und einzigen Mal in Wien spielte, wusste ich nicht einmal, dass er sich in Europa aufhielt. Noch heute, nach so vielen Jahren, empfinde ich sein damaliges Schweigen als kränkend. Vor allem nach den Berliner Konzerten, die ja nur elf Monate zuvor stattgefunden hatten. Damals hatten wir uns gesehen, und alles schien darauf hinzudeuten, dass Florian wiederkommen und wir uns häufiger sehen würden.

Ich wende mich ab und gehe den Kohlmarkt hinunter zum Michaelerplatz. Hier irgendwo muss das Haus gestanden haben, in dem Muxeneders Frau umkam. In der Dorotheergasse. Ich gehe weiter, passiere die Rückseite der Staatsoper und sehe, dass die Gästeterrasse des Hotels Sacher geöffnet hat. Es ist warm genug, um draußen zu sitzen und einen Kaffee zu trinken. Ein junger Kellner bringt mir einen »Großen Braunen« und das obligate Glas Wasser.

»Zeitung, der Herr?«, fragt er. Er spricht mit slawischem Akzent. Ein Slowake? Vielleicht ist er aus Bratislava, dann wäre er fast ein Einheimischer. Früher, zu Antons Kinderzeit, fuhr man von Wien aus noch mit der Trambahn in die Nachbarstadt.

»Nein danke, keine Zeitung«, sage ich.

Ich will mich umschauen, das Frühlingswetter genießen und mich meinen Erinnerungen überlassen. Natürlich war ich damals zu Florians Auftritt in den Titania-Palast gegangen. Wir hatten uns vorher nicht gesehen, aber Florian hatte mir eine Freikarte an meine Berliner Adresse geschickt. Ich würde ihn erst am Sonntagabend nach dem Orchesterkonzert sehen, das ebenfalls im Titania-Palast stattfinden sollte. Zwei Jahre lang hatte ich an ihn gedacht, hatte Grüße von ihm empfangen, ihm zuletzt auch geschrieben, und nun musste ich ein einseitiges Wiedersehen mit ihm feiern, indem ich einfach meinen Platz einnahm. Allerdings war es, wie ich zu meiner Verwunderung und Freude bemerkte, ein sehr guter Platz in der Mitte des ersten Ranges. Ich war früh gekommen und sah zu, wie sich der Saal langsam füllte. Die Plätze neben mir blieben lange leer. Erst nach dem dritten Klingelzeichen, als die Saaldiener bereits anfingen, die Türen zu schließen, kam eine dunkelhaarige junge Frau mit einem kleinen Mädchen die wenigen Stufen herunter zu der Reihe, in der ich saß. Sie nahmen die beiden Plätze links neben mir ein. Das Mädchen setzte sich neben mich, die Frau, die ich auf etwas über dreißig Jahre schätzte, saß gleich neben dem Gang. Die beiden musterten mich ganz unverhohlen. Ich hatte den Eindruck, dass die Frau, offenbar die Mutter des Mädchens, mich etwas fragen wollte. Aber in diesem Augenblick wurde der Saal abgedunkelt, und die Bühne, auf der ein einsamer Konzertflügel stand, wurde stärker ausgeleuchtet. Ich wollte jetzt nicht angesprochen werden und schaute angestrengt nach vorne. Dort öffnete sich eine Tür, und ein mittelgroßer schlanker Mann im Frack trat auf die Bühne, ging sofort zu seinem Instrument und wandte sich erst jetzt dem Publikum zu. Florian – er hatte sich nicht verändert. Nicht, soweit ich es von meinem Platz aus sehen konnte. Ein wenig blass schien er mir. Er wurde mit starkem Beifall empfangen. Besonders lebhaft applaudierte das kleine Mädchen neben mir, das sich zwischendurch auch immer wieder an die Dame wandte, die neben ihr saß. Und während der Pianist sich setzte und mit ein paar Handgriffen die Höhe des Klavierhockers einstellte, wusste ich plötzlich, wer die beiden waren, die neben mir saßen. Hatte Florian nicht angekündigt, dass seine Frau Anna und Marlene, die achtjährige Tochter, ihn auf dieser Tournee begleiteten sollten? Sie mussten es sein. Wir hatten die besten Plätze. Außerdem – die Blicke zu mir, das lebhafte Klatschen des kleinen Mädchens, das passte alles zusammen.

Dann fing Florian an zu spielen. Er nahm vor seinem Instrument eine sehr ruhige, fast starre Haltung ein. Nur die Hände und Arme schienen sich zu bewegen. Und schon mit den ersten rhythmisch punktierten Grave-Akkorden der einleitenden Sinfonia von Bach stand der Saal im Bann einer

Musik, die alle menschlichen Regungen ausdrückt und dabei doch immer absolut bleibt. Das heißt, sie wird nie im volkstümlichen Sinn anschaulich. Sie ist herrisch, kategorisch belehrend, meditativ, tänzerisch beschwingt, aber alle diese Charaktere sind Teile einer übergeordneten Idee. Oder Regel? Während ich Florian zuschaute und zuhörte, fragte ich mich damals, und tue es auch in diesem Augenblick wieder: Wie heißt diese Idee? Logik, Wahrheit? Wir hatten damals das Gefühl, etwas Absolutem zu begegnen. Entsprechend langsam löste sich das Publikum nach dem letzten Stück, dem Rondo, aus seiner Verzauberung, spendete Kepler dann aber so intensiven Beifall, als hätte es ihm bereits für einen ganzen Abend zu danken. Schließlich flaute der Applaus doch ab. Er sollte ja weiterspielen. Die Beethoven-Sonate in As-Dur, die ich schon von ihm kannte und die er heute mit der gleichen Konzentration und Leidenschaft spielte wie vor zwei Jahren. Nur heute hatte er Bach gespielt, und er musste und wollte, bildete ich mir ein, die Polyphonie des letzten Satzes der Sonate so hervorheben, dass die Nachbarschaft zu Bach deutlich wurde. Wie Florian die Fuge und ihre Umkehrung spielte, um dann im Schlussteil des letzten Satzes zu einer akkordisch verstärkten Form des Fugenthemas weiterzuschreiten – das hatte fast den Charakter eines Lehrstückes. Hört, so geht der größte Komponist des 19. Jahrhunderts mit einer Fuge um, so lässt sich der strenge belehrende Charakter der Fuge bewahren und zugleich um das Element des persönlichen Bekenntnisses bereichern. Wieder brandete Beifall auf. Ich war so versunken, dass ich zunächst nicht merkte, dass mich jemand sanft am Arm meines Jacketts zupfte. Die dunkelhaarige Frau hatte sich zu mir herübergebeugt und verschaffte sich auf diese Weise Aufmerksamkeit. »Entschuldigen Sie.«

Ich sah auf und bemerkte, dass sich das kleine Mädchen ganz in seinem Sitz zurückgelehnt hatte, um seiner Mutter Platz zu machen. »Sie müssen Herr Mosbacher sein.«

»Ja, der bin ich«, sagte ich. »Und Sie sind Frau Kepler, Anna Kepler? Mit Ihrer Tochter Marlene?«
Sie waren es. Aber sie waren sogleich am Aufbruch.
»Wir sehen uns ja am Sonntagabend«, sagte Anna Kepler. »Florian hat so viel von Ihnen erzählt. Wir gehen jetzt kurz zu ihm.«
Sie hatte sich bei diesen Worten erhoben, auch Marlene stand auf. Die Situation war eindeutig. *Wir gehen jetzt zu ihm.*
»Bitte grüßen Sie ihn von mir«, sagte ich. »Sagen Sie ihm, dass ich mich auf Sonntag freue.«
Aber da waren sie schon verschwunden. Ich weiß nicht einmal, ob Anna Kepler von meiner Vorfreude auf ein Wiedersehen mit Florian noch Notiz genommen hatte. Sie war eine Frau, die ich nicht leicht einschätzen konnte. Vielleicht war ich damals auch noch zu jung. In dem Augenblick, in dem sie sich von mir abwandte, daran erinnere ich mich, änderte sich ihr Gesichtsausdruck. Während sie mit mir sprach, lächelte sie und zeigte dabei ihre regelmäßigen weißen Zähne. Sie wirkte auf mich wie eine der Frauen, wie man ihnen in Griechenland zuweilen begegnet. Ein dunkler Typ mit weichen Gesichtszügen, sehr ausgeprägten dunklen Augenbrauen und einem großen Mund. Direkt hübsch fand ich sie nicht, aber durchaus anziehend und nicht alltäglich. Was mich wunderte, waren die plötzlichen Wechsel in ihrem Mienenspiel. Hatte sie eben noch gelächelt, als sie vom kommenden Sonntag sprach, so glaubte ich in ihrem Gesicht, kurz bevor sie sich von mir abwandte, einen nüchternen, fast mürrischen Zug zu erkennen.
In der Pause trat ich hinaus auf den Gang und spazierte dort ein wenig auf und ab. Ich wollte Marlene und ihre Mutter sehen, wenn sie sich unbeobachtet fühlten. Sie kamen ganz zum Schluss der Pause. Fast alle Zuhörer saßen bereits wieder auf ihren Plätzen. Ich wollte meinen Plan schon aufgeben und mich ebenfalls setzen, da kamen sie plötzlich eilig

daher. Marlene schien ihre Mutter etwas zu fragen, denn sie sah wiederholt zu ihr auf. Anna Kepler hingegen hatte eine fast finstere Miene aufgesetzt. Ich ließ die beiden durch die Tür in den Mittelrang treten und folgte ihnen dann auf dem Fuße. Als Anna Kepler entdeckte, dass mein Platz noch frei war, sah sie sich um und entdeckte mich ein oder zwei Meter hinter sich. Sofort nahm ihr Gesicht wieder den teilnehmenden, fast vertraulichen Ausdruck an, mit dem sie mich zuvor angesprochen hatte.

»Er lässt Sie grüßen«, raunte sie mir zu, als ich an ihr und an Marlene vorbeitrat. Gern hätte ich ein paar Worte mit ihr gewechselt, aber sie wandte sich an Marlene und sprach Englisch mit ihr. Mich da einzumischen, wäre mir aufdringlich erschienen. Also hielt ich den Mund. Gleich darauf versank der Saal im Dämmerlicht, die Bühnenscheinwerfer wurden eingeschaltet, und wenige Augenblicke später kam Florian. Er wurde abermals freundlich begrüßt, kürzte den Beifall, der ihm entgegenschlug, jedoch ab, indem er sofort Platz nahm und anfing, Mozart zu spielen. Wieder diese Faszination nach nur wenigen Takten. Florian entging der Versuchung, das a-Moll-Thema des ersten Satzes zu dramatisieren. Er spielte diesen Satz eher rasch, dabei leicht und elegant. So, wie er es darstellte, wirkte das Stück eher graziös-melancholisch als dramatisch oder gar leidenschaftlich. Und dennoch schwebte über den im strengen Zeitmaß gespielten perlenden Non-Legato-Läufen ebenso wie im punktierten Rhythmus des immer wiederkehrenden Hauptthemas etwas Unerbittliches. Florian erzeugte diesen Eindruck einfach dadurch, dass er den Satz rasch und streng im Zeitmaß spielte: Allegro maestoso. Er erlaubte sich nicht die geringste Abweichung von dem eingangs gewählten Tempo. Auch durch die ausgeprägten dynamischen Wechsel ließ er sich nie dazu verleiten, das Tempo zu verändern. Und so entstand dieser Satz aus einem Guss – melancholisch in der Stimmung und unerbittlich in der Aussage.

Dann der langsame Satz mit seiner dissonanten Klage im Mittelteil – ich will das hier nicht schildern. Mir schien Florians Spiel an diesem Abend eine Intensität und Perfektion erreicht zu haben, an die keiner der anderen Pianisten, die ich damals gehört hatte, heranreichte.

Als er geendet hatte, dauerte es einen Moment, ehe der Beifall einsetzte. An dieser kleinen Pause und daran, dass der Applaus erst ein nach paar Minuten seine volle Stärke erreichte, spürte man die Betroffenheit der Zuhörer. Der Stärke des Beifalls meinte ich schon damals anzuhören, dass sie aus Bewunderung und Nachdenklichkeit stammte und nicht aus der Begeisterung über ein technisches Kunststück. Ich vermied es, während ich klatschte, mit Anna Kepler oder mit Marlene Kontakt aufzunehmen. Schon damals empfand ich die in solchen Situationen ausgetauschten Redensarten und Schlagworte eher als peinlich. Dann kam die letzte Schubert-Sonate, die Florian sehr leise begann, so, als erinnere er sich an eine Melodie und müsse immer wieder neu ansetzen, um dieser Erinnerung schließlich ganz habhaft zu werden. Warum hat mich diese Sonate damals so berührt, dass ich meine Erschütterung nur mit Mühe beherrschen konnte? Ich habe dieses Werk seither immer wieder gehört, auch in Darbietungen, die sich künstlerisch durchaus mit Florians Interpretation vergleichen konnten. Doch nie hat es mich so ergriffen wie damals. Lag das an unserer Jugend? Schubert schrieb dieses Werk mit einunddreißig Jahren, also ein knappes Jahr vor seinem Tode. Es ist der Schwanengesang eines noch Jugendlichen. Muss man auch jung sein, so jung wie Florian damals oder wie ich um diese Zeit, um Erinnerung und Abschied so schmerzlich auszukosten? Das Nebeneinander von Jugend und Tod bewirkt eine besondere Spannung, eine Aura des Unheimlichen, nicht Verstehbaren, die sich mit steigenden Jahren abschwächt.

Ja, das wird es wohl sein, denke ich und bestelle mir einen zweiten Kaffee. Vielleicht kann ich die Haltbarkeit meiner Vermutung überprüfen, wenn ich morgen mit Anton die Aufnahme von jenem Konzert höre, das vierzig Jahre zurückliegt. Damals jedenfalls konnte ich meine Erschütterung kaum verbergen. Immer wieder musste ich mit einem zusammengefalteten Taschentuch meine Tränen abtupfen. Dieses Nachaußendrängen meiner Gefühle war mir peinlich. Ich führte dann auch mein Taschentuch an meine Stirn und an meinen Hals, so, dass in meiner Nähe sitzende Zuhörer glauben konnten, mir sei einfach zu heiß. Einmal traf mich ein prüfender Blick von Anna Kepler, dem ich entkam, indem ich den Blick senkte und meinen Kopf in beide Hände stützte.

Wie bei den anderen Stücken setzte der Beifall langsam ein, wurde immer stärker und mündete schließlich nach einigen Minuten in lauten Bravorufen. Ich verstand das. Wenn man diesen jungen Wunderpianisten schon einmal in Berlin hatte, dann sollte er auch noch ein paar Zugaben spielen. Florian entzog sich dieser Aufgabe mit Ernst. Er blieb im Rahmen seines Programms und spielte zum Schluss noch einige Schubertsche Klavierstücke, die ebenfalls aus seinem letzten Lebensjahr stammen und die man fast als Begleitmusik oder als Kommentare zu den letzten großen Sonaten verstehen kann. Das Publikum spürte den Zusammenhang. Trotzdem wollte es Florian auch nach diesen Stücken noch nicht gehen lassen. Er kam noch einige Male, verbeugte sich, schien jetzt zum ersten Mal entspannt, blickte sogar hinauf zu unseren Plätzen und hob dann zum Zeichen einer Ankündigung beide Hände.

»Ich spiele jetzt etwas ganz anderes«, sagte er lächelnd, »ein kleines Stück aus einer viel späteren Zeit – aus unserer Zeit. Wenn mir jemand von Ihnen sagen kann, was es ist, dann spiele ich noch weiter. Wenn nicht, dann bitte ich Sie nach diesem Stück um Nachsicht.«

Beifall.

Florian setzte sich wieder auf seinen Schemel und spielte.

Aber was war das? Eine kleine Melodie in Moll, die sich anhörte wie ein Wiegenlied, aber der wiegende Rhythmus veränderte sich ständig. Er erinnerte einmal an ein Spiritual, wandelte sich zu einer kleinen Jazz-Improvisation, die allerdings langsam und meditativ blieb, und kehrte wieder zurück, um sich zum Schluss nach Dur zu wenden und um ganz still und versonnen auszuklingen, als sei es ein Stück aus den Kinderszenen.

Das Publikum war begeistert. Neben mir hörte ich Marlene immer wieder ihrer Mutter zurufen. »Das ist mein Stück, Mami, es ist mein Stück!« In den Beifall aber mischte sich die Einsicht, dass niemand die Herkunft des Stückes erraten würde, dass man also auf eine charmante Weise verabschiedet wurde. Einige lachten, ohne ihren Beifall zu unterbrechen, bis Florian schließlich den Klavierdeckel zuklappte und damit unwiderruflich das Ende des Konzertes anzeigte. Anna und Marlene Kepler hatten sich erhoben. Anna Kepler zeigte mir zum Abschied noch einmal die freundliche Version ihres Gesichtes, Marlene lächelte schüchtern. Dann huschten die beiden nach draußen, und ich nahm mir vor, noch ein Stück stadtauswärts zu laufen, um dann mit dem Bus bis nach Lichterfelde-West zu fahren.

Am Sonntagabend war ich abermals im Titania-Palast. Ich hatte wieder denselben Platz. Die beiden Plätze neben mir blieben zunächst leer. Erst nach der Ouvertüre zur »Zauberflöte« kamen Anna und Marlene Kepler, das Mädchen in einem dunkelblauen Samtkleid, weißen Kniestrümpfen und schwarzen Lackschuhen, die Mutter in einem kurzen roten Seidenkleid mit halblangen Ärmeln, zu dem sie halblange Handschuhe aus schwarzem Wildleder trug. Anna Kepler gab mir die Hand. Ihre Handschuhe behielt sie an. Ich fragte mich, ob sie sie abstreifen würde, um Beifall zu klatschen.

»Kommen Sie nachher mit uns?«, fragte sie mich. »Wir werden abgeholt und ins Harnack-Haus gefahren. Florian lässt Sie bitten, mit uns zu fahren.«

Sie betonte das »uns«. Überhaupt fiel mir der österreichische Tonfall auf, mit dem sie Deutsch sprach. Die Jahre in Amerika hatten ihm offenbar nichts anhaben können.

Irgendwie konnte ich mir schlecht vorstellen, dass Anna Kepler für Florian so etwas sein könnte wie ein guter Geist. Eine gewisse Unruhe schien von ihr auszugehen. Während wir über das letzte Konzert plauderten, schaute sie sich ständig im Saal um, als suche sie jemanden. Dabei hatte ihr Gesicht immer einen etwas missmutigen Ausdruck. Das änderte sich sofort, wenn ich das Wort an sie richtete und sie sich mir zuwandte. Aber auch in diesen Augenblicken hatte ich das Gefühl, als sei sie mit ihren Gedanken woanders. Die Bühnenarbeiter verrückten Stühle, rollten den Flügel herein, klappten ihn auf, dann kamen die Musiker zurück und nahmen ihre Plätze ein. Der Konzertmeister schlug den d-Moll-Dreiklang an, das Orchester stimmte kurz seine Instrumente nach. Dann wurde es still, und gleich darauf betrat Florian zusammen mit dem ungarischen Dirigenten das Podium.

Ich erinnere mich nicht mehr an alle Einzelheiten dieses Abends. Aber ich weiß noch, dass mir Florian erst im zweiten Satz, im Larghetto, zu der Konzentration zu finden schien, die ich bisher an ihm bewundert hatte. Im ersten Satz, der ja so dramatisch und bedrohlich beginnt, schien er Mühe zu haben, dem Orchester, das für meinen Geschmack zu laut spielte und zu dick auftrug, seine eigene ruhigere Auffassung entgegenzusetzen. Das gelang ihm im zweiten Satz, in dem das Klavier die Führung übernimmt, viel besser, und im dritten abschließenden Allegretto fand er sich mit dem dann auch zurückhaltenderen Dirigenten zu einem animierten und rhythmisch perfekt ausgeführten Dialog zusammen. Für mein Gefühl rückte der ungarische Dirigent das Stück zu sehr in die Nähe Beethovens, während Parallelen zu diesem Stück doch eher in Mozarts Opern, im »Don Giovanni« und im »Titus« zu suchen und zu finden sind. Aber dies ist natürlich auch eine Frage des persönlichen Geschmacks. Meinem

Eindruck nach hatte Florian das spezifische Idiom Mozarts in seinem letzten Konzert mit der Sonate in a-Moll genauer getroffen als in diesem pianistisch viel schwierigeren und aufwendigeren Klavierkonzert. Das Publikum allerdings schien nicht unbedingt meiner Meinung zu sein. Es applaudierte begeistert. Florian, dachte ich, musste einen überaus freundlichen Eindruck von dem Berliner Publikum mit nach Hause nehmen. Zu meiner Überraschung drängte Anna Kepler bereits in der Pause zum Aufbruch. Florian würde das Ende des Konzertes nicht abwarten, sondern sogleich nach dem Klavierkonzert zu uns stoßen. Natürlich bedauerte ich diese Entscheidung, aber ich fügte mich. Schließlich war ich der Eingeladene. Anna Kepler stand auf und schaute wiederum etwas mürrisch. Marlene und ich folgten ihr. Sie eilte voraus, drehte sich kaum zu uns um und schien genau zu wissen, wohin sie zu gehen hatte. Durch eine Tür verließen wir den dem Publikum zugänglichen Bereich des alten Gebäudes und standen plötzlich auf einem Hinterhof, in dem ein Auto mit laufendem Motor auf uns wartete. Es handelte sich um eine Chrysler-Limousine, wie ich sie vor zwei Jahren gelegentlich in den Staaten gesehen hatte. Diese hier war ganz schwarz.

»Am besten, Sie setzen sich neben den Fahrer«, sagte Anna Kepler.

Dann verschwand sie noch einmal in dem Gebäude. Marlene trabte hinter ihr her wie ein Maskottchen, das durch eine unsichtbare Leine mit seiner Herrin verbunden ist.

Ich setzte mich neben den Fahrer, einen älteren Mann mit einem silbergrauen Schnurrbart, der mich freundlich anlächelte. Die Keplers ließen auf sich warten. Der Chauffeur benutzte die Pause, um mir zu erzählen, wen er schon alles gefahren hatte, bevor die Amerikaner ihn eingestellt hatten.

»Für mich hat sich nicht viel verändert«, sagte er. »Früher hab ick Albert Speer jefahren, bis et nich mehr jing, denn war ick 'ne Weile ohne Beschäftigung, und denn hab'n die Amis mich injestellt. Autofahren kann ick, in Berlin kenn ick mir aus, ein bisschen Englisch konnte ich noch vonne Schule, den Rest hab ick von meinem neuen Arbeitjeber jelernt.«

»Und wie ist das Auto?«, fragte ich, um überhaupt etwas zu sagen.

Aber er gab mir keine Antwort mehr auf diese Frage.

»Jetzt komm'se«, bemerkte er, nachdem er kurz in den Rückspiegel geschaut hatte. Ohne Hast stieg er aus, um den Keplers die Türen zu öffnen. Ich folgte seinem Beispiel, um Florian im Stehen begrüßen zu können. Er hatte sich bereits umgezogen, trug ein Sportjackett, ein weißes Hemd und einen blauen Schlips, fast wie damals in Washington. Er kam auf mich zu, legte mir den Arm um die Schulter und drückte mich kurz an sich.

»Klaus«, sagte er dann und schaute mich an, als müsse er nach Veränderungen in meinem Gesicht suchen, »du siehst noch genauso aus wie damals. Wie schön, dass du kommen konntest.«

Ich bedankte mich für die Freikarten. Jetzt gleich auf seine Konzerte einzugehen, schien mir nicht angebracht, dazu würden wir vielleicht später im Harnack-Haus Gelegenheit finden.

Die Keplers setzten sich auf die hintere Bank, Marlene in die Mitte, Florian hinter mich und seine Frau hinter den Fahrer. Eine richtige Unterhaltung kam nicht zustande, weil Florian mit seiner Familie oft Englisch, mit mir dagegen immer Deutsch sprach oder sprechen wollte. In diesen ersten Minuten unseres Wiedersehens ging alles ein wenig durcheinander. Wir fuhren hinaus auf die Rheinstraße, die wenig später Schlossstraße heißt, dann auf derselben Straße weiter nach Südwesten am Bahnhof Lichterfelde-West vorbei. An dieser Stelle drehte ich mich zu Florian um und erklärte ihm, dass es von hier nur zehn Minuten zu Fuß zu meiner Studentenwohnung bei Frau Freidank sei. Dann bogen wir nach rechts ab in die Habelschwerdter Allee, und kurz darauf fuhren wir am Harnack-Haus vor. Florian führte mich in das Restaurant des Hauses, Anna und Marlene entschuldigten sich für eine halbe Stunde. Danach sollte gegessen werden.

»Bis dahin«, sagte Anna Kepler, »könnt ihr euch ein wenig zu zweit unterhalten.«

Darauf hatte ich gewartet. Was heißt gewartet? Diesem Augenblick hatte ich entgegengefiebert. Da war so vieles, was ich Florian sagen wollte. Über das Programm des ersten Konzertes wollte ich mit ihm sprechen, ihm meine Bewunderung für sein Spiel ausdrücken, ihn ein wenig ausfragen. Würde er jetzt öfter wiederkommen? Florian führte mich, nachdem Anna und Marlene uns verlassen hatten, in einen Raum, der sehr stark an den Club in Washington erinnerte. Die gleichen Farben, ähnliche Möbel, fast völlige Ruhe. Nur aus den Nebenräumen drangen hin und wieder lautes Gelächter und Stimmengewirr zu uns herüber. Wir hatten einen kleinen Tisch für uns. Ein Ober kam, um uns zu bedienen. Diesmal bestellte ich keine Coca Cola, sondern wie Florian einen Gin Tonic.

»Das Publikum war märchenhaft«, sagte Florian unvermittelt, »wirklich märchenhaft.« Er sah mich ernst an. »Erinnerst du dich an das, was ich dir damals gesagt habe?«

Die Gin Tonics wurden vor uns auf den Tisch gestellt. Florian ergriff sein Glas, sagte »Prost« und trank es auf einen Ruck fast ganz aus. War er so durstig oder musste er sich entspannen?

Ich fing an, ihm in aller Bescheidenheit Komplimente über sein Spiel zu machen, besonders über das erste Konzert. Aber er unterbrach mich nach kurzer Zeit und rückte, nachdem er sich einen zweiten Gin Tonic bestellt hatte, näher an mich heran.

»Du glaubst nicht, wie schwer es ist«, sagte er dann.

»Aber das Publikum war doch gut zu dir«, warf ich ein.

»Ja, ja, aber die Kritiker. Schonberg und einige andere. Die waren alle da. Nicht nur die deutschen Blätter waren vertreten. Nein, die ›New York Times‹ und einige der anderen Zeitungen von der amerikanischen Ostküste. Ich bin gespannt, wie sie reagieren, mache mir aber keine großen Hoffnungen.«

»Aber es waren doch wunderbare Aufführungen«, schwärmte ich.

»Der Druck, Klaus, du machst dir keine Vorstellung. Es muss alles perfekt sein, von einem Abend zum nächsten immer besser werden.«

»Und wenn nicht? Wenn es mal nicht so gut ist?«

Er nickte, als wisse er, dass ihm das eines Tages passieren würde. »Dann machen sie dich fertig …«

Ich wollte protestieren, doch er ließ mich nicht zu Wort kommen.

»Nein, nicht wie du denkst. Sie schreiben nicht: ›Diesmal war es nicht so gut, aber lag es vielleicht am Rezensenten?‹« Er trank wieder von seinem Gin Tonic. »Sie schreiben etwas anderes, zum Beispiel: ›Kepler hat in letzter Zeit Mühe, das Niveau zu halten, das wir ihm schon vor Jahren bescheinigt haben. Seine Technik ist weniger brillant. Trotz seiner unverändert seriösen Einstellung zur Musik selbst fehlen ihm manchmal die Inspiration, der Reiz des Neuartigen, die kreativen Ausbrüche. Man hört, dass er in Zukunft mehr in Europa spielen will. Warum wohl? Gelten dort weniger strenge Maßstäbe? Wird Kepler die Herausforderung auf den amerikanischen Podien zu groß? Für einen jungen aufstrebenden Künstler ist Europa heute ein Nebenschauplatz. Berühmt wird man hier, vom Reichtum gar nicht zu reden. Wenn er sich hier behauptet hat, wird er es sich leisten können, weniger Konzerte zu geben und seine Kräfte sparsamer einzusetzen. Aber jetzt?‹ So etwa«, er lehnte sich zurück. »Entschuldige, ich sollte dich nicht mit meinen Sorgen überfallen. Aber die Kritiker geben den Ton an, die Agenten reagieren. Bist du heute nur noch gut und nicht mehr phänomenal, bekommst du morgen keinen Vertrag mehr für die Carnegie Hall oder für ein Konzert mit dem Cleveland Orchestra.«

»Woher weißt du das so genau, was die schreiben? Vielleicht haben sie auch Verständnis dafür, dass du eine Pause brauchst, eine schöpferische Pause vielleicht.«

Ich, der ich kaum an einem Übermaß an Selbstbewusstsein litt, fand mich plötzlich in der unbequemen Rolle, einem Älteren, noch dazu Erfolgreichen und Berühmten, gut zureden zu müssen. Florian lachte. Es klang bitter.

»Woher ich das weiß? Weil sie es schon getan haben. Dieser Musikbetrieb ...« Er schüttelte den Kopf. »Sie wollen mich zwingen, in diesem Betrieb zu bleiben und nach ihren Regeln zu spielen.« Er hatte sein zweites Glas Gin Tonic fast schon wieder ausgetrunken. »Sie verstehen nicht, dass ich etwas anderes will. Keinen Betrieb, sondern Wahrheit, handwerkliches Können ... Kunst eben.«

»Und dein Erfolgstrio?«

Florian schüttelte den Kopf, als wollte er sagen: Das war einmal. So hat's einmal angefangen.

»Rudolf Serkin sehe ich schon noch hier und da, aber ...«

Was nach dem »aber« kommen sollte, sagte er nicht mehr. Es wäre wohl auch nicht sehr ermutigend gewesen.

Plötzlich stand Anna Kepler neben uns.

»Wo ist Marlene?«, fragte Florian.

»Ist im Bett. Sie war müde. Immerhin ist sie erst acht Jahre alt.«

Es klang wie ein leiser Vorwurf.

»Gehen wir hinüber ins Restaurant?«, fragte Florian.

Anna hatte sich gar nicht erst hingesetzt. »So war es vereinbart«, sagte sie kühl. Ich stand auf. Florian erhob sich ebenfalls. Er wirkte lustlos.

»Die Millers kommen auch noch«, sagte Anna Kepler unvermittelt und streifte mich mit einem Blick, in dem die Frage enthalten zu sein schien, ob man sich angesichts dieser neuen Konstellation nicht lieber jetzt von mir verabschieden sollte.

»Die Millers!« Florian klang etwas ungehalten, aber offenbar waren die Millers wichtige Leute.

»Ein verheiratetes Team«, erläuterte Anna Kepler mir. »Sehr wichtige Musikagenten.«

Florian sah mich an: »Sie sind wichtig«, gab er zu, »aber du würdest sie langweilig finden, sie und das Gerede über neue Konzerte, die Höhe von Gagen, die Blätter, in denen man Annoncen haben muss, über Programme, die gut ankommen. Nicht um Musik wird es gehen, sondern um das Musikgeschäft.«

»Das Geschäft, in dem du tätig bist, Schatz. Vergiss das nicht.«

Die Spannung zwischen den beiden war unüberhörbar. Ich hatte begriffen, dass es Florian nicht besonders gut ging und dass ich bei dem Gespräch mit diesen New Yorker Agenten überflüssig sein würde. Wäre es dann nicht besser, ich ließe sie alleine gehen? Aber während ich das dachte, machte sich in meinem Inneren eine große Enttäuschung breit.

»Ich darf mich dann wohl entschuldigen?«, fragte ich. Ich hatte sehr leise gesprochen, so leise, dass ich nicht sicher sein konnte, ob einer der beiden meine Frage gehört hatte. Ich war unentschlossen. Vielleicht, dachte ich, konnten wir ja trotzdem zusammenbleiben, auch wenn diese Millers dabei sein würden.

»Brauchen Sie ein Auto?«, fragte Anna Kepler, ohne auf die Reaktion ihres Mannes zu warten.

Ich verneinte. Nein, ich wollte noch ein wenig zu Fuß gehen. Bis zu dem Haus in der Potsdamer Straße sei es nicht so weit. Zwanzig Minuten Fußweg vielleicht, allenfalls eine halbe Stunde.

»Es tut mir wirklich leid«, sagte Florian. »Ich hatte mich auf ein längeres Gespräch gefreut.«

»Besuchen Sie uns, wenn Sie mal in den Staaten sind«, sagte Anna Kepler und reichte mir ihre Hand.

Ich nahm sie und verbeugte mich. Einen Moment lang fragte ich mich, wie sich diese Hand wohl ohne Wildlederhandschuh anfühlen würde. Dann drehte ich mich zu Florian, der inzwischen auch stand. Er suchte wohl noch nach einem Ausweg aus der verfahrenen Situation.

»Wollen wir morgen zusammen frühstücken?«, fragte er mich, aber seine Frau machte auch diese Möglichkeit zunichte.

»Wir müssen morgen sehr früh nach Frankfurt aufbrechen. Zu früh, um noch zu frühstücken. Es tut mit leid.«

Ich nickte und streckte Florian meine Hand entgegen.

»Sorry«, sagte Anna Kepler.

»Ich schreibe dir, Klaus. Beim nächsten Mal habe ich mehr Zeit, ich verspreche es dir.«

Florian umarmte mich. Selbst bei unserem Abschied schien er nicht ganz bei der Sache zu sein. Ich trat hinaus in den Herbstabend. Es roch so gut nach Herbstlaub und nach feuchtem Sand. Ich war zwar enttäuscht und auch etwas beunruhigt über die Veränderung, die mit Florian in den letzten zwei Jahren vorgegangen war, aber hatte ich nicht zwei wunderbare Konzerte gehört? Immerhin: Wir hatten uns gesehen und gesprochen, und die Verbindung würde nicht abreißen. Ich spazierte durch Dahlem, überquerte die Potsdamer Chaussee, die an dieser Stelle »Unter den Eichen« heißt, und saß abends noch eine Stunde mit Frau Freidank im Wintergarten zusammen, obwohl es bereits dunkel war.

Und jetzt ist es Mittagszeit, es ist Frühling, das Licht, das die Wiener Innenstadt ausleuchtet, mutet fast südlich an – und diese ganze Episode mit Florian in Washington und unserem Wiedersehen in Berlin liegt schon so lange zurück, vierzig Jahre und mehr. Er hat mir nach unserem Treffen in Dahlem nicht mehr geschrieben, war aber 1952 noch einmal in Europa – in Wien. Das weiß ich von Anton, der dieses Konzert aufgenommen und seiner Sammlung einverleibt hat. Morgen oder an einem der folgenden Tage würde ich Gelegenheit haben, Florian noch einmal spielen zu hören.

Warum fasziniert mich der Gedanke an Florian heute noch? Weil die Begegnung mit ihm Episode blieb und nie eine Fortsetzung fand, außer in meinen Gedanken? Das Episodenhafte, Nichtabgeschlossene nimmt in unserer Erinnerung oft den Charakter des Unwirklichen an. Geht es mir so mit Florian? Damals in Washington verehrte ich ihn, später nahm meine Verehrung fast schwärmerische Züge an. Und Florian erwiderte meine Verehrung mit einem mir heute fast ein wenig bieder erscheinenden brüderlichen Wohlwollen, das mir schmeichelte. Ich hoffte auf eine große, immerwährende Freundschaft. In dieser Erwartung von etwas großem Zukünftigen lag wohl ein Grund für die Beständigkeit, mit der ich seither an ihn denke. Und der zweite Grund? Ich blicke hinüber zur Kärntner Straße, auf der die Spaziergänger und Flaneure den sonnigen Tag genießen.

Der zweite Grund ist wohl darin zu suchen, dass Florian plötzlich nicht mehr da war. Er befand sich an Bord einer Superconstellation, die im Anflug auf New York in schlechtes Wetter geriet und auf Grund eines Navigationsfehlers ins Meer stürzte, einige Meilen vor der Küste von Fire Island. Das geschah im November 1953. Plötzlich war er tot. Ich wollte es zunächst nicht glauben und hoffte auf einen Irrtum, der sich aufklären würde. Aber statt eines Dementis erschienen in den Zeitungen Nachrufe und Fotografien von Florian. Die Kulturredaktionen beschworen noch einmal seinen steilen Aufstieg zu pianistischem Weltruhm, sie erinnerten an einige seiner Interpretationen, besonders an sein Beethovenspiel, und sie alle begruben in ihren Blättern eine unerfüllt bleibende Hoffnung. Ihn selbst konnte ja niemand begraben, denn sein Körper wurde nie gefunden, ebenso wenig wie die Überreste vieler anderer Passagiere.

Und dann vergaßen sie ihn. Das war es wohl, denke ich – die offen gebliebenen Fragen, die unerfüllten Möglichkeiten. Sie bieten der Fantasie so viel Spielraum, Deutungsmöglichkeiten, die nie mehr überprüft werden können. Es sei denn, jemand fände irgendwo persönliche Aufzeichnungen von Florian und machte sie den Musikhistorikern zugänglich.

Hatte nicht auch ich Fragen, die auf immer unbeantwortet bleiben mussten? Warum wirkte Florian bei unserem zweiten Treffen so gehetzt, so unfroh? Was war zwischen ihm und Anna Forster, seiner Frau, vorgefallen? Was er von Anna berichtet hatte, damals in Washington, klang so ganz anders als das, was ich selbst sehen und hören konnte. Wer waren die Leute, die Druck auf ihn ausübten? Seine Agenten? Anna?

Ich zahle meinen Kaffee und wandere noch ein wenig durch die Stadt. Dann entschließe ich mich, das Frühlingswetter zu nutzen und hinauszufahren. Nach Perchtoldsdorf vielleicht oder noch weiter nach Baden oder ins Helenental. Dahin, wo Beethoven und Schubert gern wanderten, wo etwas von der Musik entstanden ist, die Florian so unvergleichlich gespielt hat und die ihm so wichtig war.

6

Anton muss schon früher als zur vereinbarten Zeit in seiner Wohnung gewesen sein, denn als ich gegen Mittag klingele und er mir die Tür öffnet, duftet es nach frisch gebrühtem Kaffee. Anton begrüßt mich auch gleich mit der Frage, ob er mir einen Kaffee anbieten dürfe. Er sagt nicht einfach: »Möchtest du einen Kaffee?«, sondern: »Darf ich dir eine Tasse Kaffee anbieten?«

»Sehr gerne, danke«, sage ich.

Die Tür zu seinem Tonstudio steht offen. Auf dem Sofatisch liegt ein Stapel von Schallplatten und aus den Lautsprechern dringt Musik – Klavierspiel.

»Eine Kepler-Aufnahme?«, frage ich Anton, der mit einem Tablett ins Zimmer tritt und anfängt, die Tassen, ein Milchkännchen und eine Zuckerdose auf dem Tisch anzuordnen.

»Erkennst du's? Wart, ich hole nur schnell den Kaffee.«

Ich höre die »Variations sérieuses« von Mendelssohn, ein Stück, das ich sehr schätze. Als Anton mit einer Kanne Kaffee zurückkommt, teile ich ihm meine Diagnose mit. Er schenkt uns ein und erklärt mir, dass diese Aufnahme ursprünglich vom Hessischen Rundfunk stamme. Durch seine Tätigkeit beim ORF habe er Zugang zu dem Konzertmitschnitt bekommen und alles auf Acetatplatten aufgenommen.

»Eine heikle Technik, aber wenn man sorgfältig arbeitet, erzielt man ausgezeichnete Resultate.«

»Es klingt in der Tat gut, sehr gut sogar. Aber was heißt ›alles‹?«, frage ich.

»Na, das ganze Konzert, den ganzen Mitschnitt.«

»Von Kepler?«

»Von wem sonst? Wir wollen uns doch heute seine Aufnahmen anhören.«

Ich meine, Florians kleine Discografie und sein nicht allzu großes Konzertrepertoire einigermaßen zu kennen.

»Die ›Variations sérieuses‹?«, frage ich.

»Das Programm ist auf diesem Zettel vermerkt«, sagt Anton und reicht mir eine gefüllte Tasse. »Ich hebe alle Acetatplatten in Plastikhüllen auf, und in jeder Hülle befindet sich ein kleiner Steckbrief. Einiges über die Künstler, Datum, der Ort der Aufnahme, natürlich das Programm und die technischen Einzelheiten meiner Aufnahme.«

Es klingt fantastisch, ich bewundere die Qualität des Spiels und die Deutlichkeit der Aufnahme. Anton hat sich in den zweiten Sessel gesetzt und lächelt mich an wie ein Rätselonkel im Fernsehen.

»Du kommst nicht drauf.«

»Nein, also wann wurde das aufgenommen?«

Er lässt sich Zeit mit der Antwort. Er genießt den mentalen Vorsprung, den ihm seine Aufnahmen geben. Ich soll ruhig noch ein wenig nachdenken. Aber mir fällt nichts ein.

»Einige Tage nach den Konzerten in Berlin, die du gehört hast. Es ist ein Konzert, das Kepler Ende Oktober 1951 in Frankfurt am Main gegeben hat.«

Jetzt erinnere ich mich, dass Florian am 27. Oktober 1951 nicht mit mir frühstücken konnte, weil er früh nach Frankfurt aufbrechen musste. So jedenfalls hatte es Anna Kepler dargestellt. Ich lese das Programm. Anton hat wirklich alles ungemein sorgfältig aufgeschrieben. Nach dem Mendelssohn hatte Florian den »Karneval« von Schumann gespielt, dann nach der Pause die Brahmsschen Variationen über ein Thema von Händel und als Kehraus Schumanns 2. Klaviersonate in g-Moll.

»Den Schumann zum Schluss, den musst du dir anhören, so gut hat es vielleicht noch nie jemand gespielt.«

»Was heißt gut?«

»Temperamentvoll, virtuos«, Muxeneder legt eine Pause ein, um einen Schluck Kaffee zu trinken. »So gehetzt«, sagt er dann. »Beängstigend.«

Als er mir kurz darauf diese Sonate in der Interpretation von Florian Kepler von Ende Oktober 1951 vorspielt, weiß ich, wovon er spricht. Der erste Satz beginnt in einem wahnwitzigen Tempo. Im Laufe dieses Satzes steigert sich dieses Tempo noch einmal.

»Wenn du zu Anfang gefragt hättest, ob es noch schneller ginge, hätte ich nein gesagt«, finde ich.

»Schumanns Tempobezeichnung lautet: ›So schnell wie möglich‹«, Muxeneder lacht leise, »und dann heißt es unter Missachtung jeder Logik ›schneller‹ und einige Takte später ›noch schneller‹. Und genau das vermittelt Kepler in dieser Aufnahme. Er spielt den Anfang wahnsinnig schnell. Was er dann steigert, ist nicht so sehr das Tempo, sondern der Ausdruck. Er spielt nach der Aufforderung ›schneller‹ noch intensiver und artikulierter als zu Anfang, und nach der letzten Ermahnung ›noch schneller‹ steigert er die Deutlichkeit seines Spiels noch einmal, sodass man an Hexereien glaubt. Wenn du das einmal nachmisst mit der Stoppuhr oder dem Metronom, dann findest du kaum einen Unterschied zwischen ›so schnell wie möglich‹ und ›noch schneller‹. Bei Kepler heißt das ›schneller‹ deutlicher und das ›noch schneller‹ noch artikulierter und leidenschaftlicher. Ein ›Presto agitato‹, bei dem man sich fragt, wie ein Pianist überhaupt so spielen kann. Es klingt lebensgefährlich – und das ist es auch.«

Wir hören jetzt beide zu, und ich kann nicht verhindern, wir beide können nicht verhindern, dass wir in den Bann dieses Spiels geraten. Es klingt, als glühe die Tastatur, als spiele der Pianist um sein Leben. Dabei bleibt die Struktur der Musik jederzeit deutlich. Ist es nicht gerade diese Kombination aus halsbrecherischem Tempo und glasklarer Artikulation, auch an den schwierigsten Stellen, die den Eindruck äußerster Leidenschaft vermittelt?

Und dann das Andante. Es beginnt leise und pochend, fast wie die Begleitung zu einem Schumannschen Lied – und die kleine, fast rezitativische Melodie erinnert ja auch an eines jener verzauberten Lieder, an die »Mondnacht« zum Beispiel. Im letzten Satz überraschen die Wechsel zwischen stürmisch leidenschaftlichen Episoden und kleinen versonnenen Momenten. Florestan und Eusebius kommen beide zu Wort, Schumanns Lieblingsgestalten. Waren sie, so frage ich mich, in den Tagen, in denen er diese Musik spielte, auch Florians Brüder?

Als die Leidenschaft mit dem letzten Akkord plötzlich ihr Ende hat und der Beifall aufbrandet, sagt Anton: »An diesem Tag hat er Feuer gespien.« In der Tat sind die Wut und die Gewalt eines Feuersturms die einzigen optischen Äquivalente für das, was wir soeben gehört haben und von dessen Existenz ich bisher nichts wusste. Nicht das Geringste. Dieses Konzert in Frankfurt offenbart mir eine ganz neue Seite in Florian Keplers Wesen. Ein wenig ist er mir im Nachhinein oft wie ein selbst ernannter Lordsiegelbewahrer für die großen Klassiker erschienen: Bach, Mozart, Beethoven, Schubert. Dass er eine Musik spielen kann, die ganz außer sich ist, ja, dass er dieses Außer-sich-geraten geradezu kultivieren konnte, um dieser Musik, dieser Leidenschaft einerseits und der unstillbaren Sehnsucht andererseits gerecht werden zu können – das habe ich nie geahnt. Bis jetzt nicht. Aber vielleicht war Florian damals wirklich außer sich, vielleicht befand er sich schon in der Verfassung, die ihn befähigte, diese Leidenschaft darzustellen, Leidenschaft, nur beherrscht durch eine schier unbegrenzte Fähigkeit, seine Finger und Hände zu bewegen und zur Hervorbringung von Klang einzusetzen. Aber die Schumann-Sonate war noch nicht alles.

»Es kommt noch etwas«, sagt Muxeneder, nachdem der Beifall verrauscht ist und die Bravorufe plötzlich verstummen – und wirklich, Florian hat damals Zugaben gespielt: das »Scherzo« von Chopin in b-Moll und die große Polonaise in As-Dur. Auch das Scherzo hatte etwas überwältigend Subjektives. Lag es daran, dass Kepler die großen Läufe im Mittelteil einfach schneller und leuchtender spielte als alle seine Kollegen, dass er die dynamischen Akzente spontaner und rücksichtsloser setzte als alle, von denen ich dieses Stück bisher gehört habe? Ich weiß es nicht. Aber ich komme von dem Gedanken nicht los, dass sich in diesem Musikmachen, in diesem stellenweise bedenkenlosen Einsatz einer stupenden Technik, in dieser Bereitschaft, jedes Risiko einzugehen, mehr offenbarte als nur eine kontrollierte Fähigkeit, sein Temperament zur Darstellung romantisch-virtuoser Musik einzusetzen.

»Merkwürdig«, sage ich zu Anton, als auch die Zugaben verklungen sind.

Er sieht mich fragend an. »Merkwürdig? Was meinst du?«

Ich erzähle Anton von meiner letzten Begegnung mit Florian Kepler in Berlin. Ich versuche ihm deutlich zu machen, dass Florian mir damals sehr verändert vorkam, irgendwie unzufrieden, abgehetzt. »Überfordert würde man heute vielleicht sagen, aber heute sind ja alle überfordert. Bei Florian konnte ich mir das einfach nicht vorstellen. Als wir uns das erste Mal trafen, wirkte er so sicher. Er schien zu wissen, was er wollte, und so spielte er auch. Wenn ich an den Beethoven denke. Weißt du, das Opus 110?«

Anton hat die Platte mit der Aufnahme des Berliner Konzertes bereits in der Hand. »Ich glaube, das hat uns damals RIAS Berlin überlassen, allerdings nur für ein oder zwei Sendungen. Dass ich mir eine eigene Kopie angefertigt habe, war eigentlich illegal.«

Die Musik, die Bachsche Partita und dann die Beethoven-Sonate, führen mich wieder zurück in den Titania-Palast in Steglitz. Wieder sehe ich Florian auf der Bühne, allein mit dem riesigen Konzertflügel. Und jetzt, nach so langer Zeit, fällt mir ein, dass er damals anders vor dem Flügel saß als noch zwei Jahre zuvor in Washington. In Berlin wirkte er steifer, gezwungener. Er hielt die Beine enger zusammen, saß sehr aufrecht, sah in irgendeine imaginäre Ferne – irgendwie wirkte er damals schon abwesend.

»Als er das spielte, sah er aus, als mache ihm das alles keinen Spaß mehr«, sage ich und erzähle dann von meinen Beobachtungen. Wie jugendlich, wie gelöst hatte er in Washington gewirkt. Im Berliner Konzert dagegen habe er sich gehalten, als hätte ihn ständig jemand ermahnt, gerade zu sitzen.

Anton reagiert nicht. Er hat diese Platte lange nicht gehört. Vielleicht hört er sie heute überhaupt zum ersten Mal, vielleicht hat auch er Florian Kepler heute wieder zum Leben erweckt.

Später, als die Sonate verklungen ist, sagt er: »Ihn selbst habe ich ja nie kennengelernt.«

Ihn selbst nicht, aber seine Familie? Seine Frau? Einen Freund?

»Wen kanntest du denn?«

»Den alten Forster, Annas Vater.« Muxeneder lächelt, als er meine Überraschung bemerkt. »Den Augenarzt Forster, seine Frau – ja und Anna natürlich.«

»Anna? Du kanntest Anna Forster?«

»Wundert's dich?«

Anton ist damit beschäftigt, die Platten, die er mir vorgespielt hat, wieder sorgsam in ihre Hüllen zu stecken. Warum hat er mir nie davon erzählt? Aber vielleicht hatte er keinen Grund. Wie wichtig Florian für mich war, weiß er ja erst seit ein paar Tagen.

»Ich bin damals viel herumgekommen in Wien«, sagt Anton. »Nicht nur in Wien, aber eben hauptsächlich hier. Als Lokalreporter einer viel gelesenen Zeitung, noch dazu als einer mit musikalischen Interessen. Ich habe einmal über Albert Forster geschrieben. Er war der Erste in Wien, der Hornhauttransplantationen vornahm. ›Blinde werden wieder sehend‹ hieß mein Artikel. Nicht sehr originell, was?« Er lächelt etwas verlegen. »Ich schrieb ihm, nachdem ich von einem Patienten von Forster gehört hatte, bei dem diese Operation wirklich zu einer Wiedergewinnung seiner Sehkraft geführt hatte. Ich bat um ein Interview – und es wurde mir gewährt. Der alte Forster war ein Grandseigneur, ein liebenswürdiger Mann. Er nahm sich Zeit, erklärte mir alle Einzelheiten der Operation und warnte mich vor allzu optimistischen Schilderungen. Er stünde noch ganz am Anfang, sagte er nur.«

»Und was hat das mit Florian Kepler zu tun?«

»Nichts. Ich sage ja, den habe ich nie gesehen. Anna, ja. Die traf ich einmal. Und sie gefiel mir.« Muxeneder räuspert sich, als spüre er nach so langer Zeit immer noch einen Rest von Verlegenheit. »Sie gefiel mir sogar ausnehmend gut.«

»Und?«

Vielleicht empfindet Anton meine Frage als indiskret, denn er schweigt ein paar Sekunden. Dann lächelt er – ein wenig gezwungen, wie mir scheint.

»Na ja, wie das so ist mit jungen Leuten. Ich lud sie ein, mit mir auszugehen, und dann fragte ich sie, ob sie …« Er lässt den Satz unbeendet und macht eine wegwischende Bewegung mit seiner rechten Hand. »Jedenfalls, da wurde nichts draus. Ob im Spaß oder ob im Ernst – sie ließ durchblicken, dass ein Mann mit meinem Familiennamen für sie nicht in Frage komme. ›Anna Muxeneder‹, sagte sie, als probiere sie meinen Namen aus. Und das gefiel ihr wohl nicht. Jedenfalls lachte sie, als hätte ich einen Witz gemacht. Heute ist mir das egal«, behauptet er, »aber damals?«

Ich will das Thema wechseln, weil ich diesen leicht beleidigten Ton nicht mag, aber Anton spricht weiter.

»Ist Muxeneder ein schlechterer Name als Liebeskind?«, fragt er.

»Ich verstehe deine Frage nicht.«

»Der Mädchenname von Annas Mutter war Liebeskind. Albert Forster hat ihn in Liebig ändern lassen, um die jüdische Abstammung seiner Frau zu vertuschen, denn diese konnte für einen angehenden Professor an der Wiener Universität damals durchaus ein Hindernis sein.«

»Ich begreife noch immer nicht, was diese Namensänderung mit Anna zu tun hat.«

»Als Anna sich über meinen Namen lustig machte, bot ich ihr an, meinen Namen zu ändern. Das geschah halb im Ernst, halb im Spaß. Ich fragte, wie sie Mux fände oder einfach Eder. Sie nahm das Spiel auf und erfand einige Varianten meines Namens, die weitaus lächerlicher klangen als das Original. ›Warum nicht Oxeneder?‹, fragte sie und lachte herausfordernd, ›oder Muckeneder‹? Sie wurde immer alberner. Ein Eder mit Mucken oder Mackeneder. So etwas passe doch nach Wien, meinte sie und wollte sich ausschütten vor Lachen. Ja, wenn ich Mutzenbacher hieße, dann wäre es vielleicht etwas anderes, Muckeneder und Mutzenbacher, das passe ja noch ganz gut zusammen, aber Forster?«

Anton starrt vor sich hin und schüttelt den Kopf. »Heute würde man über so etwas lachen, aber damals war ich empfindlich. Ich empfand so eine Art kalte Wut, verstehst du?« Er wirft mir einen seiner traurigen Blicke zu. »Ich sagte etwas sehr Böses. Man merke, dass man mit Namensänderungen in ihrer Familie bereits Erfahrung habe. Als ich das sagte, wusste ich schon, dass sie meine Worte als Beleidigung empfinden müsse. Und so war es auch. Diese Bemerkung beendete unsere Beziehung.«

Ich will ihm helfen, sich von dieser unschönen Erinnerung zu befreien. »Wir schleppen doch alle irgendetwas mit durchs Leben, was wir gerne rückgängig machen würden«, sage ich und stehe auf, um mir die Beine zu vertreten. Vor den Fenstern dehnt sich immer noch ein blauer Frühlingstag.

»Wir sollten ein wenig spazieren gehen«, schlage ich vor.

»Ich bin noch nicht fertig«, sagt Anton.

»Was denn noch?«

»Nach dieser Episode habe ich die Tatsache, dass Annas Mutter eine Jüdin war und eigentlich Liebeskind hieß, bevor sie Frau Forster wurde, immer wieder einmal erwähnt. In Wort und in Schrift.« Jetzt steht auch Anton auf und tritt zu mir ans Fenster. »Und das war gemein«, sagt er, und ich merke ihm an, dass ihn diese Geschichte immer noch mitnimmt.

»Aber sind es nicht alte Geschichten?«, versuche ich ihn zu beruhigen.

»Meinetwegen mussten die Keplers damals Wien verlassen. Wenn ich den Mund gehalten hätte, hätte sich niemand mehr an Annas jüdische Abstammung erinnert.«

»Glaubst du denn allen Ernstes, die Nazis hätten Forster in Ruhe gelassen, wenn du diese Geschichte nicht publik gemacht hättest?«

Anton zuckt mit den Schultern.

»Was ist denn aus den Forsters geworden?«, frage ich, obwohl ich von Florian weiß, dass sie Österreich 1938 noch verlassen konnten und später wieder zurückgekehrt sind.

»Sie sind im Konzentrationslager gestorben«, sagt Anton tonlos.

Kann das sein? Hatte Florian mir nicht etwas ganz anderes erzählt?

Ich nehme Anton beim Arm und ziehe ihn wieder zu seinem Sessel. »Lass uns das noch besprechen«, sage ich und setze mich ebenfalls.

»Sie wurden abgeholt. Friedrich Dunkel, mein Schwiegervater, hatte dabei seine Hand im Spiel. Nach dem Krieg habe ich Erkundigungen angestellt. Zunächst wurden sie noch geduldet. Natürlich mit allen Einschränkungen, die gleich zu Anfang der Nazizeit für Juden galten. Verlust der Professur für Forster. Dann die Aberkennung der bürgerlichen Ehrenrechte. So nannte man das damals. Eine Scheidung hätte ihn davor bewahrt. Aber er weigerte sich. Sie müssen unter ziemlich armseligen Umständen gelebt haben – bis man sie abholte. Nach Theresienstadt, hieß es.« Er schluckt und fügt hinzu: »Und dann nach Auschwitz.«

»Wie kann das sein?«, frage ich und erinnere ihn an Florians Behauptung, dass seine Schwiegereltern noch aus Wien herausgekommen seien.

»Lass uns nach nebenan gehen«, sagt Anton, »hier ist es so still.«

Er hat recht. Es ist totenstill. Ich helfe ihm, das Kaffeegeschirr abzuräumen. Dann gehen wir hinüber in den Salon, der am Stubenring liegt. Hier hört man den Verkehr als leises Rauschen und zwischendurch das Quietschen der Tram.

»Wie hat Florian mir so ein Ammenmärchen erzählen können?«, frage ich. »Mir hat er gesagt, seine Schwiegereltern hätten sich noch retten können.«

»Vielleicht wollte er nicht wahrhaben, was wirklich geschehen ist«, sagt Anton, nachdem wir eine Weile auf die Straße hinuntergeschaut haben.

Oder er wollte mich nicht damit belasten, denke ich und erinnere mich an unsere Unterhaltung in dem Club in Georgetown. Sie liegt lange zurück, aber bestimmte Worte oder Sätze vergisst man nicht. Ich höre Florian sagen: »Selbst meine Schwiegereltern, die nichts von unserer Flucht wussten, sind einige Monate später noch herausgekommen.« War es ihm peinlich, mir sagen zu müssen, dass die Nazis, meine Landsleute, seine Schwiegereltern ermordet haben?

»Das war damals sicher keine Glanzleistung von dir, Anton«, sage ich. »Aber könnte es nicht sein, dass du deine Rolle im Schicksal der Familie Forster zu hoch ansetzt?«

Er antwortet nicht.

»Was hättest du denn tun sollen?«

»Ach, Klaus, es ist ja lieb von dir ... Aber es ist doch ganz klar, was ich hätte tun sollen.« Er sieht mich an. Traurig, wie einer, der ein Unrecht begangen und keine Zeit mehr hat, es wieder gutzumachen. »Tun müssen«, setzt er hinzu. »Erstens hätte ich den Mund halten sollen und kein Wort über den jüdischen Teil der Familie Forster verlieren dürfen. Und zweitens hätte ich protestieren müssen, als ich davon erfuhr, wie armselig die Forsters in Wien leben mussten, bevor man sie abholte. Denn das habe ich ja gewusst, das habe ich doch durch meine Frau gewusst und durch ihren Vater.« Er starrt nach draußen. »Ich habe nichts unternommen, gar nichts. Nicht einmal zu meinem Schwiegervater bin ich gegangen, um ihn an die Verdienste Professor Forsters um seine Patienten und um die Wiener Universität zu erinnern. Und das hätte ich ohne Risiko für mich tun können.«

»Aber hätte das etwas genützt, Anton?«

Ich weiß, diese Frage ist unsinnig, aber ich merke, wie Anton immer tiefer in seine Erinnerungen abgleitet, und will ihm helfen.

»Ein wenig hätte Friedrich Dunkel die Situation der Forsters schon erleichtern können«, sagt Anton. »Um wie viel, weiß ich nicht. Sicher hätte Dunkel ihnen noch die Flucht ermöglichen können. Vielleicht auch nicht. Aber was zählt, ist doch mein Verhalten.«

»Das stimmt. Aber dann versuch doch heute, etwas Gutes zu tun, jemandem zu helfen«, schlage ich vor. »Was ist aus Anna Forster beziehungsweise Anna Kepler geworden, weißt du das?«

Anton zuckt die Schultern. »Keine Ahnung. Ich weiß nichts mehr von ihr. Es dürfte auch nicht leicht sein, sie zu finden.«

»Aber Anton, wenn Anna Kepler noch lebt, dann hat sie einen Anspruch auf die Aufnahmen, die du in deinem Archiv verwahrst! Pass auf: Wir könnten diese zehn Platten …«

»Dreizehn«, unterbricht mich Anton, »es sind dreizehn.«

»Wir könnten sie einem guten Tonstudio übergeben und sie überarbeiten lassen. Digitalisieren und auf CDs überspielen. Ich bin sicher, einige der großen Gesellschaften würden sich dafür interessieren.«

Ich bin in meinem Eifer inzwischen in Antons Salon herumgelaufen. Einige der Bilder an den Wänden stechen mir ins Auge. Bedeutende Maler sind hier vertreten, Ernst Fuchs,

Friedensreich Hundertwasser, Karl Korab. Jetzt stehe ich vor einer Wand, die dicht mit gerahmten Fotografien vollgehängt ist. Manche Bilder tragen Widmungen. Schauspieler und Schauspielerinnen, einige sehen aus wie Familienbilder. Als Anton auf meine Vorschläge nicht reagiert, sondern teilnahmslos am Fenster verharrt und auf den Stubenring hinunterstarrt, gehe ich zu ihm und packe ihn am Arm.

»Anton, Menschenskind, deine Plattensammlung! Du willst sie mir vermachen, sie soll weiterbestehen, aber wozu? Wir haben gerade Aufnahmen gehört, von deren Existenz vermutlich niemand auf der Welt etwas weiß. Von Florian Kepler, einem großen Pianisten, der früh gestorben ist, dessen Angehörige aber durchaus noch irgendwo am Leben sein müssten.«

Anton schaut mich an, sagt aber nichts.

»Hör zu«, sage ich. »Wir finden Anna Kepler, vielleicht finden wir auch ihre Tochter Marlene und ihren Sohn Joshua. Wir finden diese Menschen und geben ihnen zurück, was ihnen gehört, jedenfalls ihnen in erster Linie. Damit kannst du etwas gutmachen, Anton, wenn es denn etwas gutzumachen gibt.«

Anton hört jetzt zu, denn er hat sich vom Fenster abgewendet und sieht mich an.

»Aber wie soll ich …?«, fragt er dann. »Ich allein, in meinem Alter und mit den geringen Mitteln.«

Aber ich finde immer mehr Gefallen an meiner Idee. Könnte ein solcher Kontakt mit den Kindern von Florian und vor allem mit Anna Kepler nicht auch mir helfen, diesen Teil meines Lebens besser zu verstehen? Wenn man sieht, wie eine Geschichte, deren Anfang mich einmal faszinierte, weitergegangen ist, verliert sie dann nicht etwas von ihrer beunruhigenden Wirkung? Verstehe ich mich dann nicht selbst besser?

»Ich helfe dir«, sage ich.

»Wie willst du denn das machen? Mit deiner Praxis in

München. Du arbeitest doch noch, und außerdem – du hast doch gar keine Verbindungen zur Musikwelt.«

»Wir fangen mit den nächstliegenden Dingen an«, schlage ich vor. »Fragen Konzertagenturen, die Redaktionen von Fachzeitschriften, Konzertveranstalter, große Konzertsäle – die Carnegie Hall zum Beispiel. Irgendwo finden wir vielleicht eine Spur.«

»Na, da wirst du deine Freude haben.« Anton bleibt pessimistisch. Er fängt an, mich zu ärgern.

»Anton«, sage ich. »Komm, jetzt setz dich einmal her und denke nach.«

Ich zeige auf seine altmodischen, mit rotem Samt bezogenen Polstermöbel, die er in einer Ecke seines Salons aufgestellt hat. Immerhin folgt er meiner Aufforderung und setzt sich. Ich setze mich ihm gegenüber, lehne mich nach vorn und versuche damit meinen Worten mehr Nachdruck zu geben.

»Jetzt vergiss mal alle Schwierigkeiten! Stell dir vor, du könntest mit Anna Kepler Kontakt aufnehmen, ihr die Mitschnitte von Florians Konzerten als CDs überreichen und ihr dabei sagen, dass dich die Erinnerungen an dein Verhalten quälen. Und stell dir weiter vor, sie würde auf deine Worte und auf die Überreichung der unbekannten Mitschnitte überrascht, vielleicht sogar überwältigt reagieren – jedenfalls freundlich. Würde dir das nicht viel bedeuten?«

Anton starrt vor sich hin, denkt nach. Dann nickt er. »Wenn so etwas geschehen könnte, so etwa in der Art, wie du es jetzt geschildert hast, ja, natürlich. Ja natürlich, das wäre schon etwas.«

»Dann lass mich versuchen, eine Spur zu finden. Aber du, Anton, kannst auch etwas tun. Aus deiner Zeit beim ORF kennst du doch sicher Leute, die alte Aufnahmen überarbeiten können. Analog in Digital verwandeln, meine ich, und das Ergebnis auf CDs übertragen. Wenn du diesen Teil übernehmen könntest, wäre schon viel erreicht. Du könntest ja erst einmal eine oder zwei Platten bearbeiten lassen.«

»In Zürich kenne ich jemanden«, sagt Anton um eine Spur lebhafter als zuvor. »Ich weiß sogar noch, wie er heißt, weil ich ihn immer den Dudelsackpfeifer genannt habe.«

»Svanda?«

»Ja genau, Jaroslav Svanda, ganz früher Pressburg, später Wien, heute Zürich. So ist der Lauf der Welt.« Anton lächelt wieder sein wehmütiges Lächeln.

Aber er meint, den Jaroslav würde er morgen anrufen. Der käme auch oft nach Wien, er könne sich vor Ort ein Bild machen. Jetzt mischt sich bereits eine Spur von Tatkraft in Antons immer etwas bedauernd klingenden Tonfall.

»Also abgemacht. Du kümmerst dich um ein Tonstudio, und ich versuche, die Spuren der Familie Kepler wieder zu finden.«

Ich stehe auf und gehe noch einmal zu den gerahmten Fotografien. Ein Bild interessiert mich – vorher habe ich es nur flüchtig betrachtet, aber jetzt will ich noch einmal genauer hinschauen. Es zeigt zwei junge Männer in Bergsteigerkluft, etwas ausgebeulte Bundhosen aus Cordsamt, altmodische Anoraks, Rucksäcke auf dem Buckel. Einer von ihnen hat ein aufgewickeltes Hanfseil auf seinen Rucksack geschnallt. Die beiden stehen an einem erhöhten Ort. Ringsum liegen einige helle Felsbrocken. Im Hintergrund erkennt man unscharf Berggestalten. Die beiden jungen Leute lachen in die Kamera. Einer von den beiden ist mir ganz unbekannt. Ihn habe ich noch nie gesehen. Der andere ist mein Freund Jochen König. Wie kommt Jochen König hierher, denke ich. Verwechsle ich ihn vielleicht doch mit einem anderen? Nein, ausgeschlossen.

»Anton?«

»Ja, womit kann ich noch dienen?«

Er klingt fast gereizt. Vielleicht wäre er nach dem anstrengenden Vormittag und dem gemeinsam gefassten Plan froh, wenn ich jetzt ginge.

»Diese Fotografie hier«, sage ich. »Die beiden jungen Männer auf dem Berg.«

Anton kommt heran, zieht dabei seine Lesebrille aus der Reverstasche seines Jacketts, setzt sie auf und nähert sein Gesicht dem Bild, das ich betrachtet habe.

»Ja, was ist damit?«

»Dieser junge Mann«, ich zeige auf Jochen König, »das ist der Jochen, von dem ich dir neulich erzählt habe.«

»Du meinst den Hans-Peter?«

»Nein, das ist Jochen König, mein Studienfreund, mit dem ich im Sommer 1951 durch ganz Tirol gewandert bin.«

»König ist richtig«, sagt Anton, »aber nicht Jochen. Der hieß Hans-Peter. Er ist beim Bergsteigen umgekommen. An ihn habe ich gedacht, als du neulich diese Geschichte erzählt hast.«

»Aber wie kommt der in deinen Salon?«

»Er war mein Neffe, der Sohn meiner Schwester, die einen Herrn König geheiratet hat, einen Ingenieur, der bei Siemens arbeitete. Helene lebt noch, sie ist zwei Jahre älter als ich. Ihr Mann ist leider schon gestorben.«

»Aber mein Freund hieß Jochen«, insistiere ich, obwohl es keinen Zweifel geben kann, dass Hans-Peter und Jochen identisch waren.

»Von einem Jochen ist mir nichts bekannt.« Anton schüttelt den Kopf. »Bist du sicher, dass da nicht eine Verwechslung …?«

»Also Anton«, sage ich unwillig. »Nein. Ich bin sicher. Ich hatte keine Ahnung, dass mein Jochen dein Neffe war. Ich weiß auch nicht, warum er sich immer nur Jochen nannte und bei seinen Freunden auch nur unter diesem Namen bekannt war. Aber so ist es gewesen.«

»Offenbar«, sagt Anton, wieder leicht gereizt.

»Und Jochens Mutter? Wo lebt die?«

»Die lebt in Feldkirch, in Vorarlberg.«

Es hat wohl keinen Sinn, mit Anton jetzt auch noch Jochens Spur aufzunehmen. Er macht einen mürrischen und lustlosen Eindruck. Außerdem scheint er zu seiner Schwester kein besonders enges Verhältnis zu haben.

»Was hat sie denn nach Vorarlberg verschlagen?«

»Weißt du, Klaus, nimm's mir nicht übel, aber diese Fragen, diese vielen Fragen, die du immer hast. A bisserl geht's mir schon auf die Nerven.« Eine Sekunde später legt er begütigend seine Hand auf meinen Arm. »Nicht immer natürlich, aber heute. Es war halt alles recht viel, verstehst du?«

»Schon gut.«

Natürlich verstehe ich ihn. Meine Fragerei ist auch schon anderen auf die Nerven gegangen.

»Weißt was, ich werde die Helene einmal anrufen«, lenkt Anton ein. »Sie wird sich zwar wundern, aber freuen wird sie sich vielleicht trotzdem. Und dann erzähle ich ihr von dir und deinem Freund Jochen. Wenn jemand dir zu diesem Menschen etwas sagen kann, dann ist es die Helene. Wenn ich mit ihr gesprochen hab, sag ich dir Bescheid, dann kannst du ja einmal mit ihr in Kontakt treten. Und jetzt würde ich gern wieder nach Klosterneuburg fahren. Dieser Ort«, er beschreibt mit der linken Hand eine den Raum und wohl die ganze Wohnung am Stubenring umfassende Bewegung, »ist ein anstrengender Ort für mich. Zu viele Erinnerungen.«

Wir gehen durch den Salon zurück auf den Flur. Ich nehme meinen Mantel aus der Garderobe, während Anton mitten auf dem Flur stehen bleibt und mich anlächelt, kläglich und auch ein wenig anklagend. Dann streckt er mir seine Hand entgegen.

»Servus, Klaus«, sagt er. »Melde dich, wenn du wieder in München bist.«

7

Wochen sind vergangen seit jener letzten Begegnung mit Anton. Ich habe mich inzwischen nicht wieder bei ihm gemeldet. Nach den Überraschungen, die ich mit ihm erlebt habe, erst die Geschichte mit Anna Forster und dann, völlig unerwartet, das Auftauchen von Jochen König in Muxeneders Bildergalerie, brauche ich ein wenig Abstand von ihm. Manchmal, wenn ich zwischen zwei Patientenbesuchen am Fenster meines Sprechzimmers stehe und auf den Marienplatz hinuntersehe, habe ich mich schon gefragt, ob Anton mit mir oder ob ein Dritter mit uns beiden seinen Schabernack treibt – es ist schon fast lächerlich, wie nahe sich unsere Lebenswege gekommen waren, bevor wir uns dann tatsächlich trafen. Natürlich ist es Unsinn, hinter derartigen Zufällen irgendeine Art von Absicht zu vermuten. Solche Vorstellungen entspringen dem unbewussten Bedürfnis, in allem einen Sinn zu erblicken – eine Fügung. Dabei sind Zufälle viel aufregender als Fügungen.

Florian Kepler nach so vielen Jahrzehnten wieder auf die Spur zu kommen, hat sich als schwierig erwiesen. Ich habe meine langjährige Sprechstundenhilfe, Franziska Späth, gebeten, mir bei der Suche nach Florians Angehörigen zu helfen. Ich kenne sie schon so lange und meine, mich ganz auf sie verlassen zu können. Vor dreißig Jahren, als ich – damals noch in Schwabing – meine erste Praxis eröffnete, war sie meine Sprechstundenhilfe, meine Sekretärin und meine Buchhalterin. Damals hieß sie noch von Ravensburg, später heiratete sie dann einen Herrn Späth, den ich nur wenige Male zu Gesicht bekam, bevor sie sich wieder von ihm trennte, ohne allerdings seinen Namen abzulegen. Anfangs begriff ich nicht, warum sie ihren frisch angetrauten Mann so sorgfältig vor mir – und wie ich allmählich bemerkte – auch vor anderen verbarg. Vermutlich hatte sie Hemmungen, mit Wolfgang Späth, einem ehemaligen Verlagslektor, der sich damals, Anfang der Sechzigerjahre, mit einigem Erfolg als Literaturagent betätigte, in Gesellschaft aufzutreten. Später verstand ich Franziskas Zurückhaltung. Die beiden waren in der Tat ein komisches Paar. Franziska war damals fast eine Schönheit. Groß, schlank, brünett mit einer eher weiblichen als sportlichen Figur und einem Gesicht, das mich in seiner Grundprägung immer an Katherine Hepburn erinnerte: hoch sitzende Wangenknochen, ein etwas großer, aber wohlgeformter Mund, intelligente Augen. Wolfgang Späth dagegen war untersetzt, um nicht zu sagen korpulent, und um einen Kopf kleiner als seine Frau. Die wenigen ihm noch verbliebenen Haare legte er von einem extrem seitlich angebrachten Scheitel sorgfältig über den Teil seines Schädels, der zur Hervorbringung eigenen Haares nicht mehr fähig war. Eindrucksvoll an Herrn Späth waren allerdings seine lebendigen braunen Augen und eine angenehme, warme Stimme. Man musste ihn näher kennen lernen, um Franziskas Wahl zu verstehen. Bei flüchtigen Begegnungen wirkten die beiden wie die Karikatur eines Ehepaares.

Franziska half mir, meine Praxis Schritt für Schritt aufzubauen. Sie hatte alle Eigenschaften, die nicht gerade zu meinen Stärken gehören: Liebenswürdigkeit, Geduld, eine stabile, meistens heitere Stimmungslage. War sie in den ersten Jahren meine Gehilfin, so wurde sie später immer mehr meine Vertraute und Freundin. Vielleicht hat sie damit gerechnet, auch einmal meine Geliebte und dann meine Frau zu werden. Es gab eine Zeit, in der ich meinte, diese Bereitschaft in ihr zu erkennen. Es waren übrigens die Jahre, in denen ihre Ehe mit Wolfgang Späth auseinander ging. Dass ich auf ihre sehr diskreten Avancen nicht reagierte, sondern mich in Ausweichmanöver wie Gehaltserhöhungen und Lobreden flüchtete, hatte verschiedene Gründe. Einerseits schreckte mich der Gedanke an eine längerfristige, vielleicht lebenslange Bindung, die alle Lebensbereiche, auch die intimsten, einbeziehen würde. Ich bin von Natur aus ein reservierter Mensch, der ein ganz bestimmtes Bild von sich hat, das er auch anderen vermitteln möchte. In diesem Bild sind bestimmte Züge meines Wesens, auch meine sich immer wieder regenden Neigungen zu gleichaltrigen oder – heute – meist jüngeren Männern nicht enthalten. Nicht, dass ich diese Empfindungen jemals ausgelebt hätte. Aber sie sind Teil meines Wesens. Eine Ehe hätte mich gezwungen, mich ganz preiszugeben und Franziska auch in diese Seite meines Charakters blicken zu lassen. Dazu war ich nie bereit. Heute allerdings muss ich mich fragen, ob sie mich nicht längst durchschaut hat, auch ohne mit mir verheiratet zu sein. Der zweite Grund, der mich bewog, einen Rest von Distanz zwischen Franziska und mir beizubehalten, betraf die zentrale Rolle, die sie inzwischen in meinem Leben eingenommen hatte. Sie war und ist mein guter Geist, auf den ich mich in jeder Hinsicht verlasse, auch im Hinblick auf die Einschätzung anderer Menschen. Natürlich habe ich ihr von Anton erzählt. Sie hat ihn nie gesehen, aber manchmal, wenn von ihm die Rede ist, scheint sie ihn besser zu verstehen als ich selbst. Auch von Jochen und von Florian habe ich ihr erzählt, und so lag es nahe, Franziska zu bitten, mir bei der Auffindung von Florians Angehörigen zu helfen. Wen sonst hätte ich fragen sollen?

Franziska hat sich ihrer neuen Aufgabe zunächst mit einer gewissen Belustigung angenommen. Je länger aber die Suche sich hinzieht und je schwieriger sie sich gestaltet, desto mehr scheint sie sich dafür zu interessieren. Kein Tag vergeht, ohne dass Franziska die »Akte Kepler« (so nennt sie das) aus einer Schublade ihres Schreibtisches herausnimmt und versucht, über das Telefon oder über andere Verbindungen Spuren der Familie Kepler zu finden. Die nächstliegenden Möglichkeiten, einen Hinweis zu bekommen, hat Franziska natürlich schon ausgeschöpft. Sie hat verschiedene deutsche Konzertagenturen angeschrieben und um die Adressen von amerikanischen Agenturen gebeten, die damals zu Florians Zeiten ausübende Musiker vermittelten. Die Millers fielen mir in diesem Zusammenhang ein, die damals im Harnack-Haus mit den Keplers zu Abend essen wollten. Immer noch spüre ich die Kränkung, die ich empfand, als Anna Kepler mir in unmissverständlicher Weise bedeutete, dass ich bei einem Abendessen mit den Millers, bei dem es um wichtige berufliche Dinge gehen würde, überflüssig sei.

»Versuch doch mal, eine Agentur mit dem Namen Miller zu finden, die Anfang der Fünfzigerjahre in New York tätig war«, rate ich Franziska und erzähle ihr von der Szene im Harnack-Haus im Oktober 1951. Kein Hinweis ist zu vage oder zu aussichtslos für Franziska, um ihm nicht nachzugehen. Unter den deutschen Agenturen hat sie inzwischen bereits Freunde gefunden, die ihr »im Rahmen des Möglichen« helfen wollen.

»Was sie damit wohl meinen?«, fragt sie mich.

Wieder einmal ist es Freitag geworden. Die letzten Patienten sind gegangen, auch die Angestellten sind fort. Franziska ist mit ihrer Akte zu mir ins Sprechzimmer gekommen und hat in meinem Patientensessel Platz genommen, die »Akte Kepler« auf den Knien. Freitagnachmittag, das ist die Zeit, die sie beansprucht, um mich von ihren Fortschritten im Fall Kepler zu unterrichten. Vielleicht fühlt sich Franziska wirklich in einen kriminalistischen Fall verwickelt, ihre Ausdrucksweise legt so etwas nahe.

»›Im Rahmen des Möglichen‹ heißt wohl, dass es kein Geld kosten darf«, erkläre ich, »außer vielleicht ein paar Briefmarken.«

Immerhin: Franziska hat herausgefunden, dass die Agentur Miller 1964 in einer anderen Agentur aufgegangen ist.

»Ich habe natürlich gleich dort angerufen«, berichtet sie. »Es stimmt auch alles. Die Millers haben ihre Adressen und

Kontakte und die bestehenden Verträge auf die Agentur ›Korngold‹ übertragen.«

»Na, toll, vielleicht können die uns helfen«, sage ich.

Franziska schüttelt den Kopf. »Sie haben ihre alten Unterlagen 1980 vernichtet«, sagt sie. Dennoch scheint sie nicht frustriert zu sein. Im Gegenteil.

»Was reizt dich eigentlich so an dieser Geschichte?«, frage ich sie. »Du kanntest weder Kepler noch irgendjemanden aus seinem Bekanntenkreis. Auch Anton hast du nie gesehen. Also, was ist es?«

Franziska überlegt einen Moment. Vielleicht empfindet sie meine Frage als leise Kritik an der Ergebnislosigkeit ihrer Bemühungen, denn sie wird ein wenig rot. Aber dann sagt sie: »Ich kann einfach nicht verstehen, dass ein begabter und auch schon anerkannter Mensch plötzlich aus der Welt verschwindet und dass man vierzig Jahre danach keine lebendige Spur mehr von ihm finden soll. Dabei hatte er eine Frau, zwei Kinder, sicher auch Freunde. Irgendwo muss es doch noch Menschen geben, die sich an ihn erinnern.«

Sie schweigt. Ich habe mit meiner Frage ein tieferes Problem berührt, mit dem Franziska sich offenbar beschäftigt hat.

»Es kommt mir fast vor«, sagt sie, »als hätte jemand, vielleicht Kepler selbst, alle Spuren getilgt, die zu ihm oder zu seinen Angehörigen führen könnten.«

Ich bin etwas erstaunt über Franziskas Fantasie. Vielleicht wäre es besser, wenn sie nüchterner an die Sache heranginge.

»Was ist mit der Plattenfirma?«, frage ich.

»Die wenigen Einspielungen, die es von Florian gibt, sind damals bei Elektrola erschienen, der heutigen EMI Group.«

Franziska ist auch dieser Spur bereits nachgegangen.

»Und wohin gehen denn die Erlöse für Keplers Aufnahmen?«

»Die Firma verkauft so gut wie nichts mehr von Kepler«, antwortet Franziska. »Früher sind die Erlöse an die Stiftung ›Pro Musica‹ in Wien gegangen, die junge Musiker unterstützte. Aber die Stiftung hat keine Verbindung mehr zu den Keplers. Sie konnten mir noch eine alte Adresse von Anna Kepler aus dem Jahr 1964 geben, aber die stimmt schon lange nicht mehr. Das habe ich inzwischen herausgefunden.«

Wir drehen uns im Kreis, finde ich. Fast bin ich bereit, die Angelegenheit aufzugeben, aber Franziska würde dann wohl auf eigene Faust weitersuchen. Also versuche ich, mit Logik an das Problem heranzugehen.

»Die Kinder sind mit Sicherheit noch am Leben«, sage ich. »Anna müsste jetzt etwas über siebzig Jahre alt sein, wenn sie noch lebt. Vielleicht hat sie wieder geheiratet und trägt einen anderen Namen.«

»Ist es möglich, dass sie in Österreich lebt?«, fragt Franziska.

»Wohl kaum«, sage ich und denke an das, was Anton mir von Anna erzählt hat und was ich selbst damals in Berlin erfahren habe. »Wir müssen nach seinem Sohn Joshua Kepler suchen«, entscheide ich dann. »Seine Tochter Marlene hat vielleicht längst einen anderen Namen angenommen. Aber Joshua Kepler müsste doch irgendwo zu finden sein.«

»Aber wo?«, fragt Franziska. »In Österreich?«

Was sie nur immer mit ihrem Österreich hat. Sie scheint von der Vorstellung auszugehen, dass ausgewanderte Österreicher immer wieder in ihre Heimat zurückkehren.

»In Amerika«, sage ich, »mit großer Wahrscheinlichkeit. Vielleicht sogar in New York. Schließlich ist er dort geboren und aufgewachsen.«

»Und wie findet man Leute in New York?«

»Indem man ins Telefonbuch schaut«, sage ich. »Oder bei der Auslandsauskunft nachfragt. Versuch es mal mit Manhattan, vielleicht noch mit Long Island oder Brooklyn. In der Bronx oder in Queens wohnt er vermutlich nicht.«

Aber wer weiß. Natürlich könnte er überall wohnen.

»Eine Anzeige in einer großen Tageszeitung?«, fragt Franziska.

»Viel zu teuer und nicht sehr effektiv.«

Franziska kehrt wieder zu ihren grundsätzlichen Betrachtungen zurück. »Ein berühmter junger Pianist verschwindet plötzlich, und nach ein paar Jahren sind seine Spuren verweht.«

»Nicht verweht, versteckt unter einem Gestrüpp von anderen Spuren.«

Wenn nicht bald etwas passiert, was uns wirklich weiterbringt, dann werden diese Freitagsgespräche mit Franziska zu absurden Ritualen. Eigentlich wollte ich sie, wie öfter am Freitag, irgendwohin zum Abendessen einladen, aber ich fürchte, wir würden den ganzen Abend nur über neue Suchstrategien sprechen.

»Franziska«, sage ich, »mir ist etwas eingefallen.«

»Ja?«

»Mach das ruhig mit den Telefonnummern in Manhattan, aber vielleicht sollten wir auch noch einen ganz anderen Weg gehen.«

Jetzt schaut sie mich an, als fürchte sie, dass ich ihr den »Fall Kepler« wegnehmen und einer anderen Person übertragen würde. Ich erzähle ihr von dem Plan, einige der neu aufgefundenen Acetatplatten, die sich in Antons Sammlung befinden, zu digitalisieren und auf CDs zu brennen.

»Wenn wir eine größere Plattenfirma für dieses Projekt gewinnen könnten, dann stünden wir ganz anders da. Die könnten für die neu aufgelegten Mitschnitte Reklame machen. Ich sehe das schon vor mir, Plakate in den Schaufenstern mit Florians Bild, ein paar Zeitungsartikel, Reklame in Konzertprogrammen ...«

»Du meinst ...?«

»Ja. Irgendwann würde jemand aus der Umgebung der Familie davon etwas mitbekommen, und sie würden sich melden. Joshua und Marlene. Vielleicht sogar Anna.«

Franziska ist aufgestanden. »Warum hast du das nicht gleich versucht?«, fragt sie, als ob es ausgemacht wäre, dass dieser Weg zum Erfolg führen müsse.

»Du kennst Anton nicht«, sage ich. »Er ist nicht der Schnellste. Und zweitens: Wissen wir, ob jemand diese Aufnahmen haben will?«

Franziska nickt.

»Du wirst noch gebraucht«, sage ich.

»Wann rufst du Muxeneder an?«

»Jetzt«, sage ich.

Franziska geht zur Tür. Ich suche in meinem Notizbuch nach Muxeneders Telefonnummer in Klosterneuburg.

»Schönes Wochenende«, ruft Franziska und schließt die Tür hinter sich.

Es ist jetzt sechs Uhr abends. Wenn ich Glück habe, erwische ich Anton noch vor dem Nachmahl, das in seinem Wohnheim gewöhnlich früh serviert wird. Ich habe Glück. Mein Anruf erreicht ihn in seinem Zimmer.

»Na endlich«, sagt Anton, nachdem ich mich gemeldet habe. »Wir hatten doch vereinbart, dass du dich rührst, wenn du gut in München angekommen bist.«

Er hatte mich dazu aufgefordert, vereinbart hatten wir gar nichts. Nein, wir hatten vereinbart, dass ich versuchen sollte, Florian Keplers Spuren aufzunehmen, während er seinen Bekannten in Zürich dafür gewinnen sollte, sich Florians Platten anzuhören und den Inhalt auf CDs zu brennen. Ich erinnere Anton daran.

»Das ist längst geschehen, Klaus«, sagt er, immer noch etwas beleidigt. »Einige CDs sind bereits in meinem Besitz, die restlichen bekomme ich in zwei bis drei Wochen.«

Sogar mehrere Kopien habe er anfertigen lassen, so, wie es vereinbart war: von den beiden Konzerten in Berlin und von dem Frankfurter Abend mit romantischer Musik.

Ich berichte Anton von unseren bisher erfolglos gebliebenen Versuchen, mit Florian Keplers Nachkommen Kontakt aufzunehmen, und erzähle ihm auch von meiner Idee, eine Plattenfirma zu einer Neuauflage der Kepler-Aufnahmen zu bewegen. Auf diese Weise kämen wir schneller zum Ziel.

»Du kannst es ja versuchen«, sagt Anton und kündigt an, mir von den drei Konzerten je eine CD zukommen zu lassen.

»Mein Käufer für die Wohnung ist übrigens abgesprungen«, sagt er dann.

»Du findest schon jemanden. Hast du Gelegenheit gehabt, mit deiner Schwester zu sprechen?«

»Was stellst du dir vor, ich habe jetzt wirklich andere Sorgen! Was soll aus dem Stubenring werden? Hast du dir überlegt, wer meine Sammlung übernehmen könnte?«

Ich spüre, dass Muxeneder mauert.

»Diese alten Geschichten«, sagt er nach einer Pause. »Das ist doch jetzt ganz unwichtig.«

Ich weiß, dass ich nichts ausrichten werde.

»Anton«, sage ich begütigend, »ich finde ein Heim für deine Sammlung – und du findest einen neuen Käufer.«

Dann bitte ich ihn noch einmal um die frisch hergestellten CDs und will aufhängen.

»Du könntest ja wieder einmal vorbeikommen«, sagt Anton zum Abschied.

Aber ich wünsche ihm nur ein schönes Wochenende und drücke mich um eine Zusage.

Irgendwie ist mir der Abend verdorben. Antons Altmännerpessimismus hat sich auf meine Stimmung gelegt. Ich schaue auf die Uhr. Es ist erst sieben. Vielleicht sollte ich doch mit Franziska noch irgendwo hingehen? Ich rufe sie an. Sie lacht, als sie meine Stimme hört und ich ihr sage, dass ich sie gern irgendwohin einladen würde. Der Muxeneder sei mir dazwischengekommen.

»Also gut«, sagt Franziska. »Wie immer bei Alberto?«

Wir sind Stammgäste in dem kleinen italienischen Restaurant, das am südlichen Ende von Schwabing liegt. Ich gehe vom Marienplatz zwanzig Minuten zu Fuß, Franziska, die in Schwabing wohnt, ist schon da, als ich ankomme.

Alberto begrüßt uns, empfiehlt etwas, bedient uns. Ich

überlasse mich ganz seiner intuitiven Betreuung. Franziska will eigentlich gar nichts Großes essen, lässt sich aber zu einer Pasta und zu einem Glas Antinori überreden.

»Anton hat die CDs bereits«, sage ich. »Er schickt sie mir. Umgehend, hat er gesagt.«

Franziska hat die Ellenbogen auf den Tisch gestützt und ihr Kinn auf die flach übereinander gefalteten Hände gelegt. Sie schaut mich an. Ich kenne diesen selbstsicheren Ausdruck in ihrer Haltung und in ihrem Gesicht.

»Dir ist etwas eingefallen?«

»Nichts Aufregendes«, sagt Franziska, »aber vielleicht nützlich: Ich habe eine Schulfreundin, Lydia Caspari. Wir sind hier in München zur Schule gegangen. Später hat sie einen Mann geheiratet, der eine große Musikalienhandlung führt, Peter Waldstetten. Er verkauft Instrumente, Noten und hat eine riesige Sammlung an CDs.«

»Und dem willst du Keplers Aufnahmen andrehen?«

»Natürlich nicht.« Franziska nimmt ihre Ellenbogen vom Tisch, um Alberto Gelegenheit zu geben, ihr ein Gedeck aufzulegen. »Nein. Aber Peter Waldstetten hat sicher gute Verbindungen zu den großen Plattenfirmen. Er ist ja auch Großhändler.«

Ja, das könnte uns helfen, denke ich.

»Und wo hat dieser Waldstetten seine Musikalienhandlung?«

»Die Großhandlung für CDs ist hier in München, aber er hat auch eine Anzahl von Geschäften. Eines ist in Feldkirch in Vorarlberg. Auch in Wien, glaube ich, gibt es ein Geschäft. Du kannst ihn ja fragen.«

»Und wo wohnen deine Lydia und ihr Mann?«

»In Feldkirch.«

Ich meine mich zu erinnern, dass Antons Schwester Helene ebenfalls in Feldkirch wohnt. Ich erwähne meine letzte Unterhaltung mit ihm in Wien und seine unwirsche Reaktion am Telefon, als ich ihn fragte, ob er inzwischen mit seiner

Schwester telefoniert habe. »Und was willst du von dieser Frau?«, hatte er gefragt. Ich erzähle Franziska von Jochen König und von meiner überraschenden Entdeckung, dass Jochen mit Muxeneder verwandt gewesen sei. Auch die merkwürdige Diskrepanz zwischen Jochens offiziellem Vornamen Hans-Peter und seinem Ruf- oder Spitznamen erwähne ich.

»Anton meinte, wenn ich Einzelheiten über Jochen erfahren wollte, über die Umstände seines Todes vor allem, dann sollte ich mit seiner Mutter reden, die in Feldkirch lebt, wie deine Freundin Lydia und ihr Mann. Ist das nicht ein Zufall?«

»Besuch sie doch, wenn du mit den CDs zu Waldstetten fährst«, schlägt Franziska vor. »Waldstetten ist ein Fachmann. Er wird wissen, an wen wir uns wegen der Konzertmitschnitte von Kepler wenden könnten.«

Ich nicke. Der Abend hat sich nun doch noch erfreulich entwickelt. Albertos Fischgericht ist vorzüglich, der Wein ein Labsal nach dem anstrengenden Tag, den Franziska und ich hinter uns haben. Ich möchte unsere Suchaktion nach Florian Keplers Familienangehörigen und Antons Plattensammlung für den Rest des Abends vergessen und mit Franziska noch ein wenig über die Praxis und über andere Themen reden.

»Was gibt es Neues in den Theatern?«, frage ich sie, da sagt sie plötzlich etwas Merkwürdiges.

»Erwähntest du vorhin einen Jochen König?«

»Ja. Ein alter Studienfreund von mir; auch ein Bergkamerad, wie wir das damals nannten. Warum fragst du?«

»Ich meine mich zu erinnern, dass Lydia mal mit einem Jochen befreundet war«, sagt Franziska und wiederholt langsam: »Jochen, Jochen König. Das könnte sein. Doch, ich bin mir fast sicher. Ich glaube sogar, dass Lydia eine Zeit lang ziemlich verliebt war in diesen Jochen.«

»Und wann war das?«

»Das weiß ich nicht mehr – doch, in unserem letzten Schuljahr und auch noch danach, ja, da war immer wieder von einem Jochen die Rede.«

»Bist du sicher, dass er Jochen König hieß? Oder Hans-Peter König?«

»Hans-Peter auf keinen Fall«, sagt Franziska. »Aber ob er wirklich König hieß mit Nachnamen ...«

Na gut. Ich finde, dass wir genügend Gründe haben, um nach Feldkirch zu fahren, einmal, um Helene König zu besuchen, und zum anderen, um diesem Peter Waldstetten die Aufnahmen von Florian vorzuspielen und seinen Rat zu erbitten.

»Fahren wir zusammen nach Feldkirch?«, frage ich.

»Und die Praxis läuft von allein? Du warst ohnehin ziemlich viel weg in letzter Zeit. Erst Salzburg, dann Wien.«

Sie hat recht.

»Lass mich erst einmal mit Lydia sprechen. Ich frage sie dann, ob du die CDs irgendwann vorbeibringen könntest. Inzwischen findest du vielleicht heraus, wo diese Frau König wohnt.«

Ich bereite mich darauf vor, Anton an diesem Wochenende noch einmal anzurufen. Vielleicht treffe ich ihn in einer etwas zugänglicheren Stimmung an als heute Nachmittag.

»Außerdem, deinen Vorschlag mit den New Yorker Telefonbüchern will ich schon noch aufnehmen«, sagt Franziska.

Dann erwähnt sie, dass sie sich am Wochenende mit Herrn Späth treffen wolle, ihrem ehemaligen Mann, den sie hin und wieder immer noch sieht.

Ich zahle. Wir bedanken uns bei Alberto.

»Bis zum nächsten Mal«, ruft er uns nach. Ein paar Schritte gehen wir noch gemeinsam, dann wende ich mich nach Süden, während Franziska ihre Wohnung in der Amalienstraße aufsucht.

8

Anton hat Wort gehalten. Kopien der drei CDs, von denen er mir am Telefon berichtet hat, sind hier eingetroffen. Am liebsten möchte Franziska sich sofort ins Auto setzen, um nach Feldkirch zu fahren. Sie hat mit ihrer Freundin Lydia Caspari, die nun schon seit vielen Jahrzehnten Waldstetten heißt, telefoniert. Ihr Mann Peter hat angeboten, die CDs auch hier in München anzuhören, aber ich glaube, Franziska geht es nicht nur um die Musik, sondern auch um ein Wiedersehen mit Lydia. Vielleicht auch um einige Erinnerungen, die sie mit ihr teilt und von denen ich keine Ahnung habe.

Ich habe nichts dagegen, dass sie alleine fährt. Aber bevor sie aufbricht, möchte ich die Aufnahmen selbst noch einmal anhören. Auch Franziska sollte eine Ahnung davon haben, was diese CDs enthalten, obwohl sie vielleicht keine große Musikkennerin ist. Außerdem möchte ich einen Fachmann dabei haben – nicht unbedingt einen Tontechniker, sondern einen Musiker. Unter meinen Bekannten gibt es niemanden, der in Frage käme. Ich rufe die Münchner Musikhochschule an und frage nach den Pianisten, die dort die Meisterklasse unterrichten. Ich werde an einen Professor Steuernagel verwiesen. Dessen Sekretärin fragt mich gleich, ob ich ihren Chef für ein Konzert gewinnen möchte.

»Nein«, sage ich. »Worum es geht, möchte ich dem Professor am liebsten selbst sagen.«

»Nicht sehr geschickt«, flüstert Franziska, die neben meinem Schreibtisch steht.

Die Sekretärin fängt auch sofort an, Ausflüchte zu machen. Der Professor halte gerade Unterricht und danach müsse er zu einer Sitzung und danach dieses oder jenes – also heute würde es wohl nichts mehr werden.

»Es ist dringend«, sage ich und setze Franziskas Kritik sofort um, indem ich die Sekretärin in unser Geheimnis einweihe. »Wir sind durch einen ganz unwahrscheinlichen Zufall in den Besitz von Konzertaufnahmen eines weltberühmten, leider aber bereits in jungen Jahren verstorbenen Pianisten geraten«, sage ich. »Bei der Beurteilung der CDs brauchen wir die Hilfe eines Experten. Und da dachten wir an Herrn Professor Steuernagel – es könnte eine Sensation werden«, füge ich noch hinzu.

Die Sekretärin wird gleich zugänglicher. »Aufnahmen von Dinu Lipatti vielleicht?«

»Gut geraten«, sage ich.

Franziska nickt anerkennend.

»Aber es ist nicht Lipatti. Es handelt sich um einen Pianisten aus der gleichen Generation, der bei einem Flugzeugunglück umkam. Wir haben diese Aufnahmen von ihm – niemand kennt sie, und wir brauchen die Meinung eines Experten, um die CDs einer großen Plattenfirma anbieten zu können.«

»Florian Kepler vielleicht?« Die Sekretärin scheint sich auszukennen.

»Ich kann das weder bestätigen noch verneinen, bevor jemand mit Fachkenntnissen die Aufnahmen gehört hat.«

Mit einem Mal ist keine Rede mehr von Sitzungen und Terminen.

»Geben Sie mir Ihre Telefonnummer«, sagt die Sekretärin, »Professor Steuernagel ruft Sie gleich zurück.«

Franziska grinst, als ich auflege. »Siehst du?«

Gleich darauf klingelt das Telefon.

»Josef Steuernagel hier«, sagte eine tiefe, robuste Stimme, die mit bayerischer Färbung spricht.

Ich wiederhole, was ich der Sekretärin über Florians Aufnahmen mitgeteilt habe.

»Und was veranlasst Sie zu glauben, dass es sich um eine

authentische Aufnahme von Florian Keplers Konzerten handelt?«, fragt Steuernagel.

Es klingt, als säße Franz Josef Strauß am anderen Ende der Leitung. Ich erkläre ihm den Zusammenhang. Anton Muxeneders Hobby, seine Sammlung. Meine kurze Bekanntschaft mit Kepler. Die Übereinstimmung von Muxeneders Aufnahmen mit meinen Erinnerungen und den Konzertprogrammen, die ich noch besitze. Steuernagel wird etwas freundlicher. Überzeugt ist er wohl noch nicht, aber die Sache beschäftigt ihn.

»Wenn Sie wüssten, wie viele Fälschungen auf dem Markt sind«, antwortet er, aber es klingt nicht ablehnend.

»Ich kann Ihnen im Augenblick nur die CDs vorspielen, die von den Acetat- und Polyvinylplatten hergestellt wurden. Die Originalplatten sind in Wien.«

»Mei, das wär ja schon mal was«, sagt Steuernagel. »Wo kann man denn die Sachen mal hör'n?«

»Bei mir zu Hause«, schlage ich vor und gebe ihm meine Adresse im Tal.

»Wann?«, fragt er. Er scheint es mit einem Mal recht eilig zu haben.

»Nach der Praxis«, sagt Franziska leise. Sie steht immer noch neben meinem Schreibtisch.

Ich nicke. »So gegen sieben Uhr heute Abend?«, frage ich und beschreibe Steuernagel den Weg zu meiner Wohnung, die nur wenige Schritte von der Praxis entfernt liegt.

»Da bin ich aber gespannt«, sagt er. »Ich hoffe, dass ich Ihre hohen Erwartungen nicht enttäuschen muss.«

Jetzt klingt er wieder wie Franz Josef Strauß.

»Wir werden sehen«, antworte ich. »Jedenfalls vielen Dank.«

Um Punkt sieben Uhr klingelt es an meiner Haustür und eine Stimme, die ich nun bereits kenne, bittet kurz angebunden um Einlass. Einige Augenblicke später tritt Professor Steuernagel vor meiner Wohnungstür aus dem Aufzug. Er ist ein stämmiger, etwas über mittelgroßer Mann und trägt einen grauen Lodenanzug. Er streckt mir seine rechte Hand entgegen, eine schlanke Hand, die zu dem massigen Körper, von dem sie ausgeht, nicht recht passen will. Franziska ist schon da, die CDs liegen bereit, die Stereoanlage ist eingeschaltet.

Ich führe unseren Gast in mein Wohnzimmer. Durch die offene Flügeltür blickt man in ein kleines Musikzimmer, in dem ein Flügel steht, ein relativ neuer Bechstein, hundertachtzig Zentimeter lang. Er stammt aus einer besonders gut gelungenen Serie.

»Da schau her«, sagt Steuernagel, nachdem er Franziska flüchtig die Hand gereicht hat, und stürmt gleich weiter, um den Bechstein in Augenschein zu nehmen.

»Darf ich?«, fragt er, sitzt aber schon vor dem Instrument, das er so schnell und unverblümt aufklappt wie ein Kind eine Dose mit Süßigkeiten. Er schlägt ein paar Akkorde an, spielt einige Arpeggien und Läufe, sehr schnell, brillant und mit der Selbstsicherheit, die aus dem oft erprobten Bewusstsein stammt, weit und breit der beste Klavierspieler zu sein. Plötzlich befindet er sich in As-Dur, sein Spiel wird leiser, verhaltener, und aus einer Kette von As-Dur-Akkorden steigt das einleitende Thema von Beethovens Sonate in As-Dur auf, so, als hätte ihm jemand eingeflüstert, dass just dieses Stück für Florian Kepler so wichtig gewesen ist. Steuernagel ist angetan von dem Instrument. »Sauber«, sagt er. »Was haben Sie denn dafür bezahlt?«

Als ich ihm den Preis nenne, nickt er anerkennend. Steuernagel, der meine Wohnung erst vor wenigen Minuten betreten hat, bewegt sich hier völlig ungezwungen – so, als sei er und nicht ich der Gastgeber.

»Fangen wir an?«, fordert er und lässt sich in einem der bequemen Sessel nieder.

Ich schildere ihm noch einmal die Herkunft der drei CDs, die vor uns auf dem Sofatisch liegen, erwähne Antons Sammlung, meine Bekanntschaft mit Florian Kepler, das Programm der drei Konzerte, von denen die zwei, die ich selbst gehört habe, genau mit den Aufnahmen übereinstimmen, die Muxeneder mir überlassen hat. Das dritte Konzert, erkläre ich Steuernagel, hätte ich zwar nicht persönlich gehört, doch wüsste ich, dass es stattfinden sollte. Insofern sei, so betone ich, auch für diese Aufnahme die Übereinstimmung des Konzertes mit meiner Erinnerung gewährleistet.

»Also los«, sagt Steuernagel.

Franziska legt die erste CD ein und drückt den Startknopf. Die ersten Akkorde der Bach-Partita erklingen mit fast bestürzender Klarheit. Ich bemerke, dass Steuernagel sich aufrichtet und dass sein Gesicht einen gespannten Ausdruck annimmt. »Sauber«, sagt er noch einmal leise. Diesmal gilt das Lob wohl dem Spiel des Pianisten. Im Gegensatz zu Steuernagel habe ich noch den Klang der selbst geschnittenen Acetatplatten im Ohr. Die Klänge, die jetzt von der CD kommen, stehen neueren Aufnahmen technisch kaum nach. Dieser Svanda in Zürich hat offenbar gute Arbeit geleistet. Glücklicherweise hat die Individualität von Keplers Spiel durch die Umstellung auf digitale Wiedergabe nicht gelitten. Es ist immer noch Florian, denke ich, als die ersten Akkorde der As-Dur Sonate erklingen. Ich denke es noch einige Male, auch in der Mozart-Sonate und bei Schubert. Steuernagel sitzt kerzengrade in seinem Sessel. Er schaut starr auf die ihm gegenüberliegende Wand. Seine großen, im Eifer des Zuhörens etwas rot angelaufenen Ohren scheinen den Klang, der aus meinen Lautsprechern dringt, förmlich aufzusaugen. Dann kommen die Zugaben, zum Schluss spricht Florian ein paar Worte und spielt dann sein eigenes Stück. Stürmischer Beifall und ein wenig Gelächter, weil einige Zuhörer ahnen, dass dieses Stück von ihm selbst stammt, also noch gar nicht bekannt sein kann.

Steuernagel applaudiert, als säße er im Konzertsaal. »Hervorragend«, ruft er. »Ich habe Kepler nie selbst gehört, kenne auch seine Stimme nicht, aber das ist auf einem außerordentlichen Niveau, auch die Zugaben«, er lacht, »auch das Schmankerl zum Schluss.«

Danach will er noch die Aufnahme aus Frankfurt hören. Sie klingt in der neuen Fassung fast noch schöner, als ich sie in Erinnerung habe.

Steuernagel scheint beeindruckt zu sein.

»Die Herkunft muss natürlich noch genauer überprüft werden«, sagt er. »Aber wenn alles seine Richtigkeit hat, dann ist das wirklich eine Trouvaille, erstaunlich, ganz erstaunlich.«

»Sind Sie überzeugt?«, fragt Franziska.

»Von der Qualität des Spiels ohne Zweifel, von der Wiedergabe weitgehend. Da kann man vielleicht noch einiges verbessern. Die Herkunft steht wohl außer Zweifel, jedenfalls von dem, was wir hier gehört haben.« Steuernagel steht auf und nimmt wieder am Bechstein-Flügel Platz. »Hören'S zu«, sagt er und spielt den Anfang der Schumann-Sonate. »So schnell wie möglich«, sagt er, steigert sein Tempo, kann aber nicht verhindern, dass die Begleitfiguren in der linken Hand ein wenig undeutlich geraten. »Des is höllisch schwer, und Sie merken, ich spiele es langsamer als Kepler, und trotzdem habe ich Mühe mit den Zweiunddreißigsteln. Also, wie der das hinlegt, das ist schon sensationell. Wie viele unveröffentlichte Aufnahmen von Kepler hat denn der Herr Muxeneder in seiner Sammlung?«

»Dreizehn.«

»Wenn sie alle so gut sind wie das, was ich gehört habe, dann sollte eine große Plattenfirma eine Sonderausgabe vorbereiten. Zum vierzigsten Todestag vielleicht, 1993. Und da gehört was dazu geschrieben, etwas Anständiges.« Steuernagel steht auf und klappt den Flügel zu. »Ein guter Katalog muss her, so was kostet Zeit, aber bis in zwei Jahren ...«

Vielleicht empfiehlt er sich gleich selbst als Mitwirkenden, denke ich und danke ihm für seine Zeit und die Mühe, die er aufgewendet hat. Franziska hat einen kleinen Imbiss vorbereitet – »für den Fall, dass Steuernagel positiv reagiert.« Beim Abendessen unterhalten wir uns über Plattenfirmen und ihre Programme. Steuernagel kennt einige Leute im Musikgeschäft, die uns helfen könnten. Als unter ihnen auch der Name Peter Waldstetten genannt wird, wirft mir Franziska einen ihrer Verständigungsblicke zu. Offenbar weiß sie nicht, ob sie ihre Bekanntschaft mit den Waldstettens jetzt erwähnen soll. Steuernagel hat ihre Reaktion bemerkt und fragt sie unverblümt: »Den kennen'S wohl?«

»Ja, durch seine Frau«, erwidert Franziska.

»Dann fragen'S doch den Waldstetten und sagen Sie ihm, dass ich die Aufnahmen außerordentlich finde.«

Nachdem Steuernagel gegangen ist, möchte ich mit Franziska über ihre Fahrt nach Feldkirch sprechen, die sie für den nächsten Tag geplant hat. Doch ganz plötzlich hat sie es damit nicht mehr ganz so eilig.

»Ich fahre erst nächste Woche«, meint sie. »Eventuell.«

Vielleicht sollten wir doch zusammen fahren, denke ich. Ich könnte die Gelegenheit zu einem Besuch bei Antons Schwester nutzen, aber zuvor müsste ich Anton selbst noch einmal anrufen.

Franziska ist nach Feldkirch gefahren, um sich mit ihrer Freundin zu treffen und Peter Waldstetten um seine Hilfe zu bitten. Die CDs hat sie natürlich mitgenommen. Ich hätte sie gerne begleitet, weil ich Antons Schwester Helene König, die ebenfalls in Feldkirch wohnt, kennenlernen und sie ein wenig über Jochen ausfragen möchte. Aber dann habe ich doch Hemmungen. Erstens kann ich meine Patienten nicht so oft einem Vertreter überlassen, und zweitens ist Helene König für mich eine wildfremde Frau. Sie einfach zu überfallen, mich als Jochens oder Hans-Peters Freund aus Studientagen vorzustellen und sie anschließend zu bitten, mir von ihrem Sohn zu erzählen? Nein, das geht nicht. Irgendjemand müsste da eine Vermittlerrolle spielen. Anton wäre natürlich die nächstliegende Person, aber er hat sich nach unserem letzten Telefonat nicht mehr gemeldet. Auf sein Versprechen, mich brieflich oder telefonisch mit seiner Schwester bekannt zu machen, ist er nie zurückgekommen. Im Gegenteil: Sein Hinweis auf die »alten Geschichten« neulich am Telefon klang eher ablehnend. Ich kann es nicht beweisen, aber ich habe das Gefühl, dass Anton im Augenblick nichts von mir wissen will. Vielleicht ist es ihm unangenehm, dass gerade ich durch mein eigenes Leben und durch Erlebnisse, die lange zurückliegen, in die Nähe von Geschichten geraten bin, die er lieber vergessen möchte. Natürlich ist das Zufall, es sei denn, man wertet die Nachbarschaft auf unseren Plätzen in Reihe 14 im Großen Festspielhaus in Salzburg als Fügung. Aber er reagiert auf mein animiertes Interesse an Jochen König oder an Florian Kepler eher gehemmt und ausweichend. Ich habe gestern noch einmal versucht, ihn telefonisch zu sprechen. Ich wählte seine direkte Nummer, über die ich ihn schon öfters erreicht hatte. Entweder meldete er sich dann selbst oder ich sprach ihm eine Botschaft auf seinen Anrufbeantworter, und dann rief er mich zurück – ziemlich umgehend, soweit ich mich erinnere. Gestern wählte ich dieselbe Nummer, aber am anderen Ende meldete sich eine Telefonistin. Herr Muxeneder sei im Hause, sie wisse aber nicht, wo. Ob sie ihm etwas ausrichten könne?

Er solle mich zurückrufen, sagte ich, meine Nummer sei ihm bekannt. Ob Herr Muxeneder denn sein Telefon nicht mehr selbst beantworte, fragte ich.

Im Augenblick zöge er es vor, seine Gespräche über die Zentrale laufen zu lassen, entgegnete die Dame und hängte auf, nachdem sie mir noch einmal versichert hatte, dass sie ihm meine Bitte ausrichten werde.

Bitte hin, Bitte her, Anton hüllt sich in Schweigen. Plötzlich fallen mir die Osterfestspiele ein. Vor ein paar Tagen kam ein Brief, in dem ich gebeten wurde, mein Abonnement zu erneuern. Es ist elf Uhr vormittags. Ich stecke mitten in der Sprechstunde. Elfriede Mittag, meine zweite Sprechstundenhilfe, steht unter Dampf. Im Wartezimmer sitzen sechs Patienten. Einige Untersuchungen haben länger gedauert als vorgesehen. Nicht mehr als drei Patienten im Wartezimmer, das ist bei uns eine strenge Regel. Elfriede gibt Nummern aus, sie kennt die Patienten, weiß, wie viel Zeit ich brauche, meistens kommen wir gut zurecht. Heute nicht. Trotzdem bitte ich Elfriede um eine kleine Pause.

»Fünf Minuten«, sage ich, als sie mir neue Karteikarten auf den Tisch legt.

Elfriede scheint unter Wallungen zu leiden. Ihr Gesicht unter den blass-blonden Haaren ist gerötet und auch ein wenig gedunsen.

»Nur ein kurzes Gespräch«, sage ich und bitte sie mit einem Wink, mich allein zu lassen. Ich wähle die Nummer des Salzburger Kartenbüros, bedanke mich für den Brief, versichere, dass ich gerne wiederkommen werde im nächsten Jahr und tue so, als wolle ich jemanden mitbringen. »Diesmal brauche ich zwei Plätze«, sage ich, betone aber gleichzeitig, wie zufrieden ich mit meinem Eckplatz in der 14. Reihe sei. Am schönsten wäre natürlich der Platz neben mir, aber der sei ja wohl in festen Händen bei Herrn Muxeneder.

»Den können Sie haben«, antwortet die Dame. »Das ist vielleicht ein Zufall! Herr Muxeneder hat sein Abonnement gekündigt, gerade jetzt, vor einer halben Stunde.«

Ich heuchele freudige Überraschung. In Wirklichkeit bin ich betroffen.

»Wollen Sie diesen Platz dazu haben?«, fragt sie.

Ja, ich muss wohl, nach dem, was ich soeben gesagt habe.

»Wie können Sie noch fragen, das ist ja wirklich …« Mir fehlen die Worte. »Meine Erneuerung geht heute raus«, verspreche ich. »Spätestens morgen früh.«

Als wir aufgelegt haben, bin ich sicher, dass Anton seine Verbindung zu mir beenden will. Aber warum?

Ich schüttele den Kopf und schaue aus dem Fenster. Drüben am Rathausturm erscheinen die Figuren des Glockenspiels: Herzog Wilhelm der V. und Renate von Lothringen. Darunter das Turnier, in dem der bayerische Ritter siegt. Der Schäfflertanz. Entweder Anton ist krank, denke ich, oder er hat etwas zu verbergen.

Elfriede lugt ins Sprechzimmer. Sie sieht mich am Fenster und fragt, ob der Herr Scheffler jetzt kommen dürfe. Ich nicke. Warum nicht? Natürlich. Ich stelle mich auf Herrn Scheffler ein. Vom Schäfflertanz zum Herrn Scheffler.

»Eben habe ich an Sie gedacht, Herr Scheffler«, lüge ich, »als drüben die Figuren des Glockenspiels erschienen. Sie wissen schon, der Schäfflertanz.«

Aber meinem Patienten ist nicht nach Tanzen zumute. Er leidet an Bronchialasthma, quält sich offenbar, lächelt aber trotzdem. Ich habe ein schlechtes Gewissen und vergesse Anton und seine Marotten.

Ich führe Hermann Scheffler zu der Liege in meinem Untersuchungszimmer. »Wir müssen was tun«, sage ich, nachdem ich ihm eine Sauerstoffmaske aufgesetzt habe. »Schnell etwas tun. Ich weiß auch schon, was.«

Nach einer halben Stunde mit vermehrter Sauerstoffzufuhr, intravenöser Verabreichung von Euphyllin und Cortisol und beruhigendem Zureden von Schwester Gertrud, die für die Behandlung und Betreuung zuständig ist, die wir ambulant durchführen können, geht es Herrn Scheffler wesentlich besser. Sein Gesicht entspannt sich, nimmt eine rosige Farbe an und den Ausdruck von Dankbarkeit. Er ist dankbar dafür, dass er wieder atmen kann und nicht mehr von akuter Erstickungsangst geplagt wird. Aber nach Hause können wir ihn in diesem Zustand nicht gehen lassen. Wir müssen ein Klinikbett für ihn finden. Elfriede wird sich darum kümmern. Sie bringt mir weitere Karteikarten von Patienten, die noch draußen warten.

Die Konzentration auf die Nöte wirklich Kranker und Bedürftiger ist ein gutes Mittel gegen Gedanken, die um

Vergangenes kreisen. Das habe ich an meinem Beruf immer geschätzt: die Möglichkeit, schnell Hilfe zu leisten. Jemanden von einem akuten Schmerz zu befreien, einer Nierenkolik oder einem Migräneanfall zum Beispiel, einen akuten Angstzustand zu beenden oder eine luxierte Schulter wieder einzurenken. Ich weiß, nach der Behebung der ersten Not kommen sie wieder, die alten Sorgen und Beschwerden, die sich unter der Herrschaft eines akuten Ereignisses nur vorübergehend zurückgezogen haben. Dennoch bleibt von der Erleichterung nach der Bewältigung einer Krise mehr zurück als nur die Behebung von Schmerz, Angst oder momentaner Invalidität. Bei den Kranken ist es Erleichterung und die Zuversicht, dass Hilfe immer möglich ist, auch dann, wenn sich die Atemnot oder der Schmerz wieder einstellen sollte. Bei mir, oder besser bei uns Ärzten, bleibt die Gewissheit, das Richtige getan zu haben, einen kritischen Moment lang von Nutzen gewesen zu sein.

Als ich gegen Abend die letzte Patientin verabschiede und hinüber spaziere zu meiner Wohnung im Tal, fühle ich mich gut. Ich habe Herrn Scheffler in einer Spezialklinik in der Umgebung von München untergebracht. Ich habe so viele Patienten angesehen und behandelt wie lange nicht, Gertrud für ihre Umsicht gelobt, was ich nur selten tue, und Elfriede am Mittag für ihren Einsatz gedankt, was noch seltener vorkommt und allein aus diesem Grund besondere Wirkung tut. Ein guter Tag, denke ich, freue mich auf meinem kurzen Weg nach Hause an der milden Frühsommerluft, die alle möglichen Düfte herbeitransportiert – vom Viktualienmarkt? – und wundere mich über mein Wohlbefinden, das sich so ganz von selbst, ohne einen bedeutenden äußeren Anlass eingestellt hat.

Zu Hause höre ich die Nachrichten auf meinem Telefonbeantworter ab. Nichts von Anton. Aber Franziska fragt, ob ich nicht am Wochenende nach Feldkirch kommen wolle. Peter Waldstetten habe noch eine Reihe von Fragen zu den

Konzertmitschnitten von Kepler. Außerdem höre ich, seien die Waldstettens mit Helene König befreundet. Sie seien gern bereit, mich mit ihr bekannt zu machen, wenn ich wolle, schon jetzt am Wochenende.

Ich rufe Franziska an, sie wohnt zurzeit bei den Waldstettens. Für mich kann sie eine Unterkunft in der Altstadt besorgen. Dann nennt sie mir noch die Adresse von Helene König in der Ardetzenbergstraße. Natürlich will ich gern mit Helene König zusammentreffen und bedanke mich bei Franziska für die Vermittlung.

Ich komme am Samstagvormittag in Feldkirch an. Franziska trifft mich im Hotel, um mir von ihren Gesprächen mit Waldstetten zu berichten. Ich bin etwas steif von der langen Autofahrt und will mir die Beine vertreten.

»Komm, wir gehen ein Stück«, sage ich.

Franziska nickt und überfällt mich dann mit negativen Nachrichten.

»Waldstetten ist nicht so begeistert von dem Projekt, wie ich glaubte oder hoffte«, sagt sie. »Die Aufnahmen seien zwar gut, sagt er, aber technisch eben doch nicht mit heutigen Einspielungen zu vergleichen. Außerdem sei Kepler in Europa ziemlich unbekannt. Einen relativ Unbekannten der Vergessenheit zu entreißen, lohne sich wohl nicht, meint er.«

»Und in Amerika?«

»Dort sei es möglicherweise anders, aber darüber will er ja mit dir sprechen. Und ohne Muxeneder geht es nach Waldstettens Ansicht nicht. Wenn, dann brauche er alle Aufnahmen. Es müsse eine Kassette geben, so, wie Steuernagel gesagt hat, mit einem guten Begleittext.«

Mir kommt plötzlich alles absurd vor. Warum bin ich überhaupt hier? Um die Spuren eines toten Freundes wieder zu finden, um seinen Kindern und, wenn sie noch lebt, seiner Frau die Musik zu schenken, die er der Welt hinterlassen hat? Wenn ich eines der Kinder fände, dann bräuchte ich das alles nicht. Keine Kassetten, keine Begleittexte, keinen Steuernagel und keinen Waldstetten.

»Und?«, frage ich und bleibe mitten auf dem Domplatz stehen.

»Das Problem ist, sie sind nicht gut auf ihn zu sprechen.«
»Auf wen?«
»Na, auf Anton.«
»Warum das?«

Ich würde mich in der hübschen Altstadt gern ein wenig umsehen, aber Franziska hat dafür im Augenblick keinen Sinn.

»Hör mal, Klaus«, sagt sie, »da muss irgendetwas passiert sein – früher, meine ich. Immer, wenn die Rede auf Muxeneder kommt, werden die Waldstettens schweigsam. Einmal fragte ich Lydia, wie die Bekanntschaft mit Helene König zustande gekommen sei, ob Muxeneder dabei auch eine Rolle gespielt habe. Aber Lydia reagierte sehr ausweichend. Nein, nein, meinte sie, die Helene hätten sie hier kennengelernt und den Bruder – na, den kenne eben jeder, der Radio hört, nicht? Das war es. Mehr habe ich bisher nicht herausbekommen.«

Ich setze mich wieder in Bewegung, biege in die Herrengasse ein. Franziska folgt mir. Ihr scheint es egal zu sein, wohin ich gehe. Sie will mir alles mitteilen, was sie weiß – oder besser, was sie zu wissen glaubt – und hören, was ich darüber denke. Dabei denke ich im Augenblick überhaupt nichts. Wie sollte ich auch? Ich kenne weder die Waldstettens noch Helene König. Ich war noch nie in Feldkirch und bin gerade vier Stunden Auto gefahren.

»Ich habe das Gefühl, diese Frau König kann uns weiterhelfen«, sagt Franziska. »Ach, ehe ich es vergesse«, sie kramt in ihrer Handtasche, »Lydia hat dich heute Nachmittag um vier Uhr bei ihr angemeldet: Ardetzenbergstraße 40 oder 42. Es ist ein Zweifamilienhaus. Sie bewohnt die rechte Hälfte – wenn du von der Straße her auf das Haus schaust.«

Pünktlich zur angegebenen Zeit stehe ich vor dem Haus in der Ardetzenbergstraße. Es ist das letzte Haus in einer Reihe ähnlicher Bauwerke. Die beiden Haushälften sind so gegeneinander versetzt, dass der jeweils rechte, bergan gelegene Teil ein wenig vorspringt. Die kleinen Gärten sind durch hüfthohe Zäune aus Metallstäben säuberlich voneinander getrennt. Der Teil, den Helene König bewohnt, ist mit Frühlingsblumen bepflanzt. Die Narzissen sind schon verblüht, aber die Tulpenblüte ist im vollen Gange. Die kleinen Beete sind von Stiefmütterchen oder Traubenhyazinthen eingerahmt. Alles wirkt sehr klein, bunt und gepflegt. Nebenan wohnen offenbar Kinder. Dort gibt es nur einen zertrampelten Rasen, eine Schaukel und buntes Plastikspielzeug.

Helene König hat mich offenbar schon bemerkt, denn sie tritt aus ihrer Haustür und steigt die paar Stufen hinunter in ihr Gärtlein, um mich an der Gartenpforte zu treffen. Sie ist schlank und wirkt fast zierlich, hat ihr graues Haar in der Mitte gescheitelt und trägt es im Nacken mit einem schwarzen Samtband zu einer Art Dutt verflochten.

»Frau König?«, frage ich vorsichtshalber.

»Ja. Sie haben's gleich richtig gefunden, kommen Sie nur herein.«

Sie gibt mir die Hand. Ihr Gesichtsschnitt ähnelt dem ihres Bruders, aber Helene König wirkt auf mich munterer als Anton. Vielleicht liegt es an den lebhaften braunen Augen, mit denen sie mich kurz, aber eindringlich mustert.

»Ich gehe voraus«, sagt sie und führt mich in ihr kleines Haus.

»Ablegen müssen Sie ja nicht«, bemerkt sie im Flur, in dem eine kleine Garderobe aus bunt mit alpinen Blumenmustern bemaltem Holz angebracht ist. Nach links geht es in ein Wohnzimmer, in dem alles so niedlich und aufgeräumt wirkt wie die Blumenrabatten in dem kleinen Vorgarten. Auf einem Sofatisch steht ein Teller mit einigen Kuchen- und

Tortenstücken, die auf einer runden Zierserviette angeordnet sind. Daneben stehen Tassen und Teller.

»Ich habe ein wenig Gebäck besorgt«, erklärt sie. »Nehmen Sie Tee oder Kaffee dazu?«

»Eine Tasse Kaffee wäre mir angenehm«, sage ich.

Diese Art von Gastlichkeit verleitet mich unweigerlich zu einer Ausdruckweise, die genauso geziert ist wie Helene Königs Vorgarten oder die Papierserviette, auf der sie die Kuchenstücke verteilt hat.

Sie bietet mir einen Sessel an, nimmt selbst Platz auf dem Sofa und fängt sofort an, Kaffee einzuschenken, als sei der Genuss dieses Getränkes und des von ihr besorgten Gebäcks der eigentliche Zweck meines Besuches.

»Wir können ja das Angenehme mit dem Nützlichen verbinden, hab ich mir gedacht«, sagt sie, als hätte sie meine Gedanken erraten. »Mögen'S eine Kirschtorte oder lieber ein Plunderstück?«

Ich nehme ein Plunderstück.

»Herr Mosbacher, gell?«, fragt sie und sieht mich aus ihren braunen Augen an, als müsse sie noch einmal sicherstellen, dass sie auch den richtigen Gast bei sich hat.

»Derselbe«, sage ich und erzähle ihr von meiner Bekanntschaft mit ihrem Bruder, die so zögerlich begonnen habe, eigentlich wider Willen, und dann nach Jahren doch zu einem recht engen und vertrauensvollen Verhältnis herangewachsen sei – zu einer Freundschaft eben. Antons Plattensammlung erwähne ich, die unverhoffte Entdeckung von bisher unbekannten Aufnahmen eines bedeutenden jungen Pianisten, der später so tragisch verunglückt sei. Dann komme ich auf das Bergsteigerbild in Antons Salon im Stubenring zu sprechen, auf dem ich einen anderen Jugendfreund erkannt habe, nämlich einen Jochen König, mit dem ich einmal einen wunderbaren Bergsommer verbracht und den ich danach nie wieder gesehen habe.

»Es war mir schon manchmal unheimlich«, beschließe ich

meine Erzählung, »dass ich in einer Freundschaft, die ganz zögernd und zufällig begonnen hatte, so viele gemeinsame Berührungspunkte entdeckt habe. Und wenn man älter wird, dann interessieren einen diese lange zurückliegenden Begegnungen wieder, besonders, wenn in ihnen vieles offen geblieben ist.«

Helene König hat mir sorgfältig zugehört, ohne dem besonderen emotionalen Gehalt meiner Erinnerungen in ihrer Reaktion Rechnung zu tragen. Ich hätte ihr ebenso gut die Gebrauchsanweisung eines Küchengerätes erklären können, sie hätte mir dieselbe Aufmerksamkeit geschenkt und ebenso wenig innere Anteilnahme erkennen lassen.

»Mit Ihrem Bruder hatte ich neulich in seiner Wiener Wohnung einen kleinen Disput darüber, ob Ihr Sohn Hans-Peter hieß, wie Anton behauptete, oder Jochen. Ich kannte ihn immer nur als Jochen«, sage ich.

Helene König bedient sich mit einem Stück Kirschtorte. Dann sieht sie mich an.

»Wenn Sie nun schon einmal hier sind«, sagt sie, »dann sollten'S ruhig wissen, dass das Verhältnis zwischen mir und Anton nicht das beste ist.« Sie spricht der Kirschtorte zu. Als ich schweige, fährt sie fort: »Wir telefonieren schon miteinander, gelegentlich. Er hat mir auch von Ihnen erzählt und dass Sie gern einmal kommen würden, um mehr über Jochen zu erfahren, aber dann hat er gleich gesagt, dass er dieses Herumstochern in unserer Familiengeschichte eigentlich nicht mag.« Sie legt eine kleine Pause ein. »Also Jochen hieß Jochen«, sagt sie dann. »In Wien, wo wir damals wohnten, ich und mein Mann, da hieß er Jochen. Mein Bruder hatte diese Idee mit Hans-Peter ...« Sie zögert und betupft sich den Mund mit ihrer Serviette. »Aber das erzähle ich Ihnen später einmal, wenn wir uns besser kennen.«

»Mir geht es eigentlich um die Zeit nach dem Sommer 1951, in dem Jochen und ich so gute Freunde geworden sind«, sage ich. »Wie ist es zu dem Bergunfall gekommen?

War er allein oder ist er mit einem Bekannten oder Freund unterwegs gewesen?«

»Damals ging es ihm sehr gut«, sagt sie. »Er war bis über beide Ohren in eine junge Wienerin verliebt, die, wie er, in München studierte. Sie haben sich bei einem dieser Faschingsfeste kennengelernt. Na, des wissen'S ja selber, wie's da zugangen ist, Sie waren ja auch mal jung, gell?«

Ich nicke, notgedrungen.

Helene König fragt mich, ob ich rauche und zündet sich, als ich verneine, eine Marlboro an.

»Aber was die beiden damals erlebten, war wohl ernst – jedenfalls von Jochens Seite«, sagt sie. »Sehr ernst sogar. Und es war auch eine glückliche Zeit. Wenn er nach Wien kam in den Ferien oder auch zwischendurch, dann merkten wir, wie aufgestellt und glücklich der Bub war.« Sie bläst den Rauch in die Luft, lehnt sich in ihrem Sofa zurück und schaut dann dem Gewölk hinterher, als seien es die Erinnerungen, die sie beschwören und mit mir teilen will. »Ja, und sie auch. Jochen hatte sich ein bildschönes Mädchen ausgesucht, ein liebes Mädchen.« Einen Augenblick liegt so etwas wie Versonnenheit in Helene Königs Blick, und ihre Stimme klingt weich und nachdenklich. »Sogar in die Berge ist sie mit ihm gegangen, obwohl sie doch so Höhenangst hatte. Aber für den Jochen, da hat sie sich überwunden.«

Sie drückt ihre Zigarette aus – zu meiner Erleichterung, denn ich verabscheue Tabakrauch.

»Aber das Glück blieb nicht ungetrübt«, sagt sie dann.

Ich sehe sie nur fragend an.

»Ja, da staunen'S, Herr Mosbacher, gell, nach allem, was ich Ihnen erzählt habe. So ein Traumpaar.« Sie gießt sich frischen Kaffee in ihre halb ausgetrunkene Tasse. »Mögen'S auch noch einen?«

»Nein, danke.«

»Doch mit des Geschickes Mächten ist kein ew'ger Bund zu flechten«, zitiert sie. »Die Freundin von Jochen studierte in München Publizistik und kam zu einem Praktikum nach Wien zum Rundfunk. Über diese Chance war sie natürlich Feuer und Flamme. Der Jochen hat den Anton angerufen und seine Herzallerliebste angekündigt und ihn, seinen Onkel, den sogenannten, gebeten, doch gut Acht zu geben auf das Mädchen.« Sie lacht bitter. »Aber so sind die Männer«, sagt sie und entschuldigt sich sogleich. »Verzeihung, Herr Mosbacher, nicht alle natürlich. Aber mein Bruder war eben hin und weg von der jungen Frau und hat ihr den Hof gemacht.«

»Und sie?«

»Na, der Anton mit seiner Stimme, der war eben ein Begriff, österreichweit und ein bisserl auch in München. Da fühlt sich so ein junges Ding eben geschmeichelt. Er hat sie ausgeführt, sie verwöhnt, und sie ist darauf eingegangen, arglos zunächst, denk ich mir.« Sie zündet sich eine neue Zigarette an. »Genau weiß ich es ja auch nicht. Jedenfalls hat der Jochen was gemerkt, und von da an war das Verhältnis getrübt. Das Verhältnis zwischen Jochen und seiner Liebsten – das war das eine Problem. Sie wollten immer noch zusammenbleiben, aber Jochen drängte darauf, dass sie wieder nach München zurückkommt, zu ihm. Den Anton hat er gehasst in dieser Zeit und auch später. Und der Anton hat den Jochen verabscheut, kann ich Ihnen sagen. Man muss sich das auch einmal umgekehrt vorstellen: Beim Anton ist mit Frauen ja nie viel gelaufen. Mit der Lisa ging's net so gut. Dann ist sie umgekommen, und damit war das Kapitel Frau und Kinder für den Anton überhaupt erledigt. Und dann hatte er Erfolg im Beruf, auf einmal ist er sogar ein Prominenter. Alles, was ihm zu seinem Glück fehlt, ist eine Frau. Und just in dem Augenblick läuft ihm die Herzallerliebste vom Jochen über den Weg. Da hat der Anton nix kennt. Von Weisheit und von Fairness keine Spur. Er wollte diese Frau haben.«

»Ja, hat denn niemand aus Ihrer Familie mit Anton darüber gesprochen?«, frage ich.

»Und wie. Das Maul hab ich mir fusslig geredet. Aber er

wollte nicht hören. Er wollte diese Frau heiraten.« Sie schüttelt den Kopf. »Vielleicht verstehen'S jetzt, dass unser Verhältnis nicht mehr das beste ist. Der Jochen als der Jüngere war damals viel reifer. Er liebte die Lydia wirklich, er hatte auch Geduld. Er hat sehr gelitten, aber auch verstanden, dass sie von Anton beeindruckt war. Mein Gott, die waren ja noch so jung damals. Des Madl war ja ein halbes Kind. Aber so ganz langsam und allmählich begriff sie wohl doch, dass sie zu Jochen gehörte und nicht zu meinem Bruder. Sie hielt sich wieder mehr in München auf. Sie ging sogar mit Jochen wieder in die Berge. Alles schien wieder gut zu werden. Aber der Anton hat nicht aufgeb'n.« Wieder schüttelt Helene König den Kopf. »Aufgeführt hat er sich, Herr Mosbacher, wie ein beleidigter Platzhirsch. Der Jochen und die Lydia hatten eine gemeinsame Bergwanderung verabredet, das war, lassen'S mich nachdenken, das war im September 1953, bevor das Semester wieder losgehen sollte. Da ist der Anton nach München gefahren und hat dem Madl ein Angebot gemacht: Als Rundfunksprecherin sollte sie eingestellt werden mit einem fürstlichen Gehalt. Und dabei sollte es nicht bleiben. Vom Fernsehen hat der Anton fantasiert, das damals vor der Tür stand. ›In zwei oder drei Jahren ist es so weit‹, hat er gemeint, ›dann beginnt eine neue Zeit.‹«

»So einfach ohne Ausbildung?«, frage ich. »Ging denn das?«

»Oh ja, das ging. Die Lydia hatte ja schon im Studium sprechen gelernt, außerdem war sie ein Naturtalent. Auch vor der Kamera – ich sag Ihnen – einmalig! Der Anton hatte die Planer vom Fernsehen bearbeitet, bis sie ihm schließlich ein Angebot in die Hand drückten. Aber es müsse schnell gehen, haben die ihm gesagt.« Helene König schnaubt durch die Nase. »Und so erschien mein lieber Bruder bei dem jungen Paar, das gerade wieder neu anfangen wollte, und spielte den guten Onkel. ›So ein Angebot bekommt man nur einmal im Leben‹ und lauter solches Zeug. Sie kennen das sicher als

Arzt – na, das denk ich mir. Und die Lydia wurde weich. Sie hat den Jochen gebeten, die Bergtour um eine Woche zu verschieben. ›Jochen, bitte. Sobald ich vorgesprochen habe, komme ich zurück‹, hat sie gesagt, ›und wir marschieren los.‹ Aber der Jochen wollte nichts davon wissen. Er ahnte wohl, dass Anton ihn nie in Ruhe lassen würde und dass es ihm nur darum ging, Lydia ins Bett und in die Ehe zu bekommen und nicht darum, ihr einen tollen Start beim ORF zu ermöglichen. Er hat dem Anton wohl die Meinung gesagt, damals. Gehörig, nehme ich an, und zu dem Mädchen hat er gesagt: ›Der oder ich‹.« Sie unterbricht sich. »Herr Mosbacher, ich red hier die ganze Zeit und frage gar nicht, ob Sie etwas mögen, einen Cognac vielleicht oder einen Obstler?«

»Nein, nein danke, ich trinke tagsüber nicht gern.«

»Ich muss einen zur Brust nehmen«, sagt Helene König, »die Geschichte hat mich wieder dermaßen aufgeregt.« Sie holt eine Flasche Cognac und zwei Gläser, schenkt aber, als ich meine Hand abwehrend über mein Glas halte, nur sich einen Schluck ein, trinkt ihn auf einen Ruck aus und füllt ihr Glas noch einmal.

»Na, und dann, als Lydia nicht reagiert hat, ist er gegangen. Und dann ist er allein losgerannt und hat keine leichte Wandertour unternommen, sondern etwas ganz anderes. Eine, wie sagt man? Eine Tour de force. Eine Klettertour, die ihn an den Rand der Erschöpfung treiben sollte.« Jetzt versagt Helene König doch die Stimme. »Mein Gott, der Bub«, schluchzt sie.

»Aber Frau König, woher wissen Sie das, wenn er doch allein unterwegs war?«

Ich hoffe, sie mit sachlichen Fragen ein wenig vor dem Schmerz abzuschirmen, der sie nun doch, auch nach Jahrzehnten, wieder überfallen hat.

Sie zieht ein Taschentuch aus ihrem Rock und schnäuzt sich. »Die Hüttenbücher«, sagt sie, »und andere Bergsteiger, die dem Jochen begegnet sind. Die Polizei in Bayern und in

Österreich hat Jochens Weg später genau rekonstruiert. Fünf Tage lang ist er durch's Karwendelgebirge gezogen. Am sechsten Tag hat er versucht, allein die Nordwand von Laliders zu durchsteigen – nachdem es vorher geregnet hatte und der Fels noch nass war. Ich verstehe ja nichts davon, aber unten in der Wand gibt es wohl einen Überhang. Der Jochen hat versucht, da allein durchzukommen, hat's auch fast geschafft und ist im letzten Augenblick doch abgestürzt.«

Es ist still im Zimmer. Von draußen hört man Kinder und eine Frauenstimme, die sie ins Haus zurückruft. Das Licht, das durch das große Fenster fällt, ist schwächer geworden, aber es ist immer noch hell.

»Am anderen Tag haben's den Jochen gefunden«, flüstert Helene König. »Er lag etliche Meter vom Fuß der Wand entfernt. Daher hat die Polizei angenommen, dass er aus dem letzten Teil des Überhangs hinaus gestürzt ist. Er hatte es fast geschafft. Nur noch ein paar Meter haben ihm gefehlt.«

»Wer hat ihn denn gefunden?«

»Der Peter Waldstetten, sein Freund. Dem hatte er wohl erzählt, wie enttäuscht er gewesen sei und was er vorhatte. Und er hat wohl auch gemeint, er würde am Freitag wieder in München sein. Und als er nicht kam, da hatte der Peter so ein ungutes Gefühl, und da ist er schnurstracks nach Seefeld gefahren, zu den Ahornböden gewandert und von da zum Einstieg in die Laliderer Wände. Na, und da hat er ihn gefunden. Meinen Bub.«

Wieder muss sie ihr Taschentuch zu Hilfe nehmen, um ihrer Tränen Herr zu werden. Und ich? Auch mir ist zum Weinen zumute. Jetzt weiß ich, was mit Jochen geschehen ist. Es tut weh, obwohl es schon so lange her ist. Wenn ich damals in München gewesen wäre. Vielleicht hätte ich ihm helfen können. Vielleicht. Hätte. Wäre. Könnte … Das Leben als Konjunktiv. Eine Minute lang schweigen wir gemeinsam.

»Lydia Caspari«, sage ich leise vor mich hin.

Helene König nickt. »Ja, sie war nach Jochens Weggang so

verstört, dass ihre Vorstellung beim Sender missglückte. Sie kam schnell zurück. Aber nicht schnell genug. Als sie kam, hing der Jochen schon über irgendeinem Abgrund im Karwendelgebirge.«

»Und die beiden? Lydia und Peter?«

»Die haben dann nach ein paar Jahren geheiratet und sind hierher gezogen nach Feldkirch. Oben an der Weinberggasse wohnen's. Sie werden ja dort sein?«

Ich weiß es nicht. Ja, vermutlich. Vielleicht kann ich Waldstetten dazu überreden, etwas mit Florians Aufnahmen anzufangen.

»Warum sind Sie hierher gezogen?«, frage ich Helene König.

»Was sollte ich allein in Wien, nachdem mein Mann tot war? Lydia und Peter waren Jochens engste Freunde. Sie sind keine Verwandten, aber sie sind das Einzige, was mir von Jochen geblieben ist. Ich mag sie beide und wollte gerne in ihrer Nähe leben.« Sie schweigt und fragt dann fast kleinlaut: »Des verstehen'S doch?«

»Natürlich.«

Helene König hat mir alles gesagt, was ich erfahren wollte. Ob sich wirklich alles so zugetragen hatte, wie sie es erzählt hat? Zumindest klang es echt. So war Jochen. Und Anton? Wieder eine neue Facette im Charakter dieses merkwürdigen Menschen. Immerhin eine glaubhafte, muss ich mir sagen.

Ich danke Helene König für den Nachmittag. Ich mag sie. Warum Jochen auch noch Hans-Peter hieß, weiß ich zwar noch immer nicht, aber das hat ja Zeit.

»Ich bin Ihnen zu Dank verpflichtet«, sage ich im Stil von Anton. Aber so ist es halt, ich kann doch eine ältere Dame, die ich eben erst kennengelernt habe, nicht umarmen und ihr sagen, wie sehr mich ihre Geschichte berührt hat. Oder doch?

Sie spürt, dass ich gehen möchte.

»Werden Sie Lydia und Peter noch sehen?«, fragt sie.

»Ich weiß es nicht. Vielleicht hat Franziska ein Treffen arrangiert. Franziska Späth, meine Assistentin«, füge ich hinzu. »Außerdem ist sie eine Schulfreundin von Lydia.«
Ich stehe auf. Auch Helene König erhebt sich von ihrem Sofa und streicht ihren Rock glatt. Dann führt sie mich zum Ausgang, geht aber nicht mehr in den Garten, sondern öffnet mir nur die Tür.
»Das war sehr wichtig für mich«, sage ich.
»Ich weiß.«
»Es ist Ihnen nicht leicht gefallen.«
Sie schüttelt den Kopf und gibt mir die Hand, bannt neue Tränen nur mit Anstrengung.
»Wenn ich jemals ...«, sage ich, aber sie unterbricht mich.
»Schon gut, ich weiß.«
Ich drücke ihre Hand, führe sie kurz an die Lippen und trete durch die offene Tür. Sie wartet noch, bis ich die Stufen hinuntergestiegen bin, das Gärtlein durchquert habe und auf die Straße getreten bin. Ich winke noch einmal. Sie lächelt und schließt die Tür.

9

Am nächsten Morgen – es ist Sonntag – ruft mich Franziska an und fragt, ob ich am frühen Nachmittag zu den Waldstettens in die Weinberggasse kommen würde. Ich sage ihr, dass ich heute wieder nach München zurück müsse und nicht zu spät aus Feldkirch wegfahren möchte. Ja, das sehe sie ein, sagt Franziska und lässt mich eine Minute lang am Telefon warten. Dann nimmt eine andere Frauenstimme das Gespräch auf: »Lydia Waldstetten« meldet sie sich und entschuldigt sich dafür, dass sie Franziska als »Go-Between« benutzt habe. »Kommen Sie doch schon zum Mittagessen«, schlägt sie vor. Ihre Stimme ist hell timbriert, sie spricht ein leicht wienerisch gefärbtes Deutsch. Ich erkläre ihr, dass ich mittags nicht gerne esse.

»Dann gleich danach?«, fragt sie. »Zwei Uhr, oder ist Ihnen das zu spät?«

Ich bin einverstanden. »Wenn ich mich zwischen vier und fünf Uhr auf den Weg machen darf, ist mir alles recht.«

»Das liegt bei Ihnen«, sagt sie. Fast klingt es wie eine milde Zurechtweisung. Natürlich will ich Lydia Caspari kennenlernen, die Frau, in die sich Jochen verliebt hatte und die Anton ihm abspenstig machen wollte. In erster Linie aber bin ich gekommen, um von Peter Waldstetten zu erfahren, ob er mir helfen könne, die Aufnahmen von Florians Konzerten zu veröffentlichen.

Ich bestätige noch einmal den Termin. Lydia Caspari beschreibt mir den Weg. Dann gibt sie den Hörer zurück an Franziska, die offenbar neben ihr gestanden hat. Franziska möchte mich im Hotel Engel abholen. Kurz vor dem vereinbarten Termin will sie unten in der Stadt sein.

Später spaziere ich noch ein wenig durch die Altstadt. Es ist Mittagszeit. Auf dem Domplatz und in den Gassen sind nur wenige Menschen unterwegs. Es ist angenehm warm. Ich spüre den Frühling in der Luft. Aus irgendeinem Garten weht der Duft von Flieder zu mir herüber. Dann riecht es nach sonntäglichem Braten und nach frisch angezapftem Bier. Das Mittagsgeläut vom Dom gibt der bürgerlichen Idylle einen Hauch von Festlichkeit. Was Helene König wohl an Sonntagen unternimmt? Besucht sie die Waldstettens, hat sie noch andere Freunde? Ich schlendere den Weg zurück und sehe Franziska, die früher gekommen ist als angekündigt und offenbar nach mir Ausschau hält. Ich winke ihr zu, und als sie mich entdeckt hat, kommt sie mir vom anderen Ende des Domplatzes rasch entgegen. Wenn Franziska mir etwas Wichtiges mitteilen will, zumindest etwas, das sie für wichtig hält, nimmt ihr Gesicht einen besonderen Ausdruck an. Sie lächelt dann etwas forciert, zeigt dabei ihre regelmäßig stehenden Zähne, deren Schimmer sie auf Anregung ihres Zahnarztes mit einem Bleichmittel immer wieder auffrischt, und wartet ganz offensichtlich darauf, dass ich sie frage, was es denn gebe. Wenn ich auf ihr Mitteilungsbedürfnis nicht eingehe, besteht die Gefahr, dass sich die positive Spannung, unter der sie steht, in Enttäuschung verwandelt und in schlechte Stimmung umschlägt. Also frage ich sie lieber gleich: »Gibt's was, Franziska? Du lächelst so wissend. Hast du etwas Neues erfahren?«

Sie lächelt weiter. »Allerdings habe ich etwas erfahren.« Dann, als ich nicht weiter frage, bleibt sie plötzlich stehen und sagt: »Aber vielleicht weißt du es auch schon. Du warst ja gestern bei Helene.«

»Bei Frau König?«, frage ich und bemerke nicht ohne leisen Missmut, dass Franziska sich den Gewohnheiten ihrer Gastgeber bereits angepasst hat. Ich erzähle ihr in aller Kürze von dem Besuch bei Helene König. Franziska hört zu und fragt dann nicht etwa nach Einzelheiten von Jochens Geschichte, sondern immer nur nach Hans-Peter. Ob Helene mir erzählt hätte, was es mit diesem Namen auf sich habe.

»Nein«, sage ich. »Sie hat das erwähnt, aber wir sind bald auf andere Dinge zu sprechen gekommen. Ich hatte den Eindruck, diese Namensgeschichte sei nicht so wichtig. Irgendetwas Triviales«, füge ich hinzu, um Franziska zu ärgern.

»Dann hast du etwas ganz Wichtiges verpasst.«

Ich gehe langsam weiter und ziehe Franziska mit mir. »Komm, lass uns zurück ins Hotel gehen«, sage ich.

»Klaus, diese ganze Geschichte von Jochen und Lydia bekommt einen anderen Charakter, wenn ich dir sage, was die Waldstettens mir anvertraut haben.«

»Anvertraut? Damit du es mir weitersagst?«

»Sie hätten es dir auch erzählt, aber ich war nun mal bei ihnen. Außerdem – die alte Freundschaft mit Lydia ...«

»Also, was ist es?« Ich gehe einen Schritt schneller.

»Halt dich fest.«

»Wo? An dir? Oder soll ich mich setzen?«

»Dein Jochen«, sagt Franziska, »war nicht der Sohn von Helene und Ferdinand König.«

»Sondern?«

»Er war der Sohn von Anton Muxeneder – unehelich.«

»Was sagst du da?« Jetzt bin ich doch stehen geblieben und starre Franziska an. Sie ist zufrieden mit der Wirkung ihrer Mitteilung.

»Jochen der Sohn von Muxeneder?«

Sie steht vor mir und lächelt mit geschlossenen Lippen und wachen Augen, als müsse sie Verständnis für mich aufbringen. Verständnis wofür? Für mein Erstaunen oder meine Enttäuschung über Antons Verhalten und sein verbocktes Schweigen? Ich empfinde nichts dergleichen und gehe weiter.

»Jochen wurde unehelich geboren«, erzählt Franziska weiter. »Die Folge einer Liaison von Muxeneder mit einem noch sehr jungen Mädchen aus einer bekannten Wiener Familie.«

»Und wie kam er zu den Königs?«

Wir sind am Hotel Engel angekommen, gehen hinein und suchen uns eine ruhige Ecke im Foyer, in der Franziska mir die Geschichte zu Ende erzählen kann.

»In Wien war das damals eine schlimme Sache – vielleicht nicht so sehr für Muxeneder, aber für das Mädchen und seine Familie. Und so wurde der Fall vertuscht. Das Mädchen wurde zu einem Freund der Familie nach Deutschland geschickt, entband dort und kehrte dann nach Wien zurück. Muxeneder brachte das Kind bei seiner Schwester unter, die keine Kinder bekommen konnte. Die Königs zogen Jochen wie ihren eigenen Sohn auf. Er hat nie erfahren, dass Muxeneder sein Vater ist. Er wurde ihm immer als Onkel präsentiert. Onkel Anton.«

»Und die Mutter? Weiß man, wer Jochens leibliche Mutter war?«

»Ich bin nicht sicher.«

»Hast du denn nicht danach gefragt?«

»Doch, doch. Aber ich weiß nicht, ob die Waldstettens die Einzelheiten so genau kennen. Sie haben das alles nur aus zweiter Hand – von Helene.«

»Und die weiß es nicht?« Ich werde ungeduldig. »Die muss doch gewusst haben, von wem das Kind stammte, das sie in ihrem Hause großzog.«

»Nicht unbedingt. Die Königs haben Jochen später adoptiert. Aber soviel ich weiß, liefen die Adoptionsformalitäten alle über Muxeneder selbst. Irgendwie muss er es fertig gebracht haben, die Identität der Mutter geheim zu halten.«

»Konnte man das denn?«, frage ich und richte die Frage mehr an mich selbst als an Franziska. Offenbar konnte man. Wie sonst hätte es zu dieser Situation kommen können und zu dieser Namensverwirrung?

»Lydia behauptet, dass Jochen ursprünglich auf den Namen Hans-Peter getauft, später von den Königs aber immer mit Jochen angeredet worden sei.«

»Jochen hat also nie erfahren, wer seine richtigen Eltern waren?«, frage ich. Franziska weiß es nicht. Wie sollte sie es auch wissen? Dennoch, merkwürdig wäre es schon, wenn man ihn im Glauben gelassen hätte, der Sohn der Königs gewesen zu sein.

»Hat Helene König nie den Wunsch gehabt, ihrem ›Sohn‹ die Wahrheit zu sagen?«, frage ich. »Sind ihm nie irgendwelche Dokumente zu Gesicht gekommen, die Fragen oder Zweifel in ihm ausgelöst hätten?«

»Kann sein, kann auch nicht sein, Lydia hat darüber nicht gesprochen. Vermutlich hat sie diese Dinge erst durch Helene erfahren, nachdem Jochen schon tot war.«

Franziska erinnert mich an die Verabredung mit den Waldstettens. Es ist halb zwei.

»Du musst noch bezahlen und deine Siebensachen ins Auto packen. Soll ich dir helfen?«

»Bist du deswegen gekommen?«, frage ich lachend.

»Deswegen und um dir den Weg zu den Waldstettens zu zeigen.«

Ich gehe auf mein Zimmer, packe meine Reisetasche, begleiche unten in der Hotelhalle meine Rechnung und bitte den Concierge, mein Auto aus der Garage zu holen. Dann winke ich Franziska herbei, die immer noch in der Ecke sitzt, in der ich sie zurückgelassen habe.

»Und nun zeig mir, wo's langgeht«, sage ich, als wir in meinen Wagen steigen.

Wir fahren aus der Altstadt hinaus auf die Churerstraße, dann bergan bis in die Weinberggasse und immer geradeaus, etwa einen Kilometer weit. Von hier hat man einen schönen Blick auf die Stadt. Die Waldstettens wohnen ganz am Ende der Straße. Ihr Haus liegt ein wenig versteckt hinter Bäumen und Hecken. Links an der Straße befindet sich eine Toreinfahrt. Die großen schmiedeeisernen Torflügel sind geöffnet.

»Hier hinein«, sagt Franziska. Nach etwa fünfzehn Metern sehen wir das Haus vor uns liegen. Ein weißer Bungalow im

Bauhausstil, dessen Strenge dadurch gemildert wird, dass er auf einer ungemähten Wiese steht, auf der jetzt Blumen in allen Farben leuchten.

»Schön«, sage ich.

»Eine Magerwiese«, erklärt mir Franziska. »Sie wird nie gedüngt und zweimal, allerhöchstens dreimal im Jahr abgemäht.«

Irgendwie scheint Franziska stolz darauf zu sein, mir etwas erklären zu können. In Verbindung mit ihren Freunden sind ihr Dinge wichtig, denen sie sonst kaum Beachtung schenkt. Magerwiesen zum Beispiel.

Wir umfahren die bunte Wiese und bleiben auf einem kleinen Platz seitlich vom Bungalow stehen. Von hier aus sind es nur ein paar Schritte zur Haustür. Franziska geht voran. Die Waldstettens haben uns bereits bemerkt. Die Tür wird geöffnet, und ein schlanker Mann in Cordhosen und Hemdsärmeln schlendert uns entgegen, die Hände in den Hosentaschen. Er wirkt sehr jung, jungenhaft denke ich. Erst, als er mich anlächelt und mir die Hand entgegenstreckt, bemerke ich die Fältelung seiner gebräunten Haut und die grauen Strähnen in dem braunen Haarschopf.

»Peter Waldstetten«, sagt er zu mir. Franziska begrüßt er mit einem kurzen Lächeln. »Kommt rein. Wir sitzen hinten auf der Terrasse – es ist warm genug heute.«

Ich bin gespannt auf Lydia, jetzt, nachdem ich etwas über sie weiß, und achte deshalb nicht so sehr auf das Innere des Hauses. Immerhin bemerke ich die Helligkeit, einige schöne Bilder an den Wänden, viel Holz und wenige helle Möbel. Wir gehen durch etliche Zimmer und sehen durch eine Fensterfront und eine offen stehende Glastür auf eine Steinterrasse, hinter der das Gelände, zunächst der Garten mit Ginster und Blumenrabatten, dann der Wald, weiter ansteigt. Plötzlich steht Lydia in der Glastür und kommt uns ein paar Schritte entgegen. Sie ist ein wenig fülliger, als ich sie mir vorgestellt habe, hat sogar ein kleines Doppelkinn, fast schwarze Haare, deren graue oder weiße Anteile sie offenbar gefärbt hat, und große grau-blaue Augen unter dunklen Brauen. Sie muss Ende fünfzig sein, aber sie ist immer noch schön. Alles konzentriert sich auf mich. Franziska hat als alte Freundin bereits so viel Nähe zu den Waldstettens gewonnen, dass sie nur beiläufig begrüßt wird – wie ein Familienmitglied. Lydia führt uns auf die Terrasse, bietet Gartenstühle an, die um einen runden Tisch stehen. Sie hält Kaffee und Mineralwasser bereit. Es sind Formalitäten, die absolviert werden müssen, damit von wichtigen Dingen gesprochen werden kann. Mir ist die Ausgangslage einigermaßen unklar. Die Waldstettens wissen von meinem Besuch bei Helene König – vielleicht haben sie inzwischen auch durch ihre Freundin von unserem Gespräch gehört. Lydia hat mit Franziska gesprochen. Ich nehme an, dass sie es Franziska freigestellt hat, mir von Anton zu berichten. Aber genau weiß ich es nicht. Die Unklarheit der Situation erschwert den Einstieg in ein Gespräch.

Ich frage Peter Waldstetten nach seinem Eindruck von Florians Konzertmitschnitten. Warum nicht mit diesem Thema anfangen, denke ich mir. Diese Aufnahmen waren ja der Hauptgrund, weshalb ich nach Feldkirch gefahren bin. Zu meiner Überraschung ist Waldstetten sehr angetan von den Aufnahmen – zumindest von der musikalischen Qualität.

»Es sind fantastische Einspielungen«, sagt er sogar. »Aufnahmetechnisch auch ganz ordentlich, wenn man bedenkt, unter welchen Bedingungen damals gearbeitet wurde. Alles habe ich noch nicht gehört. Ich will mich, wenn es Ihnen recht ist, nachher noch ein wenig zurückziehen, um auch das Frankfurter Konzert anzuhören oder wenigstens Teile daraus.« Dann lächelt er, als wenn er mich schon im Voraus um Verzeihung bitten wolle. »Versprechen kann ich nichts. Mir gefallen die Aufnahmen und die Interpretation – aber ...«

»Gibt es ein Problem?«, frage ich.

Waldstetten lächelt wieder, bittet um Verständnis. Viele Probleme gäbe es, erklärt er. Florian Kepler sei in Europa kein Begriff gewesen. »Nicht so wie Dinu Lipatti oder wie dieser Tenor, der in jungen Jahren verunglückt ist, Fritz Wunderlich, oder wie Guido Cantelli, der Dirigent.«

»Anders als in Amerika.«

»Natürlich. Aber so eine Wiedergeburt aus historischen Aufnahmen interessiert wiederum mehr die Europäer.« Er bemerkt meine Enttäuschung. »Das ist kein unüberwindliches Hindernis«, sagt er. »Wir brauchen jedoch alle Aufnahmen, die in der Sammlung von Herrn Muxeneder vorhanden sind. Ein oder zwei einzelne Aufnahmen – damit geht es nicht.«

Ich betone, dass im Stubenring in Wien dreizehn Platten mit einer Spieldauer von je dreißig Minuten pro Seite lägen.

»Also maximal sechs CDs, je nachdem, ob man alles verwertet.« Waldstetten nickt. »Problem Nummer zwei: So etwas muss vorbereitet werden. Wir brauchen einen Katalog, der mit einer Kassette verkauft wird. Wir müssen dem Publikum den Namen Florian Kepler nahe bringen. Einige der Alten erinnern sich vielleicht noch, aber den Jüngeren muss die Geschichte von früher Vollendung und tragischem Tod – so will ich es einmal nennen – vermittelt werden.«

Waldstetten redet wie ein Verkäufer. Von Musik versteht er nicht viel, denke ich.

»Den Markt für Klassik kenne ich«, sagt er, als hätte er meine Gedanken gelesen. Er lehnt sich zurück und schaut in den heiteren Frühsommerhimmel. »Ich will Ihnen gern helfen. Bin auch überzeugt, dass es etwas werden könnte. Nur wird es lange dauern.«

»Wie lange?«

»Mindestens zwei Jahre, – mit allem Drum und Dran. Und Sie wollen doch schnell ein Resultat haben?«

Natürlich will ich das.

»Ich weiß nicht, ob es nicht bessere Möglichkeiten gibt, die Angehörigen von Kepler zu finden«, sagt Waldstetten. »Verstehen Sie mich nicht falsch. Ich will mich gern um die Veröffentlichung kümmern, aber es ist ein langer Weg.«

Jetzt meldet sich Lydia. »Würde Herr Muxeneder Peter die Aufnahmen von Florian Kepler denn überhaupt geben?«

Die Frage ist an mich gerichtet. Bisher habe ich angenommen, dass Anton dazu nicht nur bereit wäre. Nach unserem letzten Gespräch in Wien musste ich annehmen, dass er sogar begierig wäre, an einer Veröffentlichung mitzuwirken. Aber die Geschichte, die ich soeben von Franziska gehört habe, hat Zweifel in mir geweckt. Auch dass er sich von mir zurückzuziehen scheint, gibt mir zu denken.

»Ich weiß es nicht«, sage ich, »nehme aber an, dass er dazu bereit wäre.«

»Können Sie das klären?«, fragt Lydia. »Wir haben keinen persönlichen Kontakt zu Herrn Muxeneder.«

»Und sehen auch keinen Anlass, jetzt mit ihm in Verbindung zu treten«, sagt Waldstetten. Es klingt schroff. Er schweigt einen Augenblick. »Also, wenn ich einen Interessenten fände, müssten Sie die Fragen der Rechte klären. Es wäre gut, wenn Sie das jetzt schon einmal mit Herrn Muxeneder besprechen könnten.«

»Ich will es gern versuchen.«

»Für Gradlinigkeit und Fairness ist Herr Muxeneder ja nicht gerade berühmt. Nicht, dass wir am Ende alle dastehen wie die begossenen Pudel.«

Die Erwähnung von Muxeneder hat auf die Stimmung gedrückt.

»An welchen anderen Weg, die Angehörigen von Florian Kepler zu finden, haben Sie denn gedacht?«

»Internet.«

Waldstetten erklärt mir, was es damit auf sich hat. »Es steckt bei uns noch in den Anfängen. Aber wer weiß: In den USA hängen bereits viele Kunden am Netz. Vor allem nimmt die Zahl der Teilnehmer dort schnell zu.«

»Wir haben natürlich keine Adressen«, gibt Franziska zu bedenken.

»Wir können ja ein bisschen herumspielen, vielleicht haben

wir Glück«, sagt Waldstetten. »Wie heißen die Kinder von Kepler?«

»Joshua und Marlene«, sage ich.

Waldstetten entschuldigt sich. Er will sich noch die CD aus Frankfurt anhören. Wenn wir eine Stunde lang ohne ihn auskämen?

Wieder macht sich Verlegenheit breit. Nachdem sich Waldstetten entfernt hat, sind wir drei fast ausschließlich mit dem Drama konfrontiert, das sich vor knapp vierzig Jahren zwischen Lydia, Jochen und Anton Muxeneder abspielte und das für Jochen tödlich endete.

Lydia hält den Blick gesenkt, so, als dächte sie nach. Franziska steht plötzlich auf und geht ins Haus. »Entschuldigt mich einen Moment.« Es sieht aus, als käme sie gleich zurück.

Lydia schaut mich über den Tisch hinweg an. Es ist leichter für sie zu sprechen, jetzt, da wir allein sind.

»Bekanntschaften«, sagt sie. »So ist es manchmal mit Bekanntschaften.«

»Vielleicht bin ich so eine Art Spiegel für Anton Muxeneder gewesen«, antworte ich. »Umgekehrt war es wohl genauso. Ohne die Freundschaft zu Anton wäre meine Erinnerung an die Jahre, in denen ich Jochen König und Florian Kepler traf, kaum wieder so lebendig geworden. Jetzt, seit einiger Zeit allerdings, habe ich den Eindruck, dass Anton dieses Spiel nicht zu Ende spielen will.«

Lydia schaut mich fragend an.

»Sie verstehen, was ich meine?«, frage ich.

»Ja, ja.« Eine flüchtige Röte steigt ihr ins Gesicht. »Sie waren Jochens Freund«, sagt sie dann lächelnd. »Er hat immer wieder von Ihnen gesprochen. Ihren Namen kenne ich also schon lange. Mein Gott, das liegt alles schon so weit zurück! Trotzdem. Sie waren bei Helene. Ich weiß, wie sie über ihren Bruder denkt. Und jetzt kommt noch dazu, was ich Franziska erzählt habe! Dass Muxeneder Jochens Vater war, nicht sein Onkel.«

Ich nicke.

»Sie denken sicher schlecht von Anton. Von heute aus betrachtet sieht das ja auch nicht schön aus. Ganz im Gegenteil.« Ihre Stimme wird leise. »Ausgesprochen hässlich sieht es aus.« Sie holt einmal tief Luft und spricht dann weiter. »Aber Sie haben Anton in einer anderen Zeit kennengelernt. Dagegen kenne ich ihn heute nicht mehr. Ich weiß nicht, wer er heute ist.« Sie spricht lebhafter, beugt sich sogar ein wenig über den Tisch. »Ich mochte ihn damals wirklich gern. Anders als Jochen natürlich, aber er bedeutete mir etwas. Er hatte so etwas Festes, Väterliches. Er war schon jemand, den die Leute kannten und bewunderten. Dagegen ich? Ich war so jung. Hatte nichts, war nichts. Ich denke, Sie wissen, wie das ist. Jochen war wie ich. Wir standen beide ganz am Anfang.«

»Deswegen haben Sie auch so gut zusammengepasst?«, frage ich.

»Ja, das haben wir. Ich habe Jochen sehr lieb gehabt. Ich wollte aber auf die Freundlichkeit und auf die Wärme, die ich bei Toni, wie er damals genannt wurde, spürte, nicht verzichten. Ich dachte, das hätte nichts miteinander zu tun.« Sie lächelt traurig. »Helene sieht das anders, ich weiß. Heute finde ich das auch nicht schön, wenn ein Vater seinem Sohn die Freundin abspenstig macht. Aber damals habe ich das nicht so empfunden. Ich wollte mir nicht eingestehen, dass die beiden miteinander konkurrieren. Ich wollte es einfach nicht wahrhaben. Jochen dagegen spürte, dass sein Onkel nicht nur ein väterlicher Freund war, sondern dass er mehr von mir wollte. Ich hielt Jochens Eifersucht für unbegründet, für so eine Art fixe Idee.«

»Und die Geschichte mit den Königs?«, frage ich. »Wusste Jochen überhaupt, dass Muxeneder nicht sein Onkel war, sondern sein Vater?«

»Nein.« Lydia sieht mich an. Da ist keine Reserve in ihrem Blick, kein Rückhalt. »Nein, ich bin fast sicher, dass Jochen das nicht wusste. Ich wusste es damals ja auch nicht. Helene hat es mir später erzählt – viel später. Aber trotzdem will ich nicht einfach den Stab über Muxeneder brechen. Ich weiß, Sie hören nicht viel Gutes über ihn, aber für Ihr eigenes Urteil muss das nicht so wichtig sein. Nicht so wichtig wie das, was Sie selbst mit ihm erlebt haben.«

Im Haus sind Schritte zu hören, die sich schnell nähern. Franziska erscheint. Lydia lächelt, holt sie mit einem freundlichen Blick zurück in unser Gespräch. Dann wendet sie sich wieder an mich: »Das wollte ich Ihnen gern sagen, nachdem Sie gestern mit Helene gesprochen haben.«

Ist das Thema mit dieser Bemerkung erst einmal beendet? Franziska setzt sich zu uns. Ich sehe ihrem Gesicht an, dass ihre kurze Abwesenheit nicht zufällig war.

»Ich sollte einmal nach Peter Ausschau halten«, sagt Lydia.

Aber da kommt ihr Mann schon von allein. Er setzt sich und beginnt sofort von den CDs zu sprechen, die er angehört hat – in Ausschnitten, wie er sagt. Er ist nach wie vor angetan.

»Es könnte etwas aus der Sache werden, wenn eine große Firma sich dafür einsetzen würde. Aber wie gesagt, es dauert eben. Und die Suche nach Keplers Kindern im Internet ist auch nicht so einfach. Aber da werde ich mich noch dahinter klemmen.«

»Eines von Peters Hobbys«, sagt Lydia. »Wenn er im Internet herumgeistern kann, ist er glücklich.«

Sie streckt ihm ihre Hand hin, die er nach kurzem Zögern ergreift. Erst jetzt, vielleicht durch dieses kurze Zögern, wird mir klar, dass unsere Unterhaltungen, die sich um zwei frühere Verehrer seiner Frau drehen, ihm nicht besonders angenehm sein können. Er lässt sich wenig anmerken. Wie fühlt er sich angesichts der Einsicht, dass die Frau, mit der er verheiratet ist, einen anderen liebte, vielleicht sogar, wenn auch auf unterschiedliche Art, einen weiteren? Dass er, Peter Waldstetten, eigentlich für Lydia nur ein Ersatz war, jemand, der eine Lücke schließen sollte, ein Notnagel. Oder nicht? Ist am Ende Peter Waldstetten, der nüchterne Geschäftsmann, der richtige Partner für Lydia? Musste sie eine Katastrophe durchleben, um zu verstehen, wer zu ihr passt, wen sie wirklich braucht? Ich weiß es nicht. Aber vielleicht fehlt mir für solche Unterscheidungen auch die Antenne. Mir hat nie eine Frau so viel bedeutet, dass ich sie ganz nahe an mich herangelassen hätte.

Waldstetten sieht mich an. Er erwartet eine Antwort auf sein Angebot.

»Ich bin Ihnen natürlich dankbar, wenn Sie mir auf diese Weise helfen, Herr Waldstetten«, sage ich. »Vielleicht kann ich mich auch einmal erkenntlich zeigen.«

»Besorgen Sie mir die restlichen Aufnahmen von Kepler – möglichst ohne Auflagen«, schlägt Waldstetten vor.

Ich will es versuchen, nehme mir in diesem Augenblick auch fest vor, wieder Verbindung mit Anton aufzunehmen, obwohl ich fürchten muss, dass er mir ausweichen wird.

Waldstetten erklärt Lydia und Franziska die Struktur des Internets. »An der Schwelle zu einer neuen Epoche«, höre ich ihn sagen. Von Umwälzungen ist die Rede. Franziska scheint von Waldstettens Vorstellung beeindruckt zu sein. Sie hängt förmlich an seinen Lippen, könnte man sagen. Merkwürdig, mir hört sie nie so intensiv zu. Einen Augenblick lang irritiert mich diese Konzentration, aber sie stört mich nicht wirklich. Ich neige nicht zu eifersüchtigen Gefühlen oder Reaktionen, denke ich und muss mich gleich darauf korrigieren. War ich nicht tief gekränkt über die Zurückweisung, die darin lag, dass Florian unser Treffen in Berlin damals so abrupt beendete und dass wir danach nie wieder zusammenkamen? Und kränkt mich nicht auch jetzt die Entdeckung, dass Jochen in Peter Waldstetten einen Freund gefunden hatte, der ihm näher stand, stehen durfte, als ich? Der sogar wusste, was Jochen vorhatte, und der ihm nachfuhr, als er zur vereinbarten Zeit nicht wieder in München erschien? Das hat mir einen Stich gegeben, gestern, als ich von Helene König zum ersten Mal davon hörte. Dass Anton sich verleugnen lässt und sein Abonnement aufgegeben hat, ohne mir etwas davon zu sagen? Auch das kränkt mich, gestehe ich mir ein, während Waldstetten Lydia und Franziska immer neue Seiten des in Ausdehnung befindlichen Internets erklärt. »Suchmaschinen«, höre ich, »die Herstellung einer einfachen, benutzerfreundlichen, grafischen Oberfläche.«

Ich habe keine rechte Vorstellung, wovon er redet. Aber natürlich wäre ich glücklich, wenn Waldstetten Erfolg hätte.

»Ich sollte mich auf den Weg machen«, sage ich, zunächst ohne Gehör zu finden. Die drei sind ganz auf die Rolle des Internets und des World Wide Web in der zukünftigen Welt konzentriert.

Ich stehe auf. Als Lydia mich erstaunt ansieht, versuche ich, verbindlich und zugleich bedauernd zu lächeln. Es gelingt mir nur halb. Ich bemerke das an dem leisen Befremden auf Franziskas Gesicht. Aber sie bleibt ohnehin noch einen weiteren Tag.

»Es tut mir leid, dass ich von sehr prosaischen Dingen reden muss«, sage ich und erwähne das schöne Wetter, den Ausflugs- und Rückreiseverkehr.

Waldstetten ist ebenfalls aufgestanden.

»Ich bringe Sie noch vors Haus«, sagt er, während ich Lydia die Hand gebe und ihr sage, dass es mich sehr gefreut habe. Von Franziska verabschiede ich mich mit einem Kopfnicken und einem angedeuteten Winken. »Bis übermorgen.« Dann gehen wir den Weg zurück durch den Bungalow. Dieses Mal achte ich ein wenig sorgfältiger auf die Bilder an den Wänden. Das Porträt eines jungen Mannes gefällt mir. Ein Ölbild, nicht sehr groß, vierzig mal sechzig Zentimeter vielleicht. Der breite matt-goldene Rahmen kontrastiert gut mit dem dunklen Hintergrund des Bildes, der sich zur Mitte hin ein wenig aufhellt. Ich trete näher, Waldstetten bleibt einen Schritt hinter mir stehen. Der Dargestellte ist noch jung, höchstens zwanzig Jahre alt, trägt einen Pullover, einen offenen Hemdkragen. Unter dem blonden, in groben Pinselstrichen gemalten Haarschopf und einer breiten Stirn leuchten blaue Augen. So blau habe ich sie nicht in Erinnerung.

»Jochen König«, sagt Waldstetten, »ein Geschenk von Helene. Ein Freund der Königs hat es gemalt, nach einem Porträtfoto.«

Ich erkenne Jochen. Die Haltung, der etwas trotzige Gesichtsausdruck, das Lächeln, ja, das ist Jochen, denke ich. So war er. Ich fühle mich auf einmal seltsam berührt von dem Bild und trete noch einmal näher heran. Die anatomische Ähnlichkeit ist nicht perfekt, aber groß genug, um mich gefangen zu nehmen. Die Augen. Das Kinn, in dem ich damals Ähnlichkeiten zu dem Gesicht Florian Keplers zu entdecken glaubte. Das alles genügt, um mich diese überraschende Konfrontation mit dem Bild als eine späte, unverhoffte Begegnung mit Jochen selbst erleben zu lassen.

»Wollen Sie sich einen Augenblick Zeit für das Bild nehmen?«, fragt Waldstetten. Er schiebt einen Stuhl in die Nähe des Bildes und lässt mich Platz nehmen. »Ich bin gleich wieder da.«

Ich bin wirklich allein mit Jochen. Blutsbrüder, denke ich. Weißt du noch, das Glücksgefühl, die kaum beherrschte Euphorie oben am Gipfel des Pflerscher Tribulauns?

Ich spüre ein ähnliches Gefühl wie damals, als ich ganz unvermutet auf die Konzertmitschnitte von Florian gestoßen war und die Musik hörte, die er vor etwa vierzig Jahren gespielt hatte. Unverhoffte Begegnungen mit lebendigen Spuren von Menschen, die ich geliebt habe. Immer noch liebe? Nichts ist verloren, denke ich. Ein Bild, eine Stimme, ein Musikstück genügen, um lange nicht empfundene Gefühle wieder gegenwärtig werden zu lassen. Alles, was einmal war, ist immer noch, kann immer wieder sein.

Peter Waldstetten kommt zurück. Ich bin schon aufgestanden. Er stellt den Stuhl an seinen Platz.

»Vielen Dank«, sage ich, ohne noch auf das Bild einzugehen.
Er nickt nur, sieht mich freundlich, ein wenig prüfend, an und lächelt. Wir gehen zur Tür und weiter zu meinem Auto.
»Denken Sie an die Platten von Muxeneder? Eine Art Abtretungserklärung würde ausreichen für den Anfang.« Er gibt mir die Hand. »Wir bleiben in Verbindung? Gute Heimfahrt.«
Ich steige in mein Auto und rolle zurück auf die Weinberggasse. In vier Stunden sollte ich in München sein.

10

Seit Wochen bin ich wieder in München. Franziska kam einige Tage nach mir zurück, brachte aber keine weiteren Nachrichten aus Feldkirch mit. Meine Versuche, mit Anton in Verbindung zu treten, bleiben erfolglos. Die Energie, die notwenig wäre, um an ihn heranzukommen, bringe ich zurzeit nicht auf. Ich müsste nach Wien fahren, Anton zur Rede stellen und ihn daran erinnern, dass er es war, der mich gedrängt hat, einen Abnehmer für seine Plattensammlung zu finden. Nachdem ich seinen Wunsch telefonisch einige Male mit Peter Waldstetten besprochen habe, bin ich sogar davon überzeugt, dass sich eine Lösung finden ließe. Waldstetten meinte, die Pro-Musica-Stiftung in Wien könnte die Sammlung betreuen und sie interessierten Musikern und Musikhistorikern zugänglich machen. Ich habe ihm geschrieben: »Lieber Anton, ich glaube, ich habe eine Lösung für deine Sammlung gefunden. Wir sollten bald darüber sprechen. Rufst du mich an?«

Aber Anton antwortet nicht. Auf meine schriftliche Bitte, mir doch die noch im Stubenring liegenden CDs mit Aufnahmen von Florian zu schicken, reagiert er ebenfalls mit Schweigen. Vielleicht will er einfach Zeit vergehen lassen. Er könnte durch seine Schwester von meinem Besuch in Feldkirch gehört haben. Wenn Helene König ihm davon berichtet hat, weiß er, dass ich Einzelheiten aus seinem Leben erfahren habe, die er mir bisher verschwiegen hat, die aber bei einem Wiedersehen zwischen uns wohl zur Sprache kommen müssten. Und davor scheut er zurück. So könnte es sein, denke ich und bin geneigt, ihm die Zeit zu lassen, die er braucht.

Und so konzentriere ich mich ganz auf das Leben in München, das in den gewohnten Bahnen verläuft und meine Tage ausfüllt. Ich führe meine Praxis, gehe gelegentlich und meistens in Begleitung von Franziska zu Fortbildungsveranstaltungen, wenn sie in nicht zu großer Entfernung von München stattfinden. Ab und zu besuche ich ein Konzert oder eine Theateraufführung in den Kammerspielen, auch in die Oper gehe ich zuweilen. Ich kümmere mich sogar wieder um meine alte Mutter, die nun, schon fünfundachtzigjährig, in einem Pflegeheim ihr Dasein fristet. Meine Mutter hat die Verbindung zu dem Leben, das sie als erwachsener Mensch geführt hat, ganz verloren. Sie weiß nicht mehr, wer ich bin, sie erkennt auch meine Schwester nicht. An meinen vor zehn Jahren verstorbenen Vater erinnert sie sich nur bruchstückhaft. Sie lebt, umsorgt und regelrecht bewacht von ihren Pflegerinnen, ganz in der Gegenwart. Szenen und Vorstellungen aus ihrer Kindheit scheinen zuweilen in diese Gegenwart hineinzuspielen. Manchmal hat es sogar den Anschein, als verwechsle sie die Gegenwart mit der Zeit ihrer Kindheit, die ihr in Erinnerungsfragmenten also noch zugänglich sein muss. Ich kann nicht behaupten, dass ich meine Mutter gern besuche. Erstens hatte ich nie ein besonders enges Verhältnis zu ihr, anders als zu meinem Vater, und zuweilen empfinde ich den schrittweisen Verlust ihrer Erinnerungen an das Leben, das sie hier in München geführt hat, an ihren Mann, ihre Kinder und ihre Freunde, selbst an die Musik, die sie früher einmal so sehr liebte, als einen Tod auf Raten. Die Frau, die ich heute besuche, ist mir fremd geworden. Ich kenne zwar ihr Äußeres, ihre Angewohnheiten, besonders ihren peniblen Ordnungssinn, den sie auch in der winzigen Wohnung zeigt, die sie heute bewohnt. Vielleicht hilft ihr diese Angewohnheit, einen Schlüssel oder eine Brille immer nur an einem bestimmten Ort abzulegen, jetzt, sich durch ihren Alltag zu bewegen. Dennoch: Wer sie hinter diesem Erscheinungsbild von heute wirklich ist, noch ist, weiß ich nicht.

Gestern war ich wieder bei ihr. Meine Schwester und ich

versuchen es neuerdings so einzurichten, dass einer von uns unsere Mutter einmal alle zwei Wochen besucht, dass sich jeder von uns also einmal im Monat bei ihr sehen lässt. Ich bringe ihr immer etwas mit: Blumen, eine Teesorte, die sie angeblich gern hat, oder eine Flasche Rotwein, den ihr der behandelnde Arzt in kleinen Dosen erlaubt. Als ich gestern an ihrer Wohnungstür klopfte, stand sie plötzlich mit weit aufgerissenen Augen vor mir und sagte vorwurfsvoll: »Da sind Sie ja endlich. Sie wollten doch schon gestern kommen.«

Dann führte sie mich zu ihrem Klavier und klappte den Deckel auf. »Fangen Sie am besten gleich an. Wenn Sie die Verstimmung nicht wegkriegen, denkt sie, ich spiele falsch.«

Sie, das ist eine Klavierlehrerin, die zu ihr ins Haus kommt, aber sie verwechselt diese Person zuweilen mit ihrer Mutter, mit meiner Großmutter also, die ich nie gekannt habe.

»Sie ist schon böse auf mich.«

Ich versuchte ihr klar zu machen, dass ich nicht der Klavierstimmer sei.

»Mama, du weißt doch, ich bin Arzt. Ich kann dir das Klavier nicht stimmen.«

»Und wie stellen Sie sich das vor?«, fragte sie.

Ich bot an, ihren Klavierstimmer anzurufen, aber sie wusste weder seinen Namen noch seine Telefonnummer.

»Darf ich einmal probieren?«, fragte ich, setzte mich auf den Klavierschemel, schlug ein paar Akkorde an und spielte einige Tonleitern über die ganze Tastatur. »Das Klavier ist nicht verstimmt«, sagte ich dann, »du brauchst es noch nicht stimmen zu lassen.«

»Aber sie hat sich bitter bei mir beklagt«, widersprach meine Mutter.

Ich spielte ein paar Anfänge von Stücken, die sie früher selbst einmal gespielt hatte. »Von wem ist das?«, fragte ich sie, nachdem ich den Beginn der Sonate »Pathétique« gespielt hatte. »Weißt du es noch?«

»Kenne ich natürlich, ganz genau«, sagte sie, aber an der

Ratlosigkeit, die sich auf ihrem Gesicht breit machte, merkte ich, dass sie den Namen des Komponisten nicht mehr wusste. »Buckingham«, sagte sie dann mit Bestimmtheit und fügt mit einem erleichterten Lächeln hinzu. »Verzeihen Sie, dass mir das nicht gleich eingefallen ist.«

Eine Pflegerin brachte uns den Nachmittagskaffee und ein wenig Gebäck. Sie begrüßte meine Mutter mit den üblichen gut gemeinten Redensarten: »Wie geht es Ihnen denn heute, Frau Mosbacher? Sie sehen gut aus, richtig frische Farben haben Sie. Schön, dass Ihr Sohn Sie wieder einmal besucht.«

Aber meine Mutter blickte geistesabwesend durch die Pflegerin hindurch, die damit beschäftigt war, die Kaffeekanne, zwei Tassen, eine Schale mit Keksen und zwei kleine Teller auf einem kleinen Sofatisch abzustellen.

»Mein alter Klavierstimmer soll wiederkommen«, sagte sie aufgebracht. Dann schien sie die Pflegerin vergessen zu haben. Jedenfalls starrte sie durch die Frau hindurch, als sei sie aus Glas.

»So? Ist das Klavier denn verstimmt?« Die Pflegerin richtete diese Frage auch an mich.

Ich schüttelte den Kopf.

»Na also, Frau Mosbacher. Wenn die Stimmung nachlässt, bestellen wir jemanden, den Herrn Vogel, erinnern Sie sich?«

»Das könnte Ihnen so passen«, sagte meine Mutter, lachte aber dabei. Das angeblich verstimmte Klavier hatte plötzlich aufgehört, ein Problem zu sein.

»Möchten Sie auch einen Kaffee?«, fragte sie mich ganz geordnet und höflich, nachdem sie sich selbst eine Tasse eingeschenkt hatte.

»Lassen Sie mich das machen.« Die Pflegerin ließ sich von meiner Mutter die Kanne geben und füllte meine Tasse. Dann zog sie sich zurück, ließ aber die Wohnungstür unverschlossen.

»Allen Menschen recht getan, ist eine Kunst, die niemand

kann«, sagte meine Mutter. Offenbar bezog sich dieses Sprichwort auf die soeben entschwundene Pflegerin.
»Aber sie war doch sehr nett zu dir – hilfsbereit«, sagte ich.
Sie antwortete nicht, sondern verzehrte die auf dem Teller ausgebreiteten Kekse. Als sie damit fertig war, stand sie auf und forderte mich auf zu gehen.
»Aber beim nächsten Mal bringen Sie das Werkzeug mit«, lachte sie mit erhobenem Zeigefinger und raunte mir dann, bevor sie mich durch die Wohnungstür treten ließ, noch zu: »Ich muss es nämlich sonst ausbaden.«

Später sitze ich in meinem Wohnzimmer, höre Musik und denke an den nachmittäglichen Besuch bei meiner Mutter. Was ist ihr von ihren Erinnerungen geblieben? Mir sind die meinen so wichtig, einige von ihnen jedenfalls. Und sie? Sie kommt fast ganz ohne Erinnerungen aus, folglich auch ohne den Wunsch, was einmal war, wieder gegenwärtig werden zu lassen. Oder verhält es sich anders? Vielleicht sind die Inhalte noch da, können spontan aber nicht mehr abgerufen werden. Es kann ja, wenn man von akuten Hirnschädigungen absieht, nicht so sein, dass alles Erlebte plötzlich verschwindet. Ich stelle mir vor, nein, ich weiß es aus der Erfahrung mit einigen Patienten, dass man langsam den Zugang verliert, dass bestimmte Inhalte nicht mehr aus eigenem Antrieb abgerufen werden können, dass sie aber noch erinnerbar sind, wenn dieser Vorgang von außen angestoßen wird. Jemand erzählt von einem Erlebnis – von einer Prüfung, einem Festtag, von einem Unglück –, und mit einem Mal sind die eigenen Erinnerungen wieder aktiviert und können gesehen oder gehört werden. Dieser teilweise Verlust des Gedächtnisses muss quälend sein. Wissen, dass ich etwas erlebt habe, dass ich in das Leben anderer Menschen verflochten und doch nicht – mehr? – im Besitz der Instrumente bin, mit denen ich mir Klarheit verschaffen kann. Was ist das? Müssen daraus nicht Angst und Unruhe entstehen? Wenn meine Erinnerungen mich verlassen, bin dann nicht auch ich verlassen? Von Gott und den Menschen?

Warum bedeuten mir meine Erinnerungen so viel? Nicht alle Erinnerungen übrigens. Meine Schulzeit zum Beispiel enthält nur wenige Szenen oder Gesichter, wenige starke Eindrücke, an die ich gern zurückdenke. Aber an meinen Vater denke ich oft mit Dankbarkeit. Fast täglich denke ich an ihn. Jetzt zum Beispiel steigt eine Sommerwoche am Starnberger See in meinen Gedanken auf. Wir wohnten in einem Ferienhaus, das die Firma meines Vaters ihren Angestellten während der Sommermonate zur Verfügung stellte. Eigentlich hatten nur Mitarbeiter Zutritt zu dieser Ferienanlage. Gelegentlich aber durfte jemand, dem die Firma etwas Gutes tun wollte, ein Kind mitbringen. Ich sehe dieses Haus immer nur in der Sonne liegen. Der helle Stein der Gartenterrasse gleißt, das rote Ziegeldach leuchtet, die hohen Tannen im Park werfen ein wenig Schatten und duften in der Mittagshitze. Heiß war es. Nachmittags stiegen über den Bergen ein paar dicke Kumuluswolken auf, türmten sich zu Wolkenungeheuern, aus denen es ab und zu auch einmal blitzte und krachte. Aber von solchen vorübergehenden Gewittern abgesehen war dieser Sommer, waren überhaupt alle Sommer meiner Kindheit warm, trocken – kontinental, würde ich heute sagen. So jedenfalls meine Erinnerung. Mein Vater wanderte gern und liebte es, dabei über den Sinn des Lebens zu philosophieren. Ich weiß noch, wie wir an einem heißen Vormittag auf die Ilkahöhe stiegen, zwischendurch stehen blieben, um den weiten Blick über den See und den Karpfenwinkel auf das gegenüberliegende Ufer und auf die Alpen zu genießen. »Deine Heimat«, sagte mein Vater, als wir dieses Panorama überschauten.

Es war, als legte er mir dieses wohlgestaltete Land, in dem, für unsere Augen erkennbar, Mensch und Natur eine so ausgewogene und ästhetisch ansprechende Verbindung eingegangen waren, ans Herz – für immer, für die Dauer meines Lebens.

»Weißt du, Klaus«, sagte er später, als wir uns wieder auf

dem Rückweg befanden, »eine Heimat zu haben, ist wichtig.« Er blieb stehen, das weiß ich noch, und vollzog mit seiner rechten Hand einen Kreis, der das Land um uns einzuschließen schien. »Wo immer du hingehst, du wirst diese Bilder mitnehmen, auch den Anblick und die Gerüche der Dörfer, das Läuten der Glocken und – ja, auch die immer noch zerstörte Stadt, die im Lauf der Zeit wieder ein Gesicht bekommen wird. Wenn nicht ihr altes Gesicht, dann doch eines, das dem alten Gesicht verwandt sein wird. Hoffentlich.«

Erst später, als ich viel unterwegs war, habe ich begriffen, was er mit Heimat meinte. Gesichter, Stimmen, Gerüche, die schon immer da waren. Etwas gleich Bleibendes, Beruhigendes. Ein Band, das alles zusammenhält, was sich in einem Leben ereignet – Anfang und Ende.

Wir fanden auf dieser Wanderung viele Pilze im Wald. Mein Vater kannte sich gut aus, und so zogen wir unsere Hemden aus, knoteten die Ärmel zu und sammelten, was sich uns bot. Abends bekamen die Feriengäste, die meinem Vater vertrauten, eine würzige Pilzzulage zu dem damals immer noch bescheidenen Abendessen.

Wir schwammen im See. Einmal überquerten wir ihn sogar, begleitet von zwei Kähnen. Am anderen Ufer gab es eine kleine Konditorei, die noch nicht viel anzubieten hatte: ein paar Stücke Obstkuchen, dazu Kaffee, der zum Teil aus richtigen Bohnen gebraut war.

Ich fühlte mich geborgen damals, geborgen und ernst genommen. Mein Vater war wie ein älterer Freund – im Unterschied zu anderen Freunden aber war er absolut zuverlässig. Nie habe ich ihn aufgeregt oder erzürnt erlebt. Mit ihm zusammen ließ sich jedes Problem lösen. Angst vor einer Klassenarbeit oder Prüfung? »Komm, wir reden darüber.« Und wenn wir das getan hatten, wenn wir alles erwogen hatten, was in diesem Zusammenhang wichtig war – meine Kenntnisse, die Art des Stoffes, der zu beherrschen war, der Anspruch, der gestellt wurde, meine ganz persönlichen Schwächen –, dann ging die Angst weg. Sie verschwand. Was übrig blieb, waren allenfalls eine gewisse Spannung und Wachheit.

Während ich hier sitze, dem leisen Klavierspiel lausche, das aus den Lautsprechern tönt, die Goldberg-Variationen von Bach, wird mir klar, dass ich seine Art, mit mir umzugehen, mich an seinem Fühlen und Denken teilhaben zu lassen, später auch in anderen Menschen gesucht habe. Auch in Jochen König? Oder in Florian Kepler? Sicher in Florian. Als wir uns zum ersten Mal trafen, schien der so genau zu wissen, was er wollte und was für ihn wichtig war.

Hatte nicht auch Florian in dem, was er über ein gutes Publikum sagte, ein Bekenntnis zu seiner Heimat abgelegt? Und Jochen? Was suchte der auf seinen Bergtouren und bei seinen Klettereien? Sich selbst, sage ich mir, seine eigene Fähigkeit, Schwierigkeiten und Ängste zu überwinden. Das hätte er auch auf andere Weise tun können. Aber er suchte die Berge, die Natur, die Einsamkeit oder das eher wortkarge Einvernehmen zwischen Freunden. Auch eine Art Heimat.

Von beiden, von Florian und von Jochen, habe ich etwas erwartet, das ein Leben lang gelten würde. Freundschaft, Geben und Nehmen – etwas, das ich von meinem Vater, von Ludwig Mosbacher, erfahren hatte und nun mit anderen wieder finden wollte.

Aber genügt diese Erklärung? Ist diese Sehnsucht nach Harmonie und Einverständnis wirklich schon alles, was mich mit Florian und Jochen verband und was mich heute oder gerade heute in einer späteren Lebensphase veranlasst, nach den Spuren meiner Freunde zu suchen? Ich weiß es nicht. Habe ich dadurch, dass ich nun so viel mehr über Jochens Schicksal weiß als noch vor einigen Monaten, viel gewonnen? Etwas, das ich mitnehmen könnte in die Zukunft? Ist ein Versprechen allein dadurch, dass es einmal wie Wetterleuchten den Horizont meines Lebens erhellte, kostbar? Auch wenn es sich nie erfüllte? Ich weiß es nicht, und ich will mich für eine Zeit lang auch von diesen Erinnerungen lösen und mich ganz auf die Gegenwart beschränken. Ist sie nicht aufregend genug? Fangen wir nicht wieder neu an in Deutschland? Wir haben eine zweite Chance bekommen. Haben wir sie uns verdient? Was werden wir daraus machen?

Das letzte Stück aus den Goldberg-Variationen erklingt. Ich stehe auf und greife nach der Fernsteuerung, drehe die Lautstärke ein wenig höher. Quodlibet – was gefällt. Diese letzte Nummer ist eigentlich keine Variation mehr, es ist ein freies Ausschreiten, ein heiterer Beschluss, in dem das Thema des Anfangs nur noch als Erinnerung enthalten ist.

Ich will diese Musik beherzigen und es eine Weile bei dieser Einsicht bewenden lassen.

So vergehen Tage, Wochen. Der Sommer zieht ins Land und bricht nach einem Aufenthalt, der mir in diesem Jahr kurz vorkommt, seine Zelte wieder ab. Zwischendurch höre ich von Peter Waldstetten, mit dem mich inzwischen ein vertrauteres Verhältnis verbindet. Seine Versuche, im Internet Hinweise auf die Familie Kepler zu finden, seien bisher erfolglos geblieben, aber er bleibe am Ball. So eine Suche könne lange dauern, wenn sie denn überhaupt zu einem Ergebnis führe.

Auch mit dem Plan, eine Kepler-Edition vorzubereiten, sind wir nicht viel weiter gekommen. Immerhin: Eine japanische Firma wäre interessiert, so etwas zu unternehmen, wenn das noch vorhandene, aber bisher nicht geprüfte Material so gut sei wie die vorliegenden Aufnahmen.

Diese gelegentlichen Kontakte mit Peter Waldstetten, der mich auch einmal in meiner Münchner Wohnung besucht, sind kurze Hinweise darauf, dass wir noch etwas aufklären und erledigen wollen. Sie wecken meine Anteilnahme, aber jeweils nur für kurze Zeit. Fast scheint es, als hätten sich meine Erinnerungen totgelaufen. Gelegentlich habe ich mich gefragt, ob die Vergangenheit, wie immer sie gewesen sein mag, was immer sich in ihr ereignet haben sollte, in ihrer Bedeutung für unsere Gegenwart und für die Zukunft nicht überschätzt wird. Vielleicht, denke ich, bin ich ein typisches Kind meiner Generation, dem das ritualisierte Gedenken an den Krieg und an all die Katastrophen und Untergänge, die er mit sich brachte und nach sich zog, zur Gewohnheit, ja, zu einem Bedürfnis geworden ist. Bieten denn die Erinnerungen – Franziska und ich sprachen neulich darüber, als wir an einem Freitagabend bei Alberto saßen – irgendeine praktisch brauchbare Anleitung für das, was heute zu tun ist?

Franziska behauptete, ja, das sei so. Ich bestritt das, ohne freilich den Zusammenhang zwischen begangenen Fehlern und Versäumnissen einerseits und späteren Korrekturen andererseits ganz zu leugnen. Aber das, so meinte ich, wisse ohnehin jedes Kind.

»Aber unsere Erinnerungen gehen doch weit über diesen einfachen Zusammenhang hinaus«, rief ich, als wir dieses Thema erörterten. »Wir in Deutschland sind geradezu vergangenheitssüchtig, und unser Leben, besonders unser politisches Leben, ist vergangenheitslastig.«

Franziska sagte nichts, also benutzte ich stärkere Bilder. Das Gravitationsfeld unserer Vergangenheit sei so stark, dass neue Gedanken, in die Zukunft weisende Ideen, sich nicht daraus entfernen könnten.

»Unsere Vergangenheit ist wie ein schwarzes Loch, aus dem selbst Lichtstrahlen nicht mehr entweichen können«, ereiferte ich mich.

Ich benutzte diesen astronomischen Vergleich, um Franziska, die sich für Astronomie interessiert, die Einseitigkeit unserer Orientierung zu verdeutlichen. »Wir müssen einmal aufhören, unsere Vergangenheit zu durchwühlen und die im Erinnerungsschutt begrabenen Lebensrelikte zu musealisieren.«

An dieser Stelle reagierte Franziska ironisch. »Welch ein Sinneswandel«, sagte sie. »Ich kenne niemanden, der so inbrünstig in seinem eigenen Leben herumgestochert hat wie du – und jetzt soll das alles nichts bedeuten? Warum? Ist bisher nichts dabei herausgekommen?«

»Nicht viel«, gab ich zu.

»Woran hat es gelegen?«

Das wusste ich eben nicht. »Es ist schwer, das Vergangene überhaupt zu erschließen«, sagte ich endlich. »Zwischen damals und heute liegt so viel. Wir sind andere Menschen geworden. Wenn wir etwas lange Zurückliegendes wirklich noch einmal nachempfinden wollten, müssten wir uns in die Personen von damals zurückverwandeln.«

Franziska konnte mit meiner Verzagtheit nichts anfangen. Sie schüttelte fast unmerklich den Kopf, während sie mit ihrem Besteck hantierte.

Vielleicht hält sie mich für einen hoffnungslosen Fall? Aber sie hat gut reden, dachte ich. Immerhin hat sie ihren Herrn Späth, mit dem sie sich in letzter Zeit wieder besser zu verstehen scheint. Jedenfalls verbringen die beiden fast jedes Wochenende miteinander. Und wenn wir uns heute Abend trennen und sie hinüber in die Amalienstraße geht, während ich über den Opernplatz dem Tal zustrebe, dann wartet auf sie ein Wochenende, das sie mit Wolfgang Späth teilt, auf welche Weise auch immer, darüber denke ich nicht nach. Ich hingegen bin allein und werde einsamer, je älter ich werde.

»Gehen wir?«, fragte Franziska.

Ich winkte Alberto, der immer so tut, als sei unser Besuch ihm heute besonders wichtig gewesen.

»Schön, dass Sie heute Abend meine Gäste waren«, sagte er, nachdem ich bezahlt hatte, und zeigte uns beim Lächeln seine weißen Zahnreihen.

»Ob das Natur ist?«, fragte ich Franziska beim Verlassen des Lokals, »oder bleicht er seine Zähne, so wie du?«

Sie klopfte mir begütigend auf den Rücken. Offenbar verstand sie meine leise Gereiztheit.

Später frage ich mich, ob meine Suche nach Florians Spuren damit zu tun hat, dass mir in der Gegenwart etwas Entscheidendes fehlt. Gewiss, ich habe meinen Beruf, meine Praxis, meine Patienten. Während der Woche bin ich ausgelastet, manchmal sogar zufrieden mit dem, was ich, was wir, geleistet haben. Aber daneben?

Vielleicht hat Anton eine ähnliche Phase durchlaufen, denn zu Hause auf meinem Telefonbeantworter finde ich heute eine Nachricht von ihm. Ich solle ihn doch bitte anrufen, auch, wenn es spät würde.

»Nicht gut«, beantwortet er meine Frage nach seinem Befinden.

Irgendetwas hat sich verändert, spüre ich. Er muss einen Grund dafür haben, dass er jetzt, nach Monaten des Schweigens, wieder von sich hören lässt.

»Geht es dir schon längere Zeit nicht gut?«, frage ich. Direkter will ich auf sein Verhalten nicht eingehen.

»Schon länger, ja«, antwortet er und seufzt.

Dann fragt er mich unvermittelt, ob ich ihn nicht in Wien besuchen könnte, am liebsten jetzt am Wochenende.

Die Frage überrascht mich, sodass ich einige Sekunden lang schweige.

»Was ist?«, höre ich Anton fragen. »Bist du noch da?«

»Du hast so lange nichts von dir hören lassen«, versuche ich zu erklären.

Jetzt schweigt Anton, allerdings, so scheint es mir, nicht aus Überraschung, sondern aus Verlegenheit.

»Ich habe dieses Wochenende schon verplant«, sage ich, um Zeit zu gewinnen, und frage, ob ich in einer halben Stunde zurückrufen könne.

»Du musst nicht lange bleiben«, sagt Anton kleinlaut. »Ein Tag würde schon genügen. Ich wäre dir wirklich dankbar.«

Ich bin nun doch gefahren, trotz meines anfänglichen Widerwillens. Der Gedanke, dass ein besonderer Umstand eingetreten sein müsse, der Anton zu dieser Änderung seines Verhaltens bewog, hat den Ausschlag gegeben.

Es ist Samstag. Mittagszeit. Ich bin am Morgen von München nach Wien geflogen, habe mir ein Auto geliehen und bin nach Klosterneuburg gefahren. Es ist ein schöner warmer Herbsttag, fast noch ein Spätsommertag, obwohl wir bereits Ende Oktober schreiben. Der Wienerwald leuchtet in warmen herbstlichen Farben, rostrot, braun und gelb. Dazwischen sieht man das dunkle Grün der Schwarzföhren. Ich finde den Weg zum Wohnheim auf Anhieb, fahre durch das große Tor auf den Gästeparkplatz und spaziere auf dem breiten, von Kastanienbäumen umstandenen Kiesweg zum Haupteingang des Gebäudes. Noch nicht einmal ein halbes Jahr ist es her, dass Anton und ich hier entlangspaziert sind und uns ein paar hundert Meter südlich von hier auf einer Bank niederließen. Damals erzählte ich ihm von meiner Begegnung mit Florian Kepler.

Heute sind etliche Spaziergänger unterwegs, aber Anton ist nicht unter ihnen, obwohl er weiß, dass ich um die Mittagszeit eintreffen würde.

Die Dame an der Rezeption des Wohnheims, Frau Schwitters, scheint zu wissen, dass ich erwartet werde. Jedenfalls lächelt sie und erhebt sich hinter ihrem Empfangstisch. »Herr Muxeneder wartet schon auf Sie. Darf ich Sie zu ihm bringen?«

»Nicht nötig«, sage ich, »ich kenne mich aus.«

»Herr Muxeneder ist nicht in seiner Wohnung«, erläutert sie. »Im Augenblick nicht«, fügt sie hinzu, als ich stutze. »Der Arzt hat ihm einige Tage Bettruhe verordnet. Er liegt auf der Station.«

Während wir durch einen langen Korridor gehen, erzählt mir Frau Schwitters, die den Ein- und Ausgang der Heimbewohner und ihrer Gäste überwacht, was vorgefallen ist.

»Ein Schwächeanfall«, sagt sie. »Schon vor einer Woche.«

»In seiner Wohnung?«, frage ich.

»Nein, er ist bei einem Spaziergang in der Stadt plötzlich umgefallen. Gott sei Dank waren gleich Passanten da. In ein paar Minuten war er im Spital.«

»Was fehlt ihm?«, frage ich.

»Das wird er Ihnen sicher selbst sagen. Jedenfalls muss

er nächste Woche noch einmal ins Spital. Er ist nur zum Wochenende entlassen worden.«

Wir biegen um eine Ecke, treten durch eine weißlackierte Tür mit einem Fenster aus Milchglas und werden auf der anderen Seite von einer Krankenschwester in Empfang genommen.

»Das ist Schwester Rosa«, sagt Frau Schwitters. »Schwester Rosa, der Herr Doktor Mosbacher aus München. Er kommt zum Herrn Muxeneder.«

Offenbar weiß auch Schwester Rosa bereits von meinem Besuch, denn sie nickt zustimmend und begrüßt mich mit Handschlag, während Frau Schwitters es plötzlich eilig zu haben scheint, wieder an ihren Empfangstisch zurückzukehren.

»Ich muss schauen, dass mir niemand ungebeten ins Haus kommt«, sagt sie und verschwindet durch die weißlackierte Tür.

Schwester Rosa ist klein, rund, trägt flache Absätze und hat ihr graues Haar hinter ihrem Schwesternhäubchen zu einem straffen Dutt verflochten. Ihre Tracht riecht nach frisch gebügeltem Leinen.

»Sie werden schon erwartet«, sagt sie und sieht mich dabei prüfend an. Ein Lächeln breitet sich auf ihrem runden Gesicht aus und erzeugt in den Augenwinkeln Bündel kleiner Falten. »Der Herr Muxeneder ist ein ungeduldiger Mensch, er hat g'meint, Sie würden schon früher hier sein. Kommen'S mit mir.«

Sie geht voran, mit entschiedenen Schritten. Etwas robust gut Gelauntes geht von ihr aus. Sie klopft nur kurz an die Tür eines Krankenzimmers, drückt die Klinke herunter und tritt ein – ohne sich vorher zu vergewissern, ob der Insasse auch bereit ist, seinen Gast zu empfangen. »So, da ist der Herr Doktor Mosbacher«, sagt sie und lässt mich eintreten, »jetzt geben'S a Ruh.«

Anton sitzt in einem hohen Lehnstuhl am Fenster, nur mit einem Morgenmantel aus dunkelblauer Seide bekleidet. Er sieht blass aus. Seine Füße stecken in Pantoffeln. Er erhebt sich etwas mühsam und bedankt sich bei der Schwester.

»Wenn'S was braucht, meldet's euch«, sagt Schwester Rosa und zieht sich zurück.

Anton hält meine Hand und sieht mich an. Resignation, aber auch so etwas wie Erleichterung spiegeln sich in seinen blassen Zügen.

»Klaus«, sagt er. Dann setzt er sich wieder und bietet mir mit einer Handbewegung den Sessel gegenüber seinem eigenen Lehnstuhl an. »Das war nett von dir, einfach zu kommen. Ich weiß, es war ein wenig kurz anberaumt, und ich entschuldige mich dafür.«

Nun sitzen wir uns gegenüber und schweigen. Beide wissen wir, dass es einige wichtige Dinge zu besprechen gibt. Im Augenblick weiß keiner von uns, womit wir anfangen sollen.

»Was fehlt dir, Anton?«, frage ich schließlich. »Bist du krank?«

Immerhin bin ich Arzt, und Muxeneders Aufenthalt auf der Krankenstation seines Wohnheims muss ja einen Grund haben.

Er schweigt.

»Nichts Ernstes, hoffe ich?«

»Ich weiß es nicht. In meinem Alter ist schnell einmal etwas ernst«, sagt Anton. »Nächste Woche erfolgt eine genaue Untersuchung.«

Er spricht mit matter, eintöniger Stimme. Entweder leidet er an einer Depression oder ihm fehlt etwas anderes. Seine Blässe ist recht auffällig.

Er errät meine Gedanken. »Ich habe zu wenig Blut«, teilt er mit. »Mein Blutbild ist ganz durcheinander, so viel weiß ich schon, aber was dahintersteckt …«

Er hebt die Schultern und lässt sie langsam wieder sinken. Überhaupt tut er alles im Zeitlupentempo, finde ich.

»Wer weiß.« Er betrachtet seine Pantoffeln und schaut mich dann an: »Wer weiß, wohin das alles führt.«

Ich frage ihn nach seinem Schwächeanfall, und er schildert mir die Einzelheiten.

»Weiß vor Augen ist mir geworden, und so ein Summen habe ich gehört, das immer stärker wurde, und dann bin ich auf dem Trottoir gelegen.«

»Ein Herzinfarkt?«

»Nein, auch kein Schlaganfall. Gott sei Dank.«

Aber er scheint zu wissen, dass ihm etwas Ernsthaftes fehlt. Vielleicht ist es auch nur eine Ahnung. »Durch die Blutarmut leide ich an einer Unterversorgung mit Sauerstoff, hat mir der Arzt im Spital erklärt. Jetzt geht es mir schon ein wenig besser – jetzt nach zwei Blutkonserven.«

»Soll ich etwas tun?«, frage ich. »Ich könnte mit dem Arzt, der die Untersuchungen leitet, Kontakt aufnehmen.«

»Später vielleicht. Jetzt nicht.«

»Hatte dein Anruf mit deiner Krankheit zu tun?«

»Indirekt schon. Du warst bei Helene?«

»Ja. Und bei den Waldstettens. Bei Lydia.«

Anton starrt vor sich hin. »Ich habe mich gesträubt«, sagt er dann. »Wir haben uns gut verstanden, aber warum sollte ich mein ganzes Leben vor dir ausbreiten.« Seine Stimme gewinnt an Entschiedenheit. »Das würdest du ja mit mir auch nicht tun.«

Ich will ihm widersprechen und ihm sagen, dass ich ihm sehr viel erzählt habe, aber Anton unterbricht mich. Offenbar will er den unangenehmen Teil der Unterhaltung schnell hinter sich bringen.

»Ich spüre, dass meine Gesundheit …«, beginnt er. »Ich meine, ich bin diesmal wirklich krank. Und in meinem Alter muss man mit allem rechnen.« Er zieht ein sorgfältig gefaltetes Taschentuch aus der Brusttasche seines Morgenmantels und betupft sich damit die Stirn. Dann sieht er mich an. »Die Geschichte mit Hans-Peter kennst du schon«, stellt er fest. Oder ist es eine Frage?

»Helene hat mir sehr viel über Jochen erzählt«, sage ich.

»Dass er dein Sohn und nicht dein Neffe war, habe ich auf Umwegen erfahren, über meine Assistentin Franziska Späth, die eine Schulfreundin von Lydia ist.«

»Habe ich mir gedacht.«

»Aber wer war Jochens Mutter?«

»Eine junge Frau aus einer guten Wiener Familie.«

»Und wie hieß sie?«

»Forster.« Er lächelt etwas gequält. »Den Namen kennst du doch? Wir haben doch schon über Anna Forster gesprochen und über ihren Vater, den Augenarzt.«

»Anna?«, frage ich ungläubig. »Anna Forster soll die Mutter von Jochen König sein?«

Anton hat sich vor diesem Gespräch gefürchtet, aber jetzt scheint er eine geheime Genugtuung über meine Verblüffung zu empfinden. Sein Blick ist plötzlich spöttisch geworden, hinzu kommt etwas Lauerndes.

»Was wäre daran so außergewöhnlich?«, fragt er.

»Sie muss sehr jung gewesen sein«, antworte ich.

»Na und?«

»Und später hat sie dann Florian Kepler geheiratet?«

Wieder schaut mich Anton spöttisch an. Er ist bereit, sein Geheimnis preiszugeben, aber vielleicht will er mich dabei der Heuchelei überführen.

»Wusste Florian davon?«

»Alle Beteiligten wussten davon, auch dein Florian.« Er trinkt einen Schluck Wasser. »Willst du etwas, einen Kaffee vielleicht?«

»Später.«

»Es war nicht Anna Forster«, sagt Anton. »Anna hatte eine ältere Schwester. Almut. Die war es.«

Ich hatte nie von einer Almut Forster gehört. Aber wer hätte mir auch von dieser Frau erzählen sollen?

»Almut war die Älteste«, erläutert Anton. »Dann kam Anna und danach noch ein jüngerer Bruder.«

»Und wie alt war diese Schwester, als sie Jochen bekam?«

»Sie war gerade achtzehn Jahre alt geworden. Im Herbst 1932 brachte sie das Kind zur Welt. Forster hat sie nach Breslau zu einem Kollegen geschickt, zu einem Geburtshelfer, der Almut schon im siebten Monat in seine Obhut nahm. Damals hat man ihr kaum etwas angesehen. Sie war einfach weg, zu einer mehrmonatigen Ausbildung. Die Forsters haben das sehr diskret behandelt. Doktor Magnus hieß der Geburtshelfer, ein Jude, der eine Privatklinik leitete.«

»Und dann?«

»Ich hatte schon vor der Geburt des Kindes mit Helene und ihrem Mann gesprochen. Sie waren bereit, das Kind als ihr eigenes auszugeben – und so wurde es auch im Geburtenregister der Stadt Wien festgehalten. Hans-Peter König, leibliches Kind der Helene König und ihres Ehemannes Ferdinand König aus Wien.«

»Was passierte dann mit Anna?«

Anton blickt erstaunt. »Was soll mit ihr passiert sein – nichts.«

»Und dein Heiratsantrag, die Verstimmung über ihr Spiel mit deinem Namen?«

»Ich habe Anna nie einen Antrag gemacht. Nach der Geschichte mit Almut war ich im Hause Forster eine unerwünschte Person. Durch meinen Beruf hatte ich immer noch lose Kontakte zu den Forsters, aber an ein engeres Verhältnis war überhaupt nicht mehr zu denken.«

»Aber du hattest Kontakt mit Anna?«

»Später, ja. Aber nur, weil Anna meinte, ich dürfe nicht ganz aus dem Gesichtskreis der Familie verschwinden.«

»Und das Spiel mit den Namen?«

»Das war eine reine Wortspielerei, nicht dazu angetan, jemanden zu kränken – auch mich nicht.«

»Warum hast du Almut Forster nicht geheiratet, dich zu deinem Kind bekannt, wäre das nicht eine Lösung gewesen?«

Anton schweigt. Er sitzt in seinem Lehnstuhl mit vornüber

geneigtem Kopf und rührt sich nicht. Fast sieht es so aus, als sei er eingeschlafen.

»Warum nicht?«, frage ich noch einmal und bemühe mich, teilnehmend zu klingen.

Anton rührt sich nicht. Dann hebt er seinen Kopf ganz unmerklich. »Ich wollte ja«, sagt er leise.

»Und Almut?«

»Sie war unentschlossen. Wir waren beide noch so jung. Forster war streng dagegen. Die Sache durfte nicht publik werden. Das hätte ihm geschadet.«

»Trotzdem – es war doch dein Kind. Euer Kind.«

»Er hat mir gedroht. Ich hatte erst vor Kurzem als Volontär bei der ›Neuen Freien Presse‹ angefangen. Ich hätte meine Stelle verloren.«

Wieder entsteht eine Pause.

»Almut war todunglücklich, als sie sich von ihrem Kind trennen musste, aber sie hatte Angst vor ihrem Vater. Alle hatten Angst vor dem Alten.«

»Ich verstehe.« Ich sage das, obwohl ich überhaupt nichts verstehe. Emotional jedenfalls habe ich keinen Zugang zu dem, was mir Anton da eben berichtet hat. Dennoch wiederhole ich: »Ich verstehe. Du hattest Angst, deine Stellung zu verlieren. Forster sorgte sich um seine Karriere, und Almut hatte nicht die Kraft, sich durchzusetzen.«

»Was hätte sie auch tun sollen?« Anton klingt etwas aufgebracht. »Sie hat ein Mädchengymnasium besucht und wollte eine Haushaltsschule absolvieren. Übrigens hier ganz in der Nähe. Außerdem war sie Halbjüdin. Ihr Vater war strikt dagegen, dass sie sich auf eigene Faust irgendwo bewirbt. Am Ende fanden alle die Lösung mit Helene und Ferdinand König akzeptabel.«

»Und dafür hast du Forster gehasst?«

»Dafür habe ich mich später gerächt. Aber das weißt du ja.«

»Und Almut? Was ist aus Almut geworden?«

Natürlich hat Anton mit dieser Frage gerechnet, aber es scheint ihm schwer zu fallen, darauf zu antworten. Immer wieder holt er Luft und setzt zum Sprechen an. »Almut«, sagt er dann und schweigt wieder. »Ja, die Almut.« Dann rafft er sich zu einer längeren Mitteilung auf. Ich sehe es daran, dass er sich ein wenig aufrichtet. »Ein trauriges Kapitel«, sagt Muxeneder und dabei steigen ihm die Tränen in die Augen. Er sackt wieder ein wenig in sich zusammen. »Sie hat sich von ihrer Familie getrennt, noch vor 1938. Ihren Unterhalt hat sie sich als Haushaltshilfe verdient, zunächst in jüdischen Familien. Dann, als die Juden peu à peu verschwanden oder enteignet wurden, hat Ferdinand König sie ins Haus genommen. Zwei Jahre hat sie bei den Königs gearbeitet und war ihrem Kind dabei ganz nahe. Ihre schlimmste Zeit, weil sie immer damit rechnen musste, als Jüdin entlarvt zu werden – und gleichzeitig ihre schönste Zeit, weil sie sich täglich um Jochen kümmern konnte.« Er schweigt. Dann sagt er leise: »Und dieser Zwiespalt hat sie schließlich umgebracht.«

Jetzt verzieht sich Antons Gesicht. Seine Mundwinkel zucken, und die Tränen fließen reichlich über seine bleichen Wangen.

»Aber sie war bei den Königs doch gut aufgehoben?«

»Ihre Eltern wurden enteignet, ihnen wurde eine miese Behausung zugewiesen, das habe ich dir ja schon erzählt – du erinnerst dich?«

»Ja, damals im Stubenring.«

»Almut versuchte, ihren Eltern zu helfen. Sie brachte ihnen etwas zu essen, Kleidungsstücke, die die Königs nicht mehr brauchten, Kleinigkeiten halt. Dabei wurde sie gesehen. Jemand hat sie denunziert, und die Gestapo fing an, sich für sie zu interessieren. Sie wurde zum Verhör bestellt. Das war im Sommer 1943. Und aus Angst um die Königs und um Jochen, den sie um nichts in der Welt gefährden wollte, hat sie sich umgebracht.«

Anton nimmt sein Taschentuch aus der Brusttasche seines Morgenmantels und hält es sich vor das Gesicht. Dann schnäuzt er sich und steckt das Tuch wieder ein. »Ja, Klaus, so war das. Mein erster Versuch, eine Frau zu lieben und eine Familie zu gründen. Keine sehr ermutigende Bilanz, wirst du zugeben.«

Es klingt anders in Antons Erinnerung als in Franziskas lakonischer Mitteilung.

»Der zweite Versuch endete ebenfalls mit einem Fiasko – auch das weißt du. Und dann«, er schüttelt den Kopf, »dann habe ich es tatsächlich noch ein drittes Mal versucht.«

»Lydia?«

Er nickt und wirkt dabei, als trüge er eine Last.

»Sie kam als Volontärin zu uns, Praktikantin, würde man bei euch sagen. Ich hatte ja keine Ahnung, dass zwischen ihr und dem Buben mehr bestand als eine Studentenfreundschaft. So ähnlich hat es mir der Bub dargestellt.« Er seufzt. »Vielleicht wollte ich es auch gar nicht wissen. Oder ich hab's weggeschoben, verdrängt. Der Jochen war ja auch noch viel zu jung zum Heiraten.« Wieder schüttelt er den Kopf, aber jetzt sieht er mich dabei an. Flehentlich. »Wenn ich geahnt hätte, was ich da anrichte ...« Er muss den Satz unterbrechen, weil ihm die Stimme versagt, aber dann fasst er sich und holt etwas weiter aus. »Vielleicht war es wirklich ein Wunschtraum. Nenn mich unkritisch oder egozentrisch ...« Wieder der flehentliche Blick. »Aber ich habe mir das so zurechtgelegt. Lydia war jung, zu jung vielleicht, hübsch, gescheit und an der Welt interessiert, der ich damals angehörte. Sie strebte hinein in diese Welt. Aber sie brauchte Führung, jemanden, der diese Welt bereits kannte, der aufpasste, dass sie sich nicht verliefe, nicht zu Schaden käme. Und dieser Mensch wollte ich sein, Klaus. Ans Heiraten habe ich dabei zunächst gar nicht gedacht. Erst später, als wir uns näher kennenlernten. Heute ist mir klar, dass ich dabei noch auf etwas anderes hoffte.«

»Du wolltest Jochen näher an dich heranziehen?«

»Ja«, sagt er mit tonloser Stimme. Wieder muss er sich einen Augenblick lang sammeln, bevor er weitersprechen kann. »Ich hatte eine vage Vorstellung von einer Familie, zu der Lydia und Jochen gehören würden … Und wer weiß, vielleicht würden wir später noch ein Kind zusammen haben – Lydia und ich. So etwas hatte ich gehofft.« Er umklammert mit den Händen die Armstützen seines Lehnstuhls. »Und dann das!« Wieder steigen ihm Tränen in die Augen, und er muss sein Taschentuch zu Hilfe nehmen, um sein Gesicht zu trocknen. »Wieder ein Toter«, sagt er leise. »Immer, wenn ich jemanden geliebt habe, wenn daraus etwas werden sollte, eine Familie oder auch nur eine Gemeinschaft, dann gab es Tote.«

Diese letzten Worte sind in einem tonlosen Schluchzen untergegangen, das seinen ganzen Körper erschüttert. Er tut mir leid. Wie war es nun wirklich, frage ich mich und denke zurück an Helene König und an Lydia Caspari. Wir erinnern uns nicht an das, was geschehen ist, sondern an das, was wir dabei empfunden haben. Oder ist es anders? Verändern sich unsere Erinnerungen? Jeden Tag um ein kleines Stück, bis sie eine Gestalt angenommen haben, die wir als erträglich empfinden? Jedenfalls leidet Anton. Er ist krank, er will reinen Tisch machen, solange er sich dazu in der Lage fühlt. Vielleicht weiß er, dass er nicht mehr lange leben wird.

Ich stehe auf, trete hinter ihn und lege ihm meine Hände auf die Schultern. »Beruhige dich, Anton«, sage ich. »Es ist gut, dass du dich öffnest, dass du selbst hineinblickst in das Leben, das du geführt hast.«

Er lehnt sich zurück, lässt es zu, dass ich seine Schultern festhalte, stützt sogar seinen Kopf gegen meinen rechten Arm, als suche er dort Schutz. Ab und zu sage ich etwas. Nichts Besonderes. Ein freundliches Wort, etwas Tröstliches. Auch ich hätte erkennen müssen, dass ich allein bleiben würde, obwohl mir das niemand in die Wiege gelegt hatte, denke ich.

»Ich weiß, so etwas tut weh, aber wir kommen darüber

hinweg«, höre ich mich sagen. Ich muss gar nicht deutlicher werden. Ich bin sicher, dass Anton weiß, woher bei mir der Wind weht.

Er beruhigt sich. Dann entschuldigt er sich.

»Wofür?«, frage ich. »Dafür, dass du Gefühle gezeigt hast? Dass du kein gefühlloser Klotz bist, weiß ich schon lange. Jetzt hast du eben einmal etwas von deinem Inneren gezeigt.« Diese Redensarten gehen mir leicht von den Lippen. Ich bin schließlich Arzt. So ähnlich rede ich fast täglich mit irgendeinem Patienten. Bis zu einem gewissen Grad ist das Routine, Handwerk. Aber wie ich dieses Handwerk einsetze, das ist doch das Entscheidende. Bei Anton geschieht es ohne viel Nachdenken. Ich glaube ihm seine Geschichte. Er leidet, und ich will ihn trösten.

Ich lasse seine Schultern los und trete vor ihn hin, beuge mich zu ihm. Ein Anflug von Verlegenheit breitet sich auf seinem Gesicht aus.

»Anton«, sage ich, »du wolltest doch, dass ich komme. Du wolltest mir etwas sagen, stimmt's?«

Er nickt.

»Na also. Nun hast du es getan. Das ist jetzt wichtig für dich. Wichtig auch für deinen Körper, wichtig fürs Gesundwerden.«

Ich rede ihm zu, erwähne auch, dass ich ihm dankbar bin.

»Wofür?«, fragt Anton.

»Dass du so offen mit mir warst. Du hast mir vertraut – nach einigem Zögern. Dafür bin ich dir dankbar.«

Erst, als ich das gesagt habe, wird Anton wieder die Person, als die ich ihn kenne. Nur ein wenig blass und müde wirkt er immer noch.

»Willst du dich ein wenig ausruhen?«, frage ich. »Das war anstrengend. Solche Gespräche haben es in sich.«

Er sagt nichts, aber ich merke ihm eine gewisse Entspannung an, Müdigkeit, die zugleich Erleichterung ist.

»Die Sammlung«, sagt er auf einmal und richtete sich in

seinem Sessel auf. »Glaubst du, dass Waldstetten sie übernehmen kann?«

»Ganz bestimmt«, antworte ich, obwohl ich mit Waldstetten nur die grundsätzlichen Fragen besprochen habe. »Wenn du uns einen Auftrag gibst, machen wir das, Waldstetten und ich.«

Er nickt. »Bitte«, sagt er. Dann steht er auf. Er ist wacklig auf den Beinen und muss sich einen Augenblick lang an der Lehne seines Sessels festhalten, bevor er ein paar Schritte zu seinem Kleiderschrank geht, die Tür öffnet und einen Gegenstand aus der Tasche einer Jacke nimmt, die dort hängt.

»Der Schlüssel für den Stubenring«, sagt er. Und dann lächelt er, als freue er sich, mir auch etwas Positives sagen zu können. »Die Aufnahmen von Kepler sind jetzt alle auf CDs.«

Ich kenne ihn und höre den Stolz heraus, der in dieser Ankündigung mitschwingt.

»Das ist ja fabelhaft, Anton.«

Nun strahlt er fast. »Fahre in den Stubenring und hole sie dir«, sagt er und schließt dabei die Schranktür. Sie quietscht leise. Dann überreicht er mir den Schlüssel.

»Und du? Ruhst du dich jetzt ein wenig aus?«, frage ich.

Anton reagiert nicht auf diese Frage, die zugleich eine Aufforderung ist oder ein ärztlicher Rat. Er bleibt stehen und sieht mich an. Ich trete auf ihn zu und umarme ihn. Erst später fällt mir ein, dass ich das noch nie getan habe.

Wir wissen beide, dass dies ein kurzer Besuch bleiben muss.

»Gib mir Bescheid, wie es mit dir weitergeht«, mahne ich zum Abschied.

Anton verspricht es. Er kommt sogar noch mit hinaus auf den Flur und begleitet mich bis zu der weißlackierten Tür mit der Milchglasscheibe. Aus einem der Krankenzimmer hören wir Schwester Rosas energische Stimme.

»Danke, Klaus«, sagt Anton.

Ich drücke seinen Arm und öffne die Tür. Dann nicke ich ihm noch einmal zu, bevor ich hindurchtrete und die Tür von der anderen Seite langsam schließe.

»Für alles«, höre ich Anton noch sagen, bevor die Tür ins Schloss fällt und uns trennt.

Eine Stunde später sitze ich in Antons Tonstudio im Stubenring. Es ist Nachmittag. Ein paar Sonnenstrahlen stehlen sich durch die Fenster, lassen die bunten Jugendstilornamente aufleuchten und werfen farbige Reflexe an die Decke und an die hellen Wände, wie damals, als ich zum ersten Mal hier war und meinte, mich an einem mir unbekannten Ort zu befinden und durch einen seltsamen Zufall in ein fremdes Leben geraten zu sein. Wieder sitze ich in dem tiefen Sessel, der so aufgestellt ist, dass man sich im Brennpunkt der Schallwellen befindet, die aus den kleinen, im Raum verteilten Lautsprechern strömen. Ich höre eine der CDs, die Muxeneders Freund aus Zürich, Jaroslav Svanda, von den alten Langspielplatten angefertigt hat. Die Sonate in h-Moll von Franz Liszt habe ich aufgelegt – ein Stück, das ich nie besonders gemocht habe. Warum nicht? Zu viele Noten. Es ist, als ob mit sehr vielen Worten relativ wenig gesagt wird. Florian allerdings schien, als er dieses Stück spielte, auf dem Gipfel seiner Beredsamkeit zu sein. Ich muss ihm zuhören, fast wider Willen, und was da erzählt wird, entzieht sich den herkömmlichen Ordnungen und Regeln einer Sonate. Ist es eine Ballade? Eine Fantasie? Ein musikalisch gestaltetes Leben wohl, in dem Motive, meist kurze Motive, auftauchen, an Bedeutung gewinnen, von anderen abgelöst werden, um dann viel später wieder zu erscheinen, als Erinnerungen. Als eine Art Heldenleben erscheint mir das Stück jetzt. »Sophiensäle, Wien« steht auf der Hülle der CD. Sophiensäle? Die wurden doch nur für Studioaufnahmen benutzt. Anton hat mir nie davon erzählt, dass es von Florian auch Studioaufnahmen gebe.

Zehn CDs liegen auf dem Sofatisch, sorgfältig übereinander gestapelt. Die zuunterst gelegenen sind alle als Konzertmitschnitte gekennzeichnet: Der Ort der Aufnahme ist genannt, dann das Datum, das Programm des Konzertes. Die vier zuoberst liegenden CDs tragen nur den Namen des gespielten Stückes und daneben einen Namen: »Johannes Kepler« lese ich auf einer der Hüllen. Kein Datum. Und Johannes? Ist das ein Irrtum? Ich nehme den ganzen Stapel vom Tisch und mustere jede einzelne von einer Hülle umgebene CD. Die zuunterst liegenden Konzerte sind mir alle bekannt, zumindest vom Hörensagen. Aber die vier zuoberst liegenden Hüllen? Eine von ihnen enthält die Aufnahme der Liszt-Sonate, die jetzt gerade gespielt wird, und dazu den Namen Johannes Kepler. Die nächste Hülle trägt als Aufschrift »Gaspard de la Nuit« und den Namen des Komponisten Maurice Ravel. Doch findet sich weder ein Datum noch eine Ortsangabe. Dafür steht auf der CD selbst in kleinen, fett gedruckten Buchstaben am unteren Rand der Hülle ein ganz anderer Name, der doch nichts mit der Musik zu tun hat. Nikolaus Kopernikus steht da, der Name des großen Astronomen.

Und auf der nächsten Hülle? Wieder nur das Stück und der Komponist, Paul Hindemith, Drei Sonaten (1936), und auf der CD und unten am Rande der Hülle die Bezeichnung oder der Name Tycho Brahe.

Genauso seltsam ist auch die letzte der zehn CDs beschriftet. Wenn man dem Aufdruck Glauben schenken soll, so enthält sie die Variationen über ein Thema von Johann Sebastian Bach (Werk 81) von Max Reger. Wann und wo die Aufnahme entstanden ist, wird nirgends angegeben. Auch hier gibt es ein Kennwort, das der CD aufgeprägt ist und das auch in fetten, kleinen Buchstaben am unteren Rand der Hülle steht. Galileo Galilei lese ich. Johannes Kepler, Nikolaus Kopernikus, Tycho Brahe, Galileo Galilei – was soll das? Es sind die Namen bedeutender Astronomen, die hier anstelle des Künstlernamens Florian Kepler erscheinen. Ich bin einigermaßen erstaunt und auch enttäuscht. Hätte mir Anton nicht sagen können, was es mit diesen Namen auf sich hat? Stammen sie von Florian? Ich bin nicht sicher, ob Peter Waldstetten diese Aufnahmen als authentisch akzeptieren wird – es sei denn, wir bekommen eine plausible Erklärung für diese merkwürdigen Bezeichnungen. Ich werde die CDs mitnehmen und sie mir in Ruhe anhören. Auch einen Sachverständigen sollte ich um seine Meinung bitten. Diesen Professor Steuernagel? Während ich die CD mit der Liszt-Sonate, die jetzt zu Ende ist, aus dem Player nehme, sie wieder in ihre Hülle stecke und in Antons Küche nach einem Plastiksack suche, in dem ich die Aufnahmen transportieren kann, bewegt mich ein Gedanke. War mir Florian bei unserer letzten Begegnung nicht sonderbar verändert erschienen? Kleinmütig, fast verzagt? Hatte er nicht über den Druck geklagt, unter dem er stünde? Über die Agenten, die ihn gnadenlos durch die Konzertsäle Amerikas hetzten? Hatte er Angst davor gehabt, neue Aufnahmen in den Handel zu bringen oder die entsprechenden Stücke im Konzert zu spielen, bevor er sich vergewissert hatte, dass er mit einer zustimmenden Reaktion rechnen konnte? Diese Pseudonyme – wenn es denn welche waren – hatten ja alle einen Bezug zu seinem eigenen Namen Kepler. Waren die Bezeichnungen Andeutungen von Identität, die ihn über sein eigenes Leben hinausführen sollten?

Ich finde eine geeignete Tragetasche, gehe zurück in Antons Tonstudio und verstaue die CDs. Die Erde und mit ihr die Stadt Wien, der Stubenring und die Fenster von Muxeneders Tonstudio haben sich von der Sonne weggedreht. Die Jugendstilornamente an den Fenstern wirken jetzt sonderbar stumpf. Ich schaue auf die Uhr. Es ist halb sieben. Unten auf der Straße steht mein Mietauto. Ich muss mich auf den Weg machen, um meinen Flug nach München noch zu erreichen.

Später – ich befinde mich bereits im Flughafengebäude und warte auf die Aufforderung zum Einsteigen – beschäftigt mich ein Gedanke: Könnte Florians seltsames Verhalten bei unserer letzten Begegnung in Berlin, mehr noch die Benennung einiger hinterlassener Aufnahmen mit den Namen berühmter Astronomen nicht Anzeichen einer beginnenden seelischen Erkrankung gewesen sein? Es ist wirklich nur ein Gedanke. Für eine Vermutung oder gar für einen Verdacht sind die vorhandenen Anhaltspunkte viel zu schwach. Wer weiß, was diese Namen auf den letzten Aufnahmen zu bedeuten haben. Eine Marotte vielleicht oder ein Scherz? Vielleicht stammen diese Bezeichnungen auch gar nicht von Florian. Trotzdem: Der Gedanke lässt sich nicht so leicht abweisen. Warum hat Anton kein Wort darüber verloren?

11

Peter Waldstetten ist bei seinen Ausflügen im Internet – er benutzt dafür den Ausdruck »surfen« – auf eine Spur gestoßen. Ein gewisser Joshua B. Kepler bietet auf einer amerikanischen Website eine von ihm entwickelte Software an, die es erlaubt, eingehende Post, also E-Mails, nach bestimmten Gesichtspunkten abzulegen – so, wie es eine Sekretärin im Büro auch tun würde. Gleichzeitig aber werden die Namen und Adressen der Absender alphabetisch in einem Verzeichnis gespeichert. Außerdem erstellt diese Software von Joshua B. Kepler einen Themen- oder Stichwortkatalog, mit dem man den entsprechenden Brief oder die zugehörige Anschrift sofort wieder findet. Das alles geht, so hat mir Waldstetten erklärt, vollautomatisch. Auch Antwortschreiben und Stellungnahmen werden bei den eingegangenen Briefen abgelegt. Waldstetten ist ganz begeistert. Er überlegt sich, ob er diese Wundersoftware nicht für seine Firma kaufen soll.

»Und hat dieser Joshua etwas mit Florian Kepler zu tun?«, frage ich.

»Werde ich herausfinden«, versichert Waldstetten, »natürlich frage ich nach.«

Die Korrespondenz, die sich danach zwischen Peter Waldstetten und diesem Joshua Kepler entwickelt, dreht sich – so erscheint es mir – hauptsächlich um technische Dinge.

»Er antwortet einfach nicht auf meine Frage, ob er mit dem Pianisten verwandt sei«, sagt mir Waldstetten, wenn ich ihn löchere. »Stattdessen will er wissen, wo man in Österreich im Dezember gut Skilaufen könne. Ob Innsbruck ein geeigneter Ort sei. Dort lebe eine Tante von ihm, bei der er vielleicht unterkommen könne.«

Kurz darauf hat Waldstetten die Software von Joshua Kepler erworben und mir auch die Telefonnummer seines Geschäftspartners besorgt.

»Am besten, Sie sprechen selbst mit ihm«, rät er mir.

Es handelt sich um eine Nummer in New Jersey. 201 lautet die Vorwahl, das muss in der Nähe von New York sein. Ich probiere mehrfach, Joshua B. Kepler zu erreichen – immer erfolglos. Nicht einmal einen Telefonbeantworter benutzt dieser Mann. Offenbar wickelt er seine Geschäfte alle über E-Mail ab.

Erst, als ich meine Hemmungen überwinde und ihn früh am Morgen anrufe, habe ich Erfolg. Bei mir in München ist es ein Uhr mittags. In der Praxis ist eine kleine Pause eingetreten. In New Jersey ist es sieben Uhr früh. Die Stimme am anderen Ende der Telefonleitung klingt dann auch etwas unausgeschlafen und mürrisch. Jedenfalls kommt es mir so vor, obwohl die Stimme nur »Hello?« sagt. Durch die Unterhaltungen mit Waldstetten ist in mir der Eindruck entstanden, dass Joshua B. Kepler sich nur für zwei Dinge interessiert: für die Entwicklung neuer Software und fürs Skilaufen. Einer Unterhaltung über die technischen Spezifikationen von Joshua Keplers Software fühle ich mich nicht gewachsen, aber die Skigebiete in Bayern und im nahen Österreich kenne ich alle einigermaßen. Also fange ich gleich damit an. Ich nehme mein bestes Englisch zusammen, viel Übung habe ich ja nicht mehr, und gebe mich als einen Freund von Peter Waldstetten aus. »Ein Kunde von Ihnen, erinnern Sie sich?« Früher sei ich Skilehrer gewesen, sage ich, und ich hätte gehört, dass er, Joshua Kepler, gerne nach Innsbruck kommen würde, um dort nach Weihnachten Ski zu laufen. Während dieser Eröffnung höre ich ihn gähnen. Als ich ihn aber frage, was ihn denn interessiere, scheint er wach zu werden und gibt mir sehr genaue Auskünfte: Hochalpine Abfahrten im Pulverschnee suche er. So etwas habe er schon in Kanada gemacht.

»Die großartigste Erfahrung meines Lebens«, beteuert er,

und nun würde er dieses sportliche Hobby gern mit einem Besuch in Europa verbinden. Dort sei er noch nie gewesen, obwohl ein Teil seiner Familie aus Österreich stamme.

Jetzt würde ich gern einhaken, aber ich fürchte, dafür ist es noch zu früh. »Arlberg«, sage ich. »St. Anton, Lech, Zürs. Kriterium des ersten Schnees. Pulverschneewochen. Das ist es, was Sie wollen.«

Ob ich ihn führen könne, will er wissen.

»Ich bin nicht sicher«, erkläre ich ihm und verschanze mich hinter meiner Praxis in München. »Aber ich kann Ihnen jemanden vermitteln.«

Jetzt ist er Feuer und Flamme. Gleich nach Weihnachten will er eintreffen und bis zum sechsten Januar bleiben, vielleicht auch länger. Ich erwähne die Tante in Innsbruck, von der mir Waldstetten berichtet hat. Wenn Joshua wolle, würde ich mich gern mit ihr in Verbindung setzen und ihm eine Unterkunft am Arlberg besorgen. Auch für einen Skilehrer, der mit ihm Tiefschnee fahren könnte, würden wir sorgen.

Er ist angetan. »Großartige Idee.«

Marlene Margreiter heiße seine Tante und wohne in Innsbruck am Rennweg. Er entschuldigt sich für einen Augenblick, um die genaue Adresse und die Telefonnummer herbeizuschaffen. Nachdem ich beides notiert habe, erwähne ich Florian Kepler. »Ich kannte Ihren Vater«, sage ich.

»Aber mein Vater heißt wie ich, Joshua.« Er klingt erstaunt, aber dann hat er verstanden. »Oh, Sie sprechen von meinem Großvater?!«

Den habe er nie in seinem Leben gesehen. Musiker sei er wohl gewesen, der Großvater, Klavierspieler, soviel er wisse. Seine Stimme klingt plötzlich vage, unbeteiligt.

»Und Ihr Vater?«, frage ich.

»Der lebt in Chicago«, sagt Joshua Kepler und spricht dann gleich wieder von sich selbst. »J. B.« hieße er bei seinen Freunden, zu denen er mich nun wohl auch rechnen dürfe. »Dschey Bi« spricht er mir vor. Wie denn mein Vorname laute?

»Klaus«, sage ich etwas hilflos, aber er scheint diese Verlegenheit nicht zu bemerken.

»Okay Klaus, wir sehen uns dann auf der Piste.«

»Ich melde mich«, verspreche ich dem Enkel Florians, »sobald ich mit Ihrer Tante gesprochen habe.«

Marlene Margreiter ist eine kleine, etwas untersetzte, aber keineswegs dicke Person, die eine Aura von robuster Fröhlichkeit um sich verbreitet. Ich bin an einem Nachmittag von München aus zu ihr gefahren, nachdem ich ihr am Telefon von meiner Bekanntschaft mit ihrem Vater und von meinem überraschenden Kontakt mit ihrem Neffen, Joshua Kepler junior, berichtet hatte. Ich erzählte ihr auch von den beiden Konzertabenden 1951 in Berlin. Sie könne sich nur ganz dunkel daran erinnern, sagt sie mir, sie sei damals ja noch ein Kind gewesen. Ich erwähnte, dass wir beide uns schon einmal gesehen hätten – eben damals in Berlin. Sie lachte. Das wisse sie nicht mehr.

»Aber des hat nix zu sagen«, fügte sie gleich hinzu. »Wenn Sie was über meinen Papa wissen, dann sind Sie mir jederzeit willkommen.«

»Ich weiß vielleicht nicht viel mehr, als Sie selbst wissen«, hatte ich geantwortet, »aber ich habe einige Mitschnitte von Konzerten Ihres Vaters entdeckt, die wohl noch nicht bekannt sind. Ich denke, Sie werden Freude an den Aufnahmen haben.«

»Wirklich?«, hatte sie gefragt. »Das wäre das schönste Weihnachtsgeschenk für mich. Ich hab gar so wenig von ihm. Wollen'S mich nicht bald besuchen?«

Ja, das wollte ich, und so bin ich heute mit dem Auto nach Innsbruck gefahren, und nun stehe ich Marlene Margreiter in ihrer Etagenwohnung am Rennweg in Innsbruck gegenüber. An der kleinen Garderobe im Flur muss ich meinen Mantel ablegen. Auch die Plastiktasche mit den CDs will sie an die Garderobe hängen. Sie weiß ja nicht, was der Beutel enthält.

»Da sind einige Aufnahmen von Ihrem Vater drin«, sage ich. »Vielleicht können wir sie zusammen anhören?«

Marlene Margreiter klatscht in die Hände. »Mei, diese Überraschung«, sagt sie und ihre dunklen Augen weiten sich vor Freude. Sie hat ein rundes, ein wenig bäuerlich anmutendes Gesicht, zu dem das in Dauerwellen gelegte braune Haar einen unerwarteten Kontrast bildet.

»Ja, kommen'S doch herein«, sagt sie und führt mich in ein großes, durch einige Tisch- und Stehlampen erhelltes Zimmer. Auffällig ist ein großer, mit Intarsien verzierter Flügel, der im hinteren Teil des Raumes so steht, dass man das Instrument in den Raum hinein öffnen kann. Überall liegen aufgeschlagene Bücher und Notenhefte herum, auf dem Flügel, auf einem langen, schmalen Tisch, der gegen die links vom Flügel befindliche Wand gestellt ist, und sogar auf dem von einigen hellen Polstersesseln umstandenen Glastisch, an dem wir jetzt Platz nehmen.

»Sie spielen Klavier?«, frage ich.

»Mein Beruf. Ich bin Lehrerin am hiesigen Konservatorium und das da«, sie weist mit ausgebreiteten Armen auf den Flügel und die herumliegenden Bücher und Noten, »das ist mein Handwerkszeug, sozusagen.«

»Sie geben hier Unterricht?«

»Nein.« Sie springt auf. »Kommen'S. Ich zeig's Ihnen.«

Mit behänden Schritten eilt sie zur Tür und öffnet sie. Jetzt sind wir wieder auf dem Flur. Sie öffnet eine zweite Tür im hinteren Teil der Wohnung, knipst das Licht an und lässt mich eintreten. Aus den Neonröhren an der Decke strahlt kaltes Bürolicht. Die Wände sind mit einer dicken, silbernen Schicht isoliert. Mitten im Zimmer steht ein weiterer Flügel, der allerdings eher wie ein Arbeitstier aussieht. »Meine Folterkammer«, lacht sie, »alles schallisoliert. Die Schreie des gequälten Instruments und der gequälten Seelen bleiben ungehört. Von wegen der Nachbarn.« Dann führt sie mich zurück in den wohnlichen Raum. »Das ist ein Bösendorfer«, sagt sie und zeigt auf den mit Intarsien verzierten Flügel, »und der andere«, sie weist mit dem Daumen über die Schulter hinweg in die Richtung des Übungszimmers, »das ist ein Schimmel.«

Wir setzen uns. »Hier arbeite ich, studiere meine Stücke ein, mache Exzerpte aus Texten, na, das wissen'S ja eh alles.«

»Gar nichts weiß ich«, erwidere ich. »Was soll ein Arzt vom Musikunterricht wissen?«

»Aber die Mediziner sind doch alle musikalisch«, spottet sie und hat mit einem Mal zwei Lachfalten in ihrem runden Gesicht, die fast wie Grübchen aussehen.

»Ich fürchte, ich bin nur ein Amateur. Und ich komme, um Ihnen einige Mitschnitte von Konzerten Ihres Vaters zu bringen. Wir, das heißt, ein guter Bekannter, ein Herr Waldstetten und ich, haben überlegt, ob wir diese Aufnahmen, diese und noch einige andere, die ich heute nicht bei mir habe, nicht zu einer Kepler-Ausgabe zusammenstellen sollen. Eine Hommage an einen hochbegabten, leider zu früh verstorbenen Künstler. Aber jetzt, nachdem ich Sie gefunden habe, müssen natürlich Sie entscheiden. Ich denke, Florian Keplers Nachlass gehört ja jetzt Ihnen.«

Sie nickt, plötzlich ernst.

»Ich bin sehr froh, dass ich Sie gefunden habe«, sage ich.

Sie streift mich mit einem schnellen Blick, lächelt und murmelt etwas vor sich hin. Dann hebt sie den Kopf: »Das ist lieb von Ihnen, so etwas zu sagen, aber wir müssen natürlich auch meine Mutter fragen.«

»Anna?«, frage ich, »Anna Forster?«

Sie ist überrascht. »Woher wissen Sie?«

Jetzt, denke ich, ist der Augenblick gekommen, um Marlene die Geschichte von meiner Bekanntschaft mit Florian zu erzählen. Ich fange da an, wo diese Geschichte begonnen hat, im alten Gebäude der National Gallery of Art in Washington. Ich erzähle Marlene in allen Einzelheiten von Florians Konzert, von den jungen Studenten aus Europa, die ihm zuhörten, von unserem gemeinsamen Essen in dem Club in Georgetown und von Florians Ansichten über Musik und über die Art, wie sie zu spielen sei.

Marlene Margreiter hört zu, die Augen auf mich gerichtet, sehr aufmerksam. Manchmal nickt sie ganz leicht, als wollte sie damit bestätigen, dass meine Erzählung an eigene Erfahrungen rühre. Zuweilen lächelt sie, etwa, wenn ich das Wort »Erfolgstrio« erwähne, oder wenn ich den tiefen Ernst schildere, mit dem Florian eine gelungene Aufführung als eine gemeinsame Leistung des ausführenden Künstlers und seines Publikums charakterisierte.

Ich erzähle von meiner Zeit in München, von dem sehnsüchtigen Warten auf ein Lebenszeichen von Florian, dann von Berlin, den Konzerten im Titania-Palast und dem kurzen Abend im Harnack-Haus. »Da waren Sie auch dabei«, sage ich zum Schluss meiner Erzählung.

An das Konzert im Titania-Palast kann sich Marlene Margreiter nun doch erinnern. »Dunkel«, sagt sie, »sehr klar ist meine Erinnerung nicht.«

»Woran erinnern Sie sich im Besonderen?«, frage ich. »Gab es an jenem Abend irgendetwas, das Ihnen deutlicher im Gedächtnis geblieben ist?«

Sie denkt nach, legt dabei den Zeigefinger ihrer linken Hand neben ihre recht wohlgeformte Nase und blickt in irgendeine Ferne.

»Die Zugabe?«, fragt sie. »Hat er nicht so ein kleines Stück als Zugabe gespielt?«

Ich glaube schon zu wissen, was sie meint. »Wir können das gleich prüfen«, sage ich und schaue mich in ihrem Zimmer nach einem CD-Player um.

Sie errät meine Absicht. »Geben'S nur her«, sagt sie.

Ich finde die CD mit dem Berliner Konzert in meiner Plastiktasche und reiche sie ihr. Marlene Margreiter steht auf und geht zu einem hellen Regal, das an der Wand hinter uns steht.

»Des müssen'S nämlich wissen. Der Papa hat so ein kleines

Stück selbst komponiert, ein merkwürdiges Stück. Ein bisschen skurril, mit einigen Wiederholungen, die komisch gewirkt haben, weil er den Rhythmus ständig geändert hat. Ich hab immer lachen müssen beim Anhören.« Sie legt die CD in das Abspielgerät und drückt auf den Startknopf. »Und dann gab es, besonders am Schluss, ganz verträumte Passagen, fast wie bei Robert Schumann.«

Aus den in ihrem Zimmer verteilten Lautsprechern prasselt der Beifall aus dem Titania-Palast, das Händeklatschen vom 20. Oktober 1951.

»Geliebt hab ich dieses Stück, und ich glaub, der Papa hat's gespielt damals.«

Die ersten Takte der Bach-Partita ertönen. Natürlich kennt Marlene Margreiter diese Musik, aber heute, denke ich, hört sie diese Suite zum ersten Mal von ihrem Vater. Jetzt hält sie die Augen geschlossen, aber sie lehnt sich nicht zurück in ihrem Sessel. Sie bewahrt eine aufrechte, angespannte Haltung. Der da spielt oder spielte, nein spielt, denn wir können den Augenblick der Erzeugung dieser Musik immer wieder gegenwärtig machen, der war ihr Vater. Es sind seine Finger, seine Bewegungen, die das hervorbringen.

Einen Augenblick lang öffnet Marlene Margreiter die Augen und schaut auf ihre Hände. Sind das auch Florians Hände? Eigentlich sollte ich sie mit ihrem Vater allein lassen. Es ist zu viel geschehen, seit diese Musik erklungen ist, damals in Berlin. Der Koreakrieg hat stattgefunden, das deutsche Wirtschaftswunder nahm seinen kraftvollen Anfang, die Mauer wurde errichtet, die ersten Menschen flogen ins All, Kennedy wurde ermordet, Neil Armstrong und seine Gefährten betraten die Oberfläche des Mondes, der Vietnamkrieg wurde begonnen und ging verloren, der Kalte Krieg erreichte seinen Höhepunkt, der Kommunismus zerbrach, die Mauer fiel, Deutschland und Europa wurden wieder vereinigt, und im Nahen Osten wurde ein neuer Krieg geführt. Dies und so vieles mehr geschah, seit Florian Kepler seine Finger bewegte und dem Flügel im Titania-Palast diese Töne entlockte, die wir heute hören. Und wenn wir sie in einem Jahr oder in zehn Jahren erneut hören, sind neue Dinge geschehen, Menschen sind gestorben, andere werden ihr Leben begonnen haben. Die Klammer, die diese Töne um die Welt legen, wird immer größer, sie umfasst immer größere Abschnitte von Leben und Schicksal, mehr Geschichten und mehr Geschichte. Wird das Panorama der Bach-Partita dadurch größer? Bedeuten diese Akkorde heute mehr, anderes, als damals im Titania-Palast? Wieder ertönt Beifall. Es regen sich mehr als tausend Händepaare, von denen die meisten heute zu Erde und Asche geworden sind.

Marlene Margreiter blickt zu mir herüber, ihre Augen sind feucht. Ich sehe die Bewegung in ihrem Gesicht und auch den Anflug von Qual, der sich darin spiegelt. Ich meine, ich tue ihr einen Gefallen, wenn ich jetzt abbreche und sie nur noch den Schluss des Konzerts hören lasse.

»Soll ich zum Ende kommen?«, frage ich.

Sie zögert, aber ich beruhige sie: »Diese CD bleibt bei Ihnen.«

Jetzt nickt sie. Ich stehe auf, gehe zum Gerät und überspringe die Sonaten von Beethoven, Mozart und Schubert, gerate mitten hinein in die Zugaben, die Klavierstücke von Schubert, die parallel zu den letzten großen Sonaten entstanden sind. Wieder setzt einige Sekunden, nachdem das letzte Stück geendet hat, Beifall ein, nicht langsam und zögernd diesmal, sondern intensiv, dankbar und zugleich fordernd. Und dann hört man, wie der Beifall sich auflöst und irgendwo versickert. Eine Stimme spricht zum Publikum, zuerst leise, dann hört man sie deutlicher. Florian kündigt sein musikalisches Rätsel an. »Wenn jemand weiß, wie das Stück heißt und von wem es ist, dann spiele ich noch weiter. Sonst nicht.«

Stille. Leises Raunen. Ich erinnere mich an Florians Geste nach diesen Worten. Eine Geste wie: »Dann weise ich alle

Schuld von mir«, zum Publikum gekehrte Handflächen, ein spitzbübisches und zugleich ironisches Lächeln auf dem erhitzten Gesicht.

Marlene Margreiter ist aufgesprungen. »Der Papa!«, ruft sie und ist überwältigt. Die Stimme versagt ihr, und Tränen fließen über ihr rundes Gesicht. Und dann erklingt das kleine Stück in a-Moll mit seinen rhythmischen Vertracktheiten, die sich wiederholen, sich zueinander und gegeneinander wenden und in ihren überraschenden Veränderungen komisch wirken, bis sie sich müde gelaufen haben und in eine ruhige Melodie münden, die das Stück beschließt mit einem Ausblick auf die Träume, die nun jedes Kind für sich allein weiterspinnen soll. Stille, traumhafte Stille. Dann wieder Beifall und als Antwort auf eine fragende Geste Florians vom Klavier – Gelächter von einigen Zuhörern und erneuter erleichterter Beifall von anderen.

»Unser ›Gute-Nacht-Stück‹«, sagt Marlene und schlägt beide Hände vor das Gesicht. So steht sie einige Sekunden lang. Ich sehe, dass ihre Schultern zucken. Soll ich nun aufstehen und sie in die Arme schließen? Das kleine Mädchen, das vor einem halben Jahrhundert wie ein dressiertes Hündchen hinter ihrer Mutter her eilte, um den Titania-Palast möglichst schnell wieder zu verlassen und das heute diese Melodie ihrer Kindheit zum ersten Mal wieder gehört hat?

Nein, ich lasse sie. Sie bleibt eine Zeit lang stehen, ganz allein, bei sich und ihren Erinnerungen. Ich sehe, dass ihr Atem ruhiger wird, dass die Erregung abklingt, die sie eben noch überwältigt hat. Sie lässt die Hände sinken und wendet mir ihr feuchtes Gesicht zu: Ein ganz offenes, fast kindliches Gesicht, in dem sich so etwas wie Glück spiegelt.

»Das ist unser Stück«, sagt sie. »Er hat es nie aufgeschrieben, und aus dem Gedächtnis konnte ich es nicht rekonstruieren. Aber jetzt …«

Der CD-Spieler hat inzwischen alle Positionen durchgespielt und ist wieder zum Beginn des Konzertes zurückgekehrt. Marlene Margreiter geht ein paar Schritte zum Regal und schaltet das Gerät aus.

»Jetzt habe ich es wieder«, sagt sie und erklärt mir, wie man aus der elektroakustischen Aufzeichnung auch das Notenbild rekonstruieren kann. »Dann werde ich es selbst spielen.« Sie schüttelt immer wieder den Kopf. »Das mir das noch geschehen würde. Nicht zu fassen!«

Ich will mich jetzt verabschieden und ein anderes Mal wiederkommen, aber davon will Marlene Margreiter nichts wissen.

»Nein, auf keinen Fall«, insistiert sie, »wiederkommen müssen'S eh, aber wir haben noch so viel zu erzählen.«

Sie hat recht. Trotzdem erwähne ich, dass ich heute Abend ja noch nach München müsse. Aber auch dafür hat Marlene Margreiter eine Lösung.

»Ganz in der Nähe haben Freunde von mir eine kleine Pension«, sagt sie, »grad um's Eck. Wunderbar ruhig. Dort könnten'S bleiben. Ich ruf gleich an.«

Das tut sie und kommt nach einigen Minuten zurück, um mir zu sagen, dass man mich später erwarte. Dann kündigt sie an, dass sie ein kleines Abendessen zubereiten wolle.

»Eine Leberknödelsuppe – mögen'S die? Und einen Salat und ein Bauernbrot mit Käse. Und einen guten Tiroler Roten.«

Mir ist ihre plötzliche Aktivität unangenehm. Ich lasse mich nicht gern vereinnahmen. Aber sie meint es so gut, und sie ist noch so bewegt von dem, was sie eben gehört hat.

»Während ich in der Küchen bin, können'S ja noch ein bisserl Musik hören.«

Ich denke an die vier CDs mit den Namen von Astronomen, auf die ich neugierig bin, also stimme ich zu. Sie zeigt mir die Handhabung des CD-Spielers und zieht sich in die Küche zurück. »Die Türen mach ich zu, damit Sie ungestört sind«, sagt sie. »Ich mach immer Lärm in der Küchen.«

Ich nehme eine CD aus ihrer mit dem Namen »Galileo

Galilei« beschrifteten Hülle. Max Reger-Variationen über ein Thema von Johann Sebastian Bach. Ich besitze keine Aufnahme davon, habe es auch nie im Konzert gehört – und bin überrascht, als das Thema aus dem Lautsprecher erklingt. Es ist ein kompliziertes Thema im Sechsachtel-Takt. Als ich es höre, frage ich mich, ob so ein sprödes und nicht unbedingt einprägsames Thema sich für Variationen eignet, aber bald wird mir klar, dass die Frage falsch gestellt ist. Hier geht es nicht um Variationen im klassischen Sinn, sondern um so kühne und so weit reichende Veränderungen, dass die Urgestalt des Themas nur an manchen Stellen durchscheint. Auf weite Strecken hört man eine Fantasie über ein Thema von Bach, allerdings eine, die Bachs Kunst nichts schuldig bleibt, die das Thema immer wieder in neue harmonische Verhältnisse rückt und dabei die Möglichkeiten des modernen Flügels und einer durch die Virtuosenschule des 19. und 20. Jahrhunderts hindurchgegangenen Technik voll zur Geltung bringt. Ich bin fasziniert und gleichzeitig irgendwie beunruhigt, denn diese Aufnahme klingt technisch anders als die früheren Konzertmitschnitte, die ich kenne. Und dann gegen Ende des Stückes, zu Beginn der ersten Fuge, die im Pianissimo beginnt und offenbar mit Verschiebung gespielt wird, weiß ich, dass diese Aufnahme nicht von Florian stammen kann. Das ist eine moderne, digital aufgenommene Studioaufnahme von perfekter Qualität. Diese Aufnahme muss in den letzten Jahren entstanden sein. Diese technischen Mittel standen Florian zu seinen Lebzeiten einfach nicht zur Verfügung. Jetzt, im Fortschreiten der Fuge, im Fortissimo des vollgriffigen Satzes, im immer breiter werdenden Zeitmaß, steigert sich mein Verdacht zur Gewissheit: Dies ist große Musik, sehr deutsche Musik. Es ist Musik, zu der Florian, hätte er weitergelebt, sicher einmal gefunden hätte. Ihr Ernst, ihre Größe, die handwerkliche Gediegenheit, das alles passt zu Florian – hätte zu ihm gepasst. Nach dem Verklingen der Schlussfuge höre ich noch einmal den Anfang und konzentriere mich mit aller Kraft und Aufmerksamkeit auf den farbigen, abgestuften, lebendigen Klang, der aus den Lautsprechern dringt. Fast bin ich sicher, dass hier ein moderner Steinway verwendet worden ist und mit Sicherheit eine Aufnahmetechnik, die es zu Lebzeiten Florians einfach noch nicht gab. Dennoch: Die Intensität, der fast dozierende Ernst, mit dem das Thema zu Anfang erklingt, typischer noch der heimliche kategorische Imperativ des ersten Fugenthemas – diese Spielweise hätte Florian entsprochen. So hätte er gespielt, wenn er heute noch lebte und seinen Idealen treu geblieben wäre. Vielleicht. Aber wer ist denn Galileo Galilei?

Ich muss mir auch die anderen Aufnahmen noch anhören, die mit den Namen von Astronomen bezeichnet sind. Wenigstens hineinhören will ich. Ich bin erregt, beunruhigt. Es geht so weit, dass ich Mühe habe, die Reger-CD wieder in ihre Hülle zurückzuschieben. Tycho Brahe. Hindemiths drei Sonaten aus dem Jahre 1936. Die erste Sonate, die etwas episch wirkende Einleitung, dann der gewaltige Trauermarsch. Wieder bin ich mir sicher, dass diese Einspielung, so virtuos und überzeugend sie klingt, nicht von Florian Kepler stammen kann. Auch hier ist die moderne Aufnahmetechnik unüberhörbar. Ich vermag nicht zu sagen, wann diese Aufnahme eingespielt wurde, aber eines weiß ich: nicht vor 1953, nicht vor jenem unheilvollen Tag im November 1953, an dem er in einer Superconstellation abstürzte. Aber wer, wenn nicht er, frage ich mich und unterbreche die Hindemith-Sonate, um noch schnell in den »Gaspard de la Nuit« von Ravel hineinzuhören.

Marlene Margreiter steckt den Kopf ins Zimmer und kündigt an, dass sie gleich so weit sei.

»Wie viele Minuten?«, frage ich in meiner Ungeduld und Erregung, während ich die CD mit der Bezeichnung Nikolaus Kopernikus anspiele. Es ist wieder das Gleiche. Kein Zweifel. Derselbe Flügel vermutlich, auch dasselbe Studio, genau der gleiche Klang, wenn man von den ganz anderen Farbwerten und von dem komplett anderen Geist absieht, in dem das Werk von Ravel entstanden ist. Ich muss nicht weiter hören. Ich bin mir absolut sicher. Die drei letzten CDs können nicht von Florian stammen.

Marlene kommt ins Zimmer. »Das Essen ist fertig. Wollen Sie kommen?«

»Ja, gern«, sage ich, obwohl ich jetzt lieber alle CDs noch einmal überprüft hätte, um meiner Sache ganz sicher zu sein. Wie war das neulich mit der Liszt-Sonate, die mit Johannes Kepler beschriftet war? Jetzt im Nachhinein kommt es mir vor, als hätte sich auch das Klangbild jener Aufnahme bereits deutlich von den authentischen historischen Konzertmitschnitten unterschieden. Ich sollte Marlene Margreiter bitten, sich die fraglichen CDs noch einmal mit mir zusammen anzuhören. Vielleicht nach dem Essen, das sie in einem kleinen Zimmer gleich neben ihrer Küche angerichtet hat. Sie drückt mir eine Flasche Rotwein und einen Korkenzieher in die Hand. »Das muss immer der Mann tun«, lacht sie, »auch wenn er zu Gast ist.«

Ich schraube das Gewinde des Korkenziehers in den Flaschenkorken.

»Was ist eigentlich aus Ihrer Mutter geworden?«, frage ich, »und aus Ihrem Bruder Joshua?«

Marlene Margreiter füllt unsere Teller mit der dampfenden Suppe. »Joshua lebt in Chicago. Er arbeitet bei einem Verlag. Zeitschriften, glaube ich«, sagt sie, »und seinen Sprössling, Joshua junior, der uns besuchen will, kennen Sie ja vom Telefonieren.«

Die Art, wie sie das sagt, klingt nicht besonders Anteil nehmend. Ich gieße Wein in die Gläser. Marlene Margreiter hat sich Mühe gegeben mit dem Tisch, finde ich: hübsches, bunt bemaltes Porzellan, einfache, aber schön geformte Weingläser, ein Blumenstrauß.

Wir setzen uns und wünschen uns einen guten Appetit,

das heißt, ich tue das. Marlene Margreiter sagt einfach: »Mahlzeit.«

Nachdem sie ein paar Löffel Suppe zu sich genommen hat, hebt sie ihr Glas und prostet mir zu. »Für mich war es Gottes Fügung«, sagt sie. »Die Wiederbegegnung mit meiner Kindheit.«

Vielleicht möchte sie wissen, ob ich, wie sie, an göttliche Fügungen glaube. Sie ist so lieb und warmherzig, deshalb überlege ich, wie ich ihr zustimmen kann, ohne meine religiösen Vorbehalte spürbar werden zu lassen. Aber sie wechselt das Thema.

»Die Mama hat wieder geheiratet«, sagt sie. »Bald nach dem Absturz. Einen kanadischen Kunsthändler hat sie kennengelernt in New York. Devereux heißt sie jetzt. Und wohnen tun's in Montreal.«

Ob sie interessiert wäre an den Aufnahmen, frage ich.

Marlene Margreiter schüttelt den Kopf. »Ich glaub nicht. Die ist so anders geworden, vom Vater und von der Musik hat sie sich ganz getrennt.«

»Aber sie wäre doch selbst gerne Pianistin geworden?«

»Schon, gespielt hat's schon – im kleinen Kreis. Aber der Herr Devereux ist ein reicher Mann. Der vertritt die amerikanischen Maler, die sich am teuersten verkaufen. Lichtenstein, Rothko, Pollock, alles so neue Sachen. Ihr ganzes Haus ist voll davon.« Sie schweigt einen Moment lang. »Wir haben nicht so viel Kontakt miteinander.«

»Und mit Ihrem Bruder?«

»Auch nicht. Um den Buben, den Joshua junior, kümmere ich mich schon, Herr Mosbacher, da müssen'S nichts unternehmen. Ich hab Bekannte am Arlberg. Dem Buben eine Unterkunft zu finden, das macht wirklich keine Umstände.«

Ich bin erleichtert. Trotzdem will ich mich nicht ganz aus einer Bekanntschaft zurückziehen, die mich immerhin hierher zu Marlene Margreiter geführt hat.

»Ich gehe gern einmal mit Joshua Ski fahren, wenn er unbedingt will. Nur fürchte ich …«

Sie unterbricht mich. »Was der unter Skifahren versteht, ist nicht das Gleiche, was Sie damit meinen. Der will Tiefschnee fahren, unberührte Hänge. Na, na, lassen'S des, wir finden schon jemanden, der auf ihn aufpasst. Des braucht der nämlich.«

Ich möchte gern, dass sie mit mir, wenn wir mit dem Essen fertig sind, noch einmal in die zehn CDs hineinhört, die ich mitgebracht habe. Ich will einfach sicher sein, dass ein besser geschultes Ohr als das meine zu den gleichen Schlüssen kommt, die ich für mich gezogen habe.

»Frau Margreiter …«

»Nennen'S mich Marlene. Sie kennen mich doch schon so lang.« Es klingt treuherzig.

Ich muss lächeln. »Aber dann müssen Sie auch Klaus zu mir sagen.«

Damit hat sie offenbar keine Schwierigkeiten, denn sie murmelt meinen Namen einige Male leise vor sich hin, nickt dann und sagt: »Also Klaus. Daran hab ich mich schon gewöhnt.«

»Was macht eigentlich Ihr Mann?«

»Der Margreiter? Wenn ich des wüsst. Der ist mit seinem eigenen Leben beschäftigt. Er ist Arzt, wie Sie, aber was er grad treibt, weiß ich nicht. Wir leben getrennt – schon seit Jahren.« Offenbar ist das Thema damit für sie erst einmal erledigt.

Ich bitte sie, mit mir zusammen noch einmal in die CDs hineinzuhören, die ich mitgebracht habe, und sie ist sofort bereit dazu.

»Wegräumen tu ich später«, sagt sie, »aber unsere Gläser und die Flasche, die nehmen wir mit.«

Wir sitzen wieder in ihrem Wohn-Musikzimmer, und ich lege alle zehn CDs in eine Kassette. Jetzt können wir die Aufnahmen nacheinander anspielen. Zuerst das Berliner Konzert, von dem sie schon einen Teil gehört hat, dann das zweite Konzert in Berlin. Dann das Frankfurter Konzert. Einige Aufnahmen aus Wien.

Nachdem wir jede CD einige Minuten lang angehört haben, sage ich: »Jetzt kommt eine Aufnahme, von der ich nicht weiß, wann sie entstanden ist. Die Sonate in h-Moll von Liszt. Wir hören den ersten Teil.«

Ich spüre, wie ergriffen Marlene von dieser Musik ist. Erkennt sie Florian?

»Mir kommt es vor, als sei diese Aufnahme später entstanden als die anderen.«

Sie verzieht ein wenig das Gesicht und wiegt den Kopf hin und her. »Mag sein«, sagt sie.

Ich bin mir jetzt beim zweiten Anhören sicher, dass es sich um eine neuere Aufnahme handelt. Vielleicht nicht so neu wie die drei Aufnahmen, die ich vorhin gehört habe, aber doch deutlich jünger als die Einspielungen, von denen wir eben Proben gehört haben.

»Und jetzt.« Ich drücke den Knopf auf die Fernbedienung, mit dem die nächste CD angespielt wird. »Gaspard de la Nuit, Maurice Ravel, Nikolaus Kopernikus«, sage ich. Wie beim ersten Anhören bin ich absolut sicher, dass es sich um eine rezente Einspielung handeln muss. Aber Marlene reagiert nicht. Sie sieht mich an, wiegt den Kopf hin und her, als könne man nicht sicher sein, schließt zwischendurch kurz die Augen, wenn sie sich auf eine besondere Stelle konzentriert.

»Nun?«

»Klingt schon wie was Neueres«, sagt sie, »aber ich bin sicher, es ist der Papa.«

Paul Hindemith, Tycho Brahe, dann Max Reger, Galileo Galilei. Diese Aufnahme kann die volldigitale Studiotechnik am wenigsten verleugnen.

Ich breche ab, trinke einen Schluck Wein und sehe Marlene an.

»Haben Sie eine Erklärung dafür?«

Sie steht auf. »Ich muss noch abräumen«, sagt sie. »Komm gleich zurück.« Sie hebt die Weinflasche gegen das Licht, um den Inhalt zu prüfen. Die Flasche ist leer. »Mögen Sie noch ein Glas?«

»Ja, gern.« Ich will aufstehen, um ihr beim Öffnen der Flasche zu helfen.

»Na, lassen'S nur, ich mach das schon«, sagt sie und lässt mich allein.

Warum gibt sie es nicht zu? Mir sind diese mit den Namen von Astronomen bezeichneten vier Aufnahmen ein Rätsel.

Marlene bleibt ziemlich lange weg. Ich schaue auf die Uhr. Zehn Uhr vorbei. Ich sollte mich verabschieden. Endlich kommt sie mit einer frisch geöffneten Flasche Rotwein und mit zwei neuen Gläsern.

»Das ist ein anderer – noch besserer«, kündigt sie an und lächelt. Aber ich spüre, dass sich ihre Stimmung eingetrübt hat. Sie ist nicht mehr so unbefangen wie zu Anfang meines Besuches, nicht mehr so gelöst wie noch vor einer Stunde unter dem Eindruck des kleinen Klavierstücks aus ihrer Kindheit. Sie füllt unsere Gläser und setzt sich in einen Sessel mir gegenüber. Soll ich jetzt meine Frage wiederholen? Ich weiß nicht. »Es ist mir ein Rätsel«, sage ich.

Sie greift nach ihrem Glas, trinkt aber nicht, sondern lehnt sich zurück und blickt in die Ferne.

»Es ist schon richtig«, sagt sie.

»Was?«

»Die letzten vier Aufnahmen sind viel später entstanden als die ersten Aufnahmen und die Konzertmitschnitte. Viel später. Zehn, zwanzig und dreißig Jahre später«, sagt sie, ohne ihre Haltung zu verändern.

Einen Augenblick lang bin ich perplex. »Aber wer hat sie eingespielt? Und warum liegen diese CDs bei den authentischen Aufnahmen?«

Sie stellt ihr Glas auf den Tisch zwischen uns und schaut mich an. »Wer wird die Stücke schon gespielt haben?«, fragt sie, als sei es ihr peinlich, mir etwas offen zutage Liegendes auch noch zu bestätigen. Jetzt sieht sie mich unverwandt an. Sie ist ein wenig rot geworden, als sprächen wir über etwas Intimes.

»Sie?«, frage ich.

Sie lächelt kurz. Wenn sie nicht so tief in einem Gefühl der Peinlichkeit steckte, würde sie vielleicht laut lachen. Aber sie ist gleich wieder ernst. »Vielen Dank für die freundliche Einschätzung«, sagt sie.

Ich will weiter raten, aber sie fragt mich plötzlich mit einer gewissen Schärfe: »Wie finden Sie die Aufnahmen – ich meine jetzt nicht tontechnisch, sondern pianistisch?«

Habe ich darüber nachgedacht? Ich war so fixiert auf das relative Alter der Aufnahmen. Aber natürlich waren sie alle gut. Ich denke an den Reger. »Vorzüglich«, sage ich.

»Also?«, fragt sie. Sie hat das Gefühl der Peinlichkeit offenbar überwunden. Jetzt schlägt sie die Beine übereinander. Fast hat ihre Figur in dem gedämpften Licht, das uns umgibt, etwas Verführerisches.

»Ich weiß es nicht, keine Ahnung.«

Sie schweigt. Vielleicht ist sie enttäuscht, dass meine Fantasie nicht ausreicht, um das Rätsel zu lösen.

»Der 23. November 1953 war das Ende der öffentlichen Person Florian Kepler«, sagt Marlene schließlich. Sie legt eine längere Pause ein und fährt dann sehr deutlich fort: »Es war nicht das Ende des Menschen. Der Pianist Florian Kepler hat seine Karriere nach diesem Datum nicht fortgesetzt, aber Florian Kepler, der Mensch, hat weitergelebt, und er hat auch weiter Klavier gespielt, wenn auch unter ganz anderen Bedingungen.«

»Dann ist Florian bei dem Absturz nicht ums Leben gekommen?«, frage ich entgeistert.

Sie schüttelt den Kopf.

»Und wo ist er jetzt?«

»Ich weiß es nicht«, sagt sie. »Ich weiß nicht einmal, ob er noch lebt. Vor etwa zehn Jahren habe ich ihn zum letzten Mal gesehen.«

»Und diese Aufnahmen?«

»Sind von ihm.«

»Und wo sind sie entstanden?«

»In Zürich, soviel ich weiß.«

Sie beantwortet meine Fragen nur noch widerwillig. Ich spüre das. Aber soll ich mich jetzt aus dieser Situation zurückziehen, mit diesem Halbwissen? Ein Rätsel ist gelöst, dafür sind aber mindestens zwei neue entstanden. Wie hat Florian diesen Absturz überlebt? Wie und wo hat er weitergelebt?

»Hören Sie, Klaus«, sagt Margarete, »Sie haben mir heute eine ganz große Freude gemacht mit dieser einen CD, mit der Erinnerung an meine Kindheit. Aber jetzt bin ich müde. Ich weiß, der Papa war Ihr Freund. Ob Sie auch sein Freund waren, lassen wir dahingestellt.« Sie steht auf und wirkt mit einem Mal sehr kühl und korrekt.

»Ich würde Ihnen jetzt gern die kleine Pension zeigen«, sagt sie.

»Natürlich.« Ich stehe ebenfalls auf.

»Die CDs nehmen Sie am besten wieder mit«, sagt Marlene, »bis auf die eine.«

»Das Tonstudio hat Kopien«, sage ich, »dies sind Ihre CDs, von Ihrem Vater.«

Aber sie will nur die eine Aufnahme. Sie hat bereits ihren Mantel übergehängt. Ich nehme meinen Plastiksack mit den CDs, mit allen außer der einen, und bewege mich zum Ausgang. Sie steht schon an der Garderobe und hält meinen Mantel in der Hand. Als ich ihn übergezogen habe, stehen wir uns plötzlich gegenüber. Sie tritt auf mich zu und legt ihre Hände auf meine Arme, bewegt sie ein paar Mal auf und ab, als wollte sie jetzt wieder freundlich zu mir sein.

»Hören Sie, ich habe Briefe von meinem Vater. In ihnen erzählt er seine Geschichte. Diese Briefe gebe ich nicht aus der Hand. Bisher habe ich sie nicht einmal kopieren lassen. Aber für Sie ...«

Ich bin erstaunt über den erneuten Stimmungswechsel und nicke.

»Ich habe Ihre Adresse?«

»Ja, ich habe sie Ihnen geschrieben, bevor ich hierher kam.« Zur Sicherheit gebe ich ihr eine Visitenkarte, die ich in meiner Manteltasche finde.

»Ich schicke Ihnen die Kopien der Briefe«, sagt sie. »Danach können wir weiterreden, wenn Sie wollen.«

»Bitte«, ist alles, was ich herausbringe.

Draußen am Rennweg sieht man im Lichtkreis der Straßenlaternen Nebeltröpfchen, vielleicht sind auch schon Schneekristalle dabei. Kalt genug wäre es. Marlene geht noch mit mir bis zum meinem Auto und beschreibt mir den kurzen Weg, den ich zu fahren habe. »Zu Fuß wär's fast besser«, sagt sie, »aber Ihr Auto können'S nicht hier stehen lassen.«

Warum nicht? Ich frage nicht. Sie streckt mir ihre Hand hin.

»Vielen Dank für das Abendessen«, sage ich, als hätte ich sonst für nichts zu danken.

Sie winkt mir kurz zu und geht die wenigen Schritte zurück zu ihrem Haus.

Ich finde die Pension auf Anhieb, verspüre aber keine Neigung, die Nacht dort zu verbringen. Also teile ich dem schläfrigen Herrn am Empfang mit, dass ich die Reservierung von Frau Margreiter nicht brauche und dass ich jetzt gleich nach München zurückfahren würde.

»Wos?«, fragt er. »Jetzt mitten in der Nocht?«

»Ja«, sage ich. »Mitten in der Nacht.«

12

Warum bin ich auf Marlenes Angebot, eine Nacht in Innsbruck zu verbringen, nicht eingegangen? Ich hätte am nächsten Morgen versuchen können, ein zweites Treffen mit ihr zu vereinbaren. Vielleicht hätte sie mir dabei einige der Briefe von Florian gezeigt, mit dem dieser sich Jahre nach seinem vermeintlichen Ende wieder bei seiner Tochter gemeldet hat.

Wenn ich heute, einige Wochen später, es ist kurz vor Weihnachten, an jenen Abend zurückdenke, hadere ich mit mir selbst, mit meiner spontanen Abreise, die auf Marlene vielleicht wie ein eiliger Rückzug wirken musste. Sie hätte einfach ein wenig Zeit gebraucht, möglicherweise nur eine Nacht, um sich mir weiter anzuvertrauen. Vielleicht hat sie mich in der Pension ihrer Bekannten deshalb unterbringen wollen, weil sie uns beiden diese Möglichkeit offen lassen wollte. Musste meine Abreise mitten in der Nacht da nicht wie eine brüske Zurückweisung wirken? Marlene hat mir die angekündigten Briefkopien bisher nicht geschickt, sie hat überhaupt nichts von sich hören lassen. Ich sollte schreiben, denke ich. Schreiben ist besser als telefonieren. Ein Brief ist auch besser als eine von diesen schnell hingeschriebenen E-Mails, die ja oft nicht mehr sind als elektronisch übermittelter Small Talk.

Heute ist der 15. Dezember 1991. Vor meinen Fenstern am Marienplatz tanzen die Schneeflocken. Ich werde Marlene einen Weihnachtsgruß schicken und sie an die Briefe ihres Vaters erinnern. Und während ich auf eine der Weihnachtskarten, die Franziska jedes Jahr für unsere Praxis bestellt und die wir zu Hunderten an Kollegen, Freunde und Patienten verschicken, meine recht konventionellen Grüße zu den Festtagen schreibe und mich bei dieser Gelegenheit auch nach dem Verbleib von Joshua Kepler erkundige, weiß ich, dass ich Marlene meine plötzliche Abreise erklären muss. Sie wird sich sonst nicht wieder melden, fürchte ich. Also füge ich den Grüßen und Erkundigungen auf einem separaten Blatt noch einige Zeilen hinzu.

»Sie werden sich über meinen jähen Aufbruch nach unserem Gespräch in Ihrer Wohnung gewundert haben«, schreibe ich. »Vielleicht hat Sie dieses Verhalten auch verstimmt, denn wir hatten ja vereinbart, in Kontakt zu bleiben. Sie standen, das hätte ich bedenken müssen, noch ganz unter dem Eindruck der Erinnerungen, die an diesem Abend in Worten und in Tönen an Sie herangetragen wurden. Ich hätte mich am nächsten Morgen noch einmal bei Ihnen melden sollen. Warum habe ich es nicht getan? Damals war mir nicht klar, was ich heute weiß. Ihre Eröffnung, dass Ihr Vater bei dem Flugzeugabsturz nicht, wie alle Welt annahm, ums Leben kam, sondern dieses Unglück nutzen konnte, um in ein neues Leben zu schlüpfen, hat mich beunruhigt und – ich sage es ganz offen – verstimmt. Sein neues Leben hat sich ja nicht in einem Vakuum abgespielt. Immerhin hat er sich Ihnen anvertraut. Dass ich, der Ihren Vater jahrelang verehrt und bewundert hatte, dann bemüht war, die Erinnerung an ihn wach zu halten, ja zusammen mit Peter Waldstetten sogar CDs seiner Einspielungen herausgeben wollte, während er, vermutlich unter einem fremden, möglicherweise auch unter verschiedenen Namen ein Leben führte, das von unserer Freundschaft nie die geringste Notiz nahm, hat mich ernüchtert und enttäuscht. Sie, Marlene, hat er immerhin nicht nur am Rande in sein neues Leben einbezogen. Auch hege ich den Verdacht, dass dieser Herr Svanda in Zürich und Anton Muxeneder wussten, dass Florian Kepler weiterlebte und in sehr besonderer Weise auch weiter Klavier spielte. Nennen Sie es gekränkte Eitelkeit, die mich zu jenem Aufbruch verleitet hat, und sehen Sie mir dieses Verhalten nach. Ich habe inzwischen über die Sache nachgedacht. Florian Keplers Entschluss, ein anderes, seinem bisherigen Leben entgegengesetztes Dasein zu führen, ist für mich ein Faszinosum – auch wenn er mit mir nie in Verbindung getreten ist. Ich wäre Ihnen also dankbar, wenn Sie mir anhand von Florians Briefen Gelegenheit gäben, ihn besser zu verstehen, als ich es heute tue. Ob unsere – meine und Waldstettens Pläne – unter den mir jetzt erst bekannt gewordenen Umständen noch realisiert werden können und sollten, lasse ich zunächst einmal dahingestellt.

Sie kennen die Geschichte Ihres Vaters. Mein Besuch bei Ihnen hat diese Geschichte durch einige frühe Eindrücke ergänzt, die Ihnen ohne meine Mithilfe kaum zugänglich gewesen wären. Sie könnten sich dafür eigentlich revanchieren. Ob eine Kepler-Gedächtnisausgabe erscheinen sollte und wenn ja, mit welchen Einspielungen und in welcher Form, ist in erster Linie Ihre Entscheidung. Sie könnten mich in die Lage versetzen, Ihnen dabei zu helfen.

Ihr Klaus Mosbacher.«

Mit diesen erklärenden Zeilen versehen bringe ich meine Weihnachtsgrüße auf den Weg. Meine Vermutung muss richtig gewesen sein, denn nur eine knappe Woche später kommt Antwort: ein kurzer, aber freundlich gehaltener Brief von Marlene und getrennt davon, durch einen Kurierdienst übermittelt, ein Karton mit Dokumenten, wie auf dem Etikett vermerkt ist.

Die Sendung ist in der Praxis abgeliefert worden. Natürlich habe ich jetzt während der Sprechstunde keine Zeit, mich mit den Briefen zu beschäftigen. Aber ich will versuchen, abends pünktlich nach Hause zu kommen. Franziska und die anderen müssen mir heute Nachmittag ein wenig den Rücken frei halten. Ich will nur die wirklich kranken Patienten sehen, nur gefragt werden, wenn ein Medikament nicht die gewünschte

Wirkung gezeigt hat und eine Therapie abgesetzt oder geändert werden muss. Alles andere soll ohne mich ablaufen.

»Warum die Eile heute?«, fragt mich Franziska. »Ist etwas geschehen?«

Sie hat einen sicheren Instinkt und denkt sich ihren Teil, als sie die Federal Express-Sendung aus Innsbruck in Empfang nimmt und bald darauf von mir hört, dass ich heute Abend gern ungestört bleiben möchte. Immerhin ist Freitag, und zum Ausklang der Woche gehen wir beide ja gewöhnlich zu Alberto.

»Heute habe ich etwas anderes vor«, erkläre ich Franziska, die ständig in mein Sprechzimmer kommt, um mir Rezepte oder Überweisungsformulare zur Unterschrift vorzulegen oder um Fragen zu stellen. Heute macht mich dieses Kommen und Gehen nervös, obwohl die etwas gesteigerte Turbulenz zum Wochenende eigentlich nichts Besonderes ist.

»Verstehe«, sagt Franziska, kann sich aber nicht verkneifen zu fragen, ob meine Unruhe etwas mit der Sendung aus Innsbruck zu tun habe. »Marlene Margreiter – ist das die Tochter von ...?«

»Ja, sie ist es.« Ich unterbreche Franziska etwas unwillig, weil wir nicht allein in meinem Sprechzimmer sind. »Ich erkläre es dir später, Franziska. Wenn ich alles gelesen habe.«

Abends sitze ich in meinem Wohnzimmer und öffne den Karton, den der Kurierdienst vor einigen Stunden in der Praxis abgeliefert hat. Zwei Packen Briefe, besser Briefkopien, finde ich, beide in Seidenpapier eingewickelt. Ich löse die mit Tesafilm befestigten Hüllen, vorsichtig, um ja nichts zu beschädigen, und dann fällt mein Blick auf die erste Kopie des Briefes.

»Lincoln, Nebraska, im Juli 1962« steht da in einer Schrift, die ich nicht kenne. Ist das Florians Schrift? Aber dann fällt mir ein, dass ich außer einigen Notizen von Florian ja nie etwas Handgeschriebenes von ihm zu Gesicht bekommen habe. Den Brief, den er mir damals im Sommer 1951 nach München geschrieben hat, besitze ich noch. Ich stehe auf und gehe nach nebenan in mein Arbeitszimmer. In einem der unteren Schreibtischfächer bewahre ich alte Briefe auf. Ich suche und finde einen alten Schuhkarton mit der Aufschrift »Salamander«. Er enthält die spärliche Korrespondenz meiner Studentenjahre – oder was noch davon übrig geblieben ist. Ich nehme den Karton und gehe zurück in mein Wohnzimmer. Nachdem ich wieder sitze, finde ich auch den Brief, in dem Florian mir seinen Besuch in Berlin ankündigte. Leider ist er mit der Schreibmaschine geschrieben. Nur die letzten Zeilen, in denen Florian mir schrieb, wie sehr er sich freue, mich bald wieder zu sehen, sind mit der Hand hinzugefügt. Eine noch etwas ausfahrende eilige Notiz, die keine Ähnlichkeit aufweist mit den ruhigen und regelmäßigen Schriftzügen, die er in Lincoln, Nebraska, zu Papier gebracht hat.

»Meine liebe Marlene«, steht da. »Ich weiß, dieser Brief muss Dir vorkommen wie eine Stimme aus dem Jenseits. Denn für die Welt, der ich bis zum 23. November 1953 angehörte, bin ich ja tot. Man hat von meinem Ableben Notiz genommen, einige Zeitungsartikel sind erschienen, ein paar kritische Würdigungen meines Wirkens, ein Nachruf hier und da. Solchen Nachrufen widerspricht man ja im Allgemeinen nicht, vor allem dann nicht, wenn sie dem Grundsatz folgen: De mortuis nihil nisi bene. Und dann herrschte Ruhe. Ja, Marlene. Danach hatte ich Ruhe, das Leben zu suchen, das ich eigentlich führen wollte, das aber immer stärker und unerbittlicher von einem anderen öffentlichen und oberflächlichen Leben verdrängt wurde, bis schließlich von meinem Dasein als Künstler nichts mehr übrig war. Du warst noch klein, als mir mein Leben entglitt. Jetzt aber bist Du eine erwachsene junge Frau. Dir, Marlene, Dir allein schulde ich so etwas wie eine Rechtfertigung. Für alle anderen bin ich gestorben, denn zu der Welt, in der ich jetzt lebe, haben sie keinen Zugang. Ich hätte in Eurer Welt weiterleben können als eine Schablone, als eine Karikatur meiner selbst, als ein Tastenakrobat, der auf einem modernen Konzertflügel virtuose Kunststücke vollbringt und so tut, als stecke hinter seinen sportlichen Leistungen mehr als eine mit gnadenloser Härte und Ausschließlichkeit antrainierte Körperbeherrschung, die mit der Zeit alle anderen Eigenschaften und Fähigkeiten beiseite gedrängt hat.

Es gibt Künstler, wirst Du vielleicht sagen, die eine solche unglückliche Entwicklung vermeiden können, denen es gelingt, eine Balance zwischen Technik und Professionalität auf der einen Seite und charakterlicher Entwicklung auf der anderen Seite herzustellen. Dies, wirst Du vielleicht denken, hätte auch mein Weg sein können, mein Weg und meine Aufgabe. So habe ich mein Leben zu Anfang meiner Karriere auch gesehen. Aber ich hatte nicht die Kraft und die Härte, dieses Gleichgewicht zu erreichen und es dann auch gegen meine Umgebung durchzusetzen. Anna, Deine Mutter, die Agenten, die sie in meinem Namen beauftragt hat, sich um meine Konzerte zu kümmern – vielleicht begegnest Du in diesem Zusammenhang einmal dem Namen Miller –, die Veranstalter und Manager, die um Gagen feilschten und dafür die künstlerische Integrität ihres ›Schützlings‹ aufs Spiel setzten, das war die Welt, in der ich mich nach ein paar Jahren Konzerttätigkeit wieder fand. Wo waren meine Freunde? Wo unsere Familie? Wo die Stunden, Tage oder Wochen, in denen Gespräche geführt, Bücher gelesen, Berge bestiegen oder Wanderungen unternommen wurden – in denen mit anderen Worten einfach gelebt wurde? Anna Forster war, das kann ich nicht verschweigen, der Motor dieser unglückseligen Entwicklung. Erst spät, zu spät, habe ich verstanden, dass sie durch mich etwas nachholen wollte, was ihr und ihrer Familie anderswo vorenthalten oder, nachdem es fast erreicht schien, auf niederträchtige Weise wieder entrissen wurde. Ich meine Stellung, Einfluss, Geld, Bedeutung.

Ihr Vater, Dein Großvater, hatte sich alle diese Dinge erarbeitet. Seine Kinder waren in seinem Bannkreis aufgewachsen und mussten erleben, wie hundert Jahre Aufklärung und Gesittung mit einem Schlage zurückgenommen wurden. Nichts galt mehr, nicht die wissenschaftliche und ärztliche Leistung, nicht das verdiente Ansehen, schon gar nicht das Geld, das andere einfach stehlen konnten. Anna, Deine Mutter, hat das nie vergessen. Alles, was man ihr und ihrer Familie genommen hatte, wollte sie wiedergewinnen – durch mich. Ich war ihr Werkzeug. Hinter diesem Ziel musste alles zurückstehen: Liebe, Freundschaft, Leben. Ein Gehirn, das nur noch ein Ziel kennt, vergisst darüber alles andere, den ganzen Reichtum unseres Daseins. Ich andererseits benötigte diesen Reichtum, um musizieren zu können, denn musizieren beschränkt sich nicht auf das Niederdrücken von Tasten oder das Zupfen oder Streichen von Saiten. Ich war meiner Sprache, meiner Technik längst sicher. Um so zu spielen, wie ich wollte, brauchte ich etwas anderes: Liebe, Freude, Freundschaft, Ergriffensein. Und davon bekam ich immer weniger, so wenig, dass ich am Ende nicht mehr ein noch aus wusste. Ich wollte ein anderes Leben und begab mich in Wartestellung. Und als sich die Gelegenheit bot, ein anderer zu werden, in ein anderes Leben zu wechseln und diese kalte, lieblose und mechanische Welt zu verlassen, die Anna um mich errichtet hatte, da bin ich gesprungen. Ins Nichts. Das Neue ist zunächst immer das Nichts, weil wir es nicht kennen. Das Schicksal kam mir zur Hilfe. Die eigentliche Entscheidung fasste ich in Sekunden. Doch davon ein anderes Mal. Ich erwarte nicht, dass Du mir auf diesen Brief antwortest. Ich will Dir erst meine Geschichte erzählen. Ganz. So, wie sie sich zugetragen hat. Dann sollst Du entscheiden, ob zwischen den Welten, in denen wir leben, Du und ich, nicht wenigstens Grüße und Gedanken hin- und hergehen können. Ich bin in dieser Hinsicht optimistisch. Die Physiker wissen seit längerer Zeit, dass die Lichtgeschwindigkeit überall im

Universum und unter allen Bedingungen konstant ist. Ich möchte glauben, dass es sich mit der Liebe ebenso verhält.
Dein Vater Florian.«

Ich lasse das Blatt sinken. Jetzt weiß ich, wie Florian sich 1962, neun Jahre nach seinem vermeintlichen Tod, wieder in Erinnerung gebracht hat. Ich weiß, wie die erste zarte Brücke in sein altes Leben aussah, die Florian nach einer so langen Pause zu bauen versuchte. Noch aber weiß ich nicht, auf welchem Weg er in sein neues Leben gelangte und wie er sich darin eingerichtet hat. Ich muss alle Briefe lesen, die vor mir liegen. »Im Juli 1962« steht als Datum auf dem ersten Brief. Die Briefe sind, soviel kann ich feststellen, chronologisch geordnet. Allerdings schwanken die zeitlichen Abstände zwischen den Briefen erheblich. Manchmal betragen sie Monate, dann nur einige Wochen. Auch die Länge der Mitteilungen ist sehr uneinheitlich. Mehrere seitenlange Briefe, die vor allem während der ersten Jahre überwogen, werden später durch kürzere Mitteilungen abgelöst. Gegen Ende der Zeit, aus der die Briefe stammen, werden Florians Äußerungen dann wieder länger. Auch seine Handschrift hat sich, wie mir beim Überfliegen der beiden Briefpakete deutlich wird, immer wieder geändert. Der letzte Brief vom 1. August 1982 stammt aus Zürich. Ich lese das in kurzen und knappen Sätzen abgefassten Schreiben. Von einer Hinterlassenschaft ist die Rede, die allmählich wachsen solle und mit der die Arbeit in Zürich in Verbindung stehe.

»Wir sind nur zu dritt«, steht da. »Das heißt, wir sind drei Akteure, der Pianist, der Tontechniker und der kritische Hörer, der im Kontrollraum mit der Partitur auf den Knien das Ergebnis unserer Anstrengungen verfolgt. Ab und zu bringt jemand Kaffee oder Sandwiches. Svanda, so heißt der Techniker, hat natürlich auch Assistenten, die Bänder wechseln, Mikrophone verrücken und ähnliche Dinge tun. Auch ein Klavierstimmer ist jederzeit verfügbar. Ich will keine ›Takes‹.

Das sind kurze Abschnitte, manchmal nur einige Takte, die einzeln aufgenommen und später zusammengefügt werden. Ich bestehe darauf, dass ein längerer Abschnitt, ein Satz oder zumindest der Teil eines Satzes in einem Durchgang gespielt werden. Wie oft ich in dieser Woche die Bach-Variationen von Max Reger schon gespielt habe, weiß ich nicht, aber wir kommen voran. Svanda ist zufrieden, und auch der Musikkritiker, ein alter Freund aus Wiener Tagen übrigens, meint, wir näherten uns der Ziellinie. Du siehst, Marlene, die alten Zeiten stehlen sich doch immer wieder in mein ›Heute‹. Aber das Ergebnis, Marlene, das Ergebnis! Max Reger um Johann Sebastian Bach kreisen lassen wie die Erde um die Sonne? Und sie bewegt sich doch – jetzt nach zwei Tagen intensiver Arbeit. Gelobt sei Galileo Galilei. Dein Vater.

Es durchfährt mich wie ein elektrischer Schock: Kann man Max Reger um Johann Sebastian Bach kreisen lassen wie die Erde um die Sonne? Die Herkunft der Reger-Aufnahme ist jetzt klar. Svanda, das Züricher Tonstudio. Und der Musikkritiker? Der Dritte im Bunde? Es muss Anton gewesen sein. Wer sonst? Ich muss Anton anrufen, sofort. Aber dann sehe ich auf die Uhr. Es ist spät und außerdem: Er ist krank. Ich kann ihn jetzt nicht in ein Gespräch verwickeln, das ihn anstrengt. Also lese ich, nicht einzelne Stellen, mal hier mal dort, nein, ich lese von Anfang bis zum Ende. Ich will wissen, was Florian Kepler von sich mitgeteilt hat. Ich braue mir einen starken Kaffee und setze mich an meinen Schreibtisch. Zu Briefen, die besonders bemerkenswerte Einzelheiten enthalten, mache ich mir Notizen. Ich lese, lese, notiere und lese weiter. Zwischendurch stehe ich auf und gehe durch meine Wohnung. Draußen im Tal ist es dunkel. In dem Maße, wie ich mich durch Florians Geschichte arbeite, wird es stiller da unten, wie ich auf meinen Gängen feststelle, stiller und einsamer. Um drei Uhr früh habe ich alles gelesen. Ich bin müde, erschöpft, trotz der Zufuhr von Kaffee, dabei aber ruhig und ausgeglichen. Ich muss nachdenken über das, was ich gelesen habe, bevor ich die Geschichte anderen mitteile.

Während ich mich ausziehe, auf die Nacht vorbereite und schließlich ins Bett schlüpfe, wird mir deutlich, dass ich nun ein ganz gutes und zusammenhängendes Bild von dem Leben habe, das Florian nach seinem Verschwinden geführt hat. Und morgen oder übermorgen, an einem der nächsten Tage jedenfalls, möchte ich Florian selbst zu Wort kommen lassen – nicht in einzelnen Briefen oder Mitteilungen, sondern so, als stünde oder säße er hier in meiner Wohnung und erzählte selbst, was er seiner Tochter Marlene im Laufe von zwanzig Jahren in Briefen mitgeteilt hat. Allerdings muss ich mich schon jetzt daran erinnern, dass Florians Mitteilungen ganz allein Marlene galten – niemandem sonst. Wenn Florian spricht, als wende er sich an ein Gegenüber, dann meinte er immer Marlene.

»Ich befand mich auf dem Rückflug von Japan, wo ich auf Bitten der amerikanischen Regierung ein paar Wohltätigkeitskonzerte für die Opfer von Hiroshima und Nagasaki gegeben hatte. Außerdem waren meine Agenten, das Ehepaar Miller, der Meinung, dass das Publikum in den großen japanischen Städten, vor allem in Tokio, im Begriff sei, die klassische Musik des Westens für sich zu entdecken und dass ein junger Pianist mindestens einmal im Jahr nach Tokio reisen sollte, um dort sein Publikum zu finden und eben diesem wachsenden Publikum anschließend seine Schallplatten zu verkaufen. Die Europäer planten ihre ersten Auftritte in Japan und handelten dabei im Auftrag ihrer Regierungen: die Wiener Staatsoper, die großen Orchester. Ich hingegen kam nur auf Betreiben von Mr. und Mrs. Miller, die mich im nächsten Jahr, also 1954, zu einer Konzertreise nach Japan schicken wollten.

Während dieses langen Fluges in einer viermotorigen Superconstellation erlebte ich eine existenzielle Krise: Ich sah mich gewissermaßen von außen in diesem von Tragflächen in der Luft gehaltenen und von vier Motoren angetriebenen Metallrohr hocken, zusammen mit hundert oder hundertzwanzig anderen Menschen, die ich nicht kannte, mit denen ich nichts gemeinsam hatte und von denen sich gewiss niemand für das interessierte, was ich tat oder doch gern tun wollte. Wir waren am Abend von Tokio aus losgeflogen. Von meinem Fensterplatz aus sah ich eine Mondsichel, die wie ein Traumboot durch den dunkelblauen Himmel zu segeln schien. Mir, der ich für Stunden in diesem Flugzeug eingesperrt sein würde und dem jetzt schon nach drei Stunden Flug die Ohren wehtaten, suggerierte dieses Bild auf ganz unbestimmte Weise ein anderes Leben, ein freies, alle Sinne ansprechendes Leben, in dem sich meine Kunst entfalten konnte, in dem ich den Stimmen großer Musiker Geltung verschaffen und die Welt damit vielleicht ein kleines bisschen besser machen konnte. Was tat ich hier, einige tausend Meter über einem gleichgültigen Ozean, auf dem Flug nach Anchorage in Alaska, wo die Maschine am frühen Morgen des 23. November zwischenlanden würde, um dann zwei Stunden später weiterzufliegen nach New York? Ich hatte meine Noten bei mir, die Musik, die ich in Tokio gespielt hatte, und versuchte mich in eine Beethoven-Sonate zu vertiefen, um mich zu beruhigen, um der aufsteigenden Panik in meinem Inneren Herr zu werden. Panik, ja, Marlene, eine unbestimmte Angst, dass ich im Begriff war, etwas Falsches zu tun, dass ich schon längst von dem Weg abgekommen war, den ich gehen wollte, dass ich zum Gegenstand eines auf Geld und äußere Geltung gerichteten Betriebes geworden war. Ich las Beethovens Sonate in As-Dur Opus 110, Beethovens vorletzte Sonate, die er niemandem gewidmet hatte. Was stand da in kleiner Schrift, mit einem Stern versehen, am Anfang des ersten Taktes unter dem punktierten einleitenden As-Dur Akkord? ›Con amabilità‹, also lieb, sanft. Ich hörte diesen Akkord und die einleitenden Takte und stellte mir vor, wie sie klängen, wie sie klingen müssten, wenn ich sie jetzt spielen könnte, wenn ich die Gewichte meiner Finger leicht verschöbe, sodass das ›Es‹ in der linken Hand und das ›As‹ in der rechten eine Spur deutlicher hervortreten, als man es gemeinhin hört. Ich versuchte die Sonate zu lesen, als sähe ich sie zum ersten Mal. Ich las Seite für Seite und beruhigte mich ein wenig. Die Angst, unter der ich eben noch gelitten hatte, löste sich. Jetzt tat ich ja, was ich viel zu selten tat: Ich vertiefte mich in eine Musik, die ich liebte und bewunderte, die mir am Herzen lag. Mit dieser Ruhe aber, die ich empfand, während ich das Stück zu Ende las, keimte ein Entschluss. Vielleicht war es überhaupt dieser Entschluss, der mich zur Ruhe kommen ließ und der mich mit meiner temporären Gefangenschaft versöhnte. Ich würde nicht nach New York weiterfliegen, sondern in Anchorage aussteigen, in ein Hotel gehen und mich ausschlafen, ehe ich weiterreiste. In Anchorage würde es kalt sein. Dort herrschte bereits tiefer Winter, aber das war mir recht. Winterschlaf halten wollte ich ein paar Tage lang, vielleicht eine ganze Woche. Ich wollte das offen lassen. Die Aussicht, nicht gleich wieder in den geschäftsmäßigen Konzert- und Probentrubel zurückzumüssen, beruhigte mich so sehr, dass ich in meinem Sitz einschlief und erst wach wurde, als die Maschine ihre Reiseflughöhe verlassen hatte und sich im Anflug auf Anchorage befand. Inzwischen war im Osten die Sonne aufgegangen. Ihre ersten Strahlen erreichten die makellos weißen Gipfel. Links von mir sah ich den Mount McKinley rot aufglühen, während die Täler ringsum noch in tiefblauen winterlichen Schatten lagen.

Nach der Landung in Anchorage rollte unser Flugzeug in eine Parkposition. Wer wollte, durfte über eine fahrbare Treppe aussteigen und durch die beißend kalte Luft in das nahe gelegene Flughafengebäude hinübergehen. Ich packte meine Aktentasche und meinen Mantel und stieg aus. Am Ausgang überreichte mir eine der Stewardessen eine Plastikkarte, mit der ich mich beim Wiederbetreten der Maschine in etwa einer Stunde als Passagier meines Fluges ausweisen sollte. Ich nahm die Karte ziemlich gedankenlos entgegen, obwohl ich mich ja entschlossen hatte, meine Reise hier zu unterbrechen. In der Ankunftshalle, die einer überdimensionierten und überheizten Baracke glich, fiel mir ein, dass ich im Flugzeug nicht um die Herausgabe meines Koffers gebeten hatte. Am Empfangsschalter meiner Fluggesellschaft stand eine etwas pomadig wirkende Frau, deren hellblaue Uniform sie als Angestellte der von mir benutzten Fluglinie auswies.

›Kein Problem‹, sagte sie, als ich ihr meinen Wunsch schilderte, einige Zeit in Anchorage zu bleiben. Sie griff zum Telefon und bat um die Herausgabe meines Koffers aus der Maschine. ›Trifft sich gut‹, sagte sie dann zu mir. ›Ein Teil des Gepäcks steht ohnehin auf dem Boden, weil neues Gepäck verladen werden muss.‹

Ich wusste nicht, wovon sie redete.

›Passagiere von anderen Flügen, die auch nach New York weiter wollen‹, erklärte sie und gähnte hinter vorgehaltener Hand.

›Ihren Koffer bekommen Sie im Gepäckraum‹, sagte sie, ›gleich neben dem Ausgang.‹

Ich bedankte mich und wollte mich auf den Weg machen. Da fiel mir die Plastikkarte ein, die ich beim Ausstieg bekommen hatte. Ich müsste sie zurückgeben, damit beim Wiedereinstieg nicht Konfusion entstünde. Ich ging zurück zu der Tür, durch die ich das Flughafengebäude betreten hatte. Am Eingang stand ein dick vermummter Mann, der wohl sicherstellen sollte, dass niemand diese Tür ohne eine Plastikkarte passierte – in welcher Richtung auch immer. Ich bat ihn, einen Augenblick auf mein Handgepäck Acht zu geben, zeigte meine Karte und lief die paar Schritte hinüber zum Flugzeug, stieg die fahrbare Treppe hinauf und begegnete am Eingang der Maschine dem Purser, dem ich meine Karte mit dem Hinweis überreichte, dass ich hier aussteigen würde.

›Ist in Ordnung‹, sagte er, nahm die Karte entgegen und

wünschte mir einen guten Aufenthalt. Das alles ging sehr schnell. Der dick vermummte Mann an der Tür erkannte mich und nickte mir freundlich zu, als ich mein Handgepäck ergriff und mich zum Ausgang begab. Wie angekündigt, stand mein Koffer unter einem Schild, auf dem unser Flug aus Narita verzeichnet war. Die weiteren Ereignisse in Anchorage sind mir im Einzelnen nicht mehr gegenwärtig. Natürlich musste ich durch die Pass- und Zollkontrolle. Ich weiß noch, dass ich mich mit einem Taxifahrer darüber unterhielt, welches Hotel für einen kurzen Aufenthalt in dieser kalten Jahreszeit zu bevorzugen sei. Er nannte mir eines, das er als erstes Haus am Platz bezeichnete. Es war dann auch ganz leidlich. Sogar einen Flügel entdeckte ich in einer Nische der mit Polstermöbeln und rotem Plüsch etwas altmodisch ausstaffierten Halle, als mich ein Liftboy zu meinem Zimmer begleitete. Wenn ich ausgeschlafen hätte, könnte ich ihn ja mal ausprobieren, dachte ich – aber wie gesagt, diese Szene zwischen Flughafen und Hotel und die Eindrücke von diesem kurzen Aufenthalt in Alaska sind heute, zehn Jahre später, in etwas nebelhafte Ferne gerückt.

Ich weiß allerdings noch, dass ich mich, müde wie ich war, unter die heiße Dusche stellte und anschließend mit dem Gefühl ins Bett ging, einem Verhängnis entronnen zu sein. Ich schlief tief und fest in jener Nacht. Vielleicht genoss ich das Gefühl, mich zumindest zeitweise von allem gelöst zu haben. Ich befand mich inkognito in einem entlegenen Winkel der Welt, Anchorage, Alaska, im November 1953. Der Ausdruck ›inkognito‹ traf wirklich zu, denn ich hatte mich im Hotel nicht als Florian Kepler, sondern als Jonathan Keller eingetragen. Warum? Damals hätte ich auf diese Frage keine eindeutige Antwort geben können, aber heute glaube ich zu wissen, dass die Flucht, die ich antrat, aus vielen kleinen Einzelfluchten bestand. Jeder Schritt für sich gesehen ist noch keine Flucht, ist auch reversibel. Unbewusst aber fügen sich mehrere Schritte zueinander. Die Reiseunterbrechung, die Rückgabe des Plastikausweises, der bei dem Flugpersonal den Eindruck hinterlassen konnte, ich sei wieder an Bord, schließlich die Eintragung im Gästebuch meines Hotels. Aneinandergereiht führen diese Schritte an eine Schwelle, an der das Spiel ein Ende hat. Jetzt heißt es: entweder – oder. Ist es nicht wie bei einem Selbstmord? Man legt die Todesart fest, besorgt sich Tabletten oder eine Waffe, bestimmt die Zeit, den Ort, entscheidet, ob man mit oder ohne Erläuterungen oder Abschiedsworte gehen möchte. Dann ist es plötzlich so weit. Du tust es oder du tust es nicht.

Als ich am nächsten Morgen gut ausgeschlafen und immer noch im Genuss der kleinen Freiheit, die ich mir erobert hatte, in die Halle kam, um mich nach dem Frühstücksraum zu erkundigen, fiel mein Blick auf die Titelseite der lokalen Zeitung, von der ein ganzer Stoß auf der Theke der Rezeption lag.

›Superconstellation stürzt beim Landeanflug auf Idlewild, New York, ab.‹

Ich griff nach der Zeitung, beunruhigt, aber noch keineswegs sicher, dass ich die Schwelle erreicht hatte, von der eben die Rede war.

›Die Maschine kam aus Japan, war in Anchorage zwischengelandet und befand sich im Landeanflug auf den Flughafen Idlewild bei New York‹, hieß es da. ›Alle hundertsiebzehn Passagiere und die fünf Besatzungsmitglieder sind nach menschlichem Ermessen bei dem Absturz ums Leben gekommen. Das Flugzeugwrack liegt etwa sechs Meilen vor der Küste im Meer. An eine Bergung des Wracks und der möglicherweise noch darin eingeschlossenen Toten ist unter den herrschenden winterlichen Verhältnissen nicht zu denken.‹

Jetzt musste ich mich setzen. Es handelte sich um meine Maschine, auch die Flugnummer stimmte. Von Rechts wegen müsste ich jetzt tot sein. Ich saß in der Halle in einem der mit rotem Plüsch bespannten Sessel und ließ die Zeitung sinken.

Ich war dem Tod von der Schippe gesprungen. Meine Instinkte, die Panikattacke im Flugzeug, meine Flucht aus der Maschine, aus dem Einerlei meines Terminkalenders, den andere für mich erstellten, hatten mich gerettet. Ich atmete tief durch. Irgendwie erschien mir das alles plötzlich sehr unwirklich. Träumte ich? Nein, das war Wirklichkeit, die Zeitung in meinen Händen, die Druckerschwärze an meinen Fingern, die Sprungfedern meines Sessels, die bei jeder Bewegung ein metallisches Geräusch von sich gaben: Das alles war Gegenwart. Es war heiß in dem Raum. Ich musste mir den Schweiß von der Stirn und von meinem Hals wischen. Nein, dies war kein Traum.

›Ist das nicht schrecklich?‹ fragte mich der Concierge, als er an sein Pult zurückkam und mich mit der Zeitung dasitzen sah.

›Entsetzlich‹, murmelte ich und schlug die zweite Seite des Blattes auf. ›Prominente unter den Opfern‹, stand da. Ich las, dass sich der Senator von New Jersey, ein Mr. William DeVries, unter den Opfern befände. Und dann ... dann las ich meinen Namen. ›Zu beklagen ist auch der Tod des Pianisten Florian Kepler, der von vielen Kennern als die größte pianistische Begabung seiner Generation eingeschätzt wurde. Wir werden morgen im Kulturteil dieser Zeitung ausführlicher über Florian Kepler berichten.‹

Was für ein Blödsinn, dachte ich. Protest regte sich in mir. Wie kommen diese Leute dazu, mich für tot zu erklären, Nachrufe anzukündigen. Ich war im Begriff, aufzustehen, zum Telefon zu eilen, um den Irrtum richtig zu stellen. Ein anderes Leben, ja. Aber auf diese Weise? Nicht mehr zu den Lebenden gerechnet werden, weil diese inkompetenten Flugbegleiter meinen Namen nicht von der Passagierliste gestrichen hatten?

›Frühstück ist nebenan!‹, rief mir der Concierge zu. Offenbar war er zu dem Schluss gekommen, dass ich nach der Schreckensnachricht in der Zeitung eine Stärkung brauchte.

Er hat recht, dachte ich. Mir gingen zu viele widersprüchliche Dinge durch den Kopf. Totgesagte leben länger, lautete der harmloseste Gedanke. Ein neues Leben, lautete eine andere, schon nicht mehr so harmlose Idee. Aber meine Familie? Anna, Marlene, Joshua. Was würde ich denen antun, wenn ich mich nicht meldete, wenn ich es bei dem Irrtum beließe? Es gab ja niemanden mehr, der im Stande gewesen wäre, den Fehler zu korrigieren. Ich stand auf, verdrängte den Zeitungsartikel, das Ereignis, von dem er berichtete. Was hatte sich denn verändert? Ich lebte, meine Familie lebte, in der Presse war eine Falschmeldung erschienen. Ich hatte noch Zeit zum Nachdenken. Die Schwelle war noch nicht überschritten. Ich frühstückte, ging in der kalten Luft spazieren, schlief. Ja, Du staunst vielleicht, dass ich unter diesen Umständen schlafen konnte, Marlene, während ich Nächte vor Konzerten, die meine Agenten mir als besonders wichtig angekündigt hatten, weil ein prominenter Kritiker im Saal saß oder sonst ein Mächtiger des Musikbetriebs anwesend war, oft schlaflos zubrachte.

Nach ein paar Tagen war nichts passiert, außer dass es einige Nachrufe im Radio und in der Presse gegeben hatte. Das Inkognito bekam mir. Für Anna, Deine Mutter, wäre es besser, mich auf diese Weise aufgeben zu müssen als in einem offenen Konflikt. Und ihr, die Kinder? Ich war fest entschlossen, euch nicht aufzugeben, vor allem zu Dir Kontakt aufzunehmen, sobald Du alt genug sein würdest, um mein Verhalten, meine Faszination von einem neuen Leben zu verstehen. Und das tue ich hiermit. Nur um eines bitte ich Dich. Betrachte diesen Brief als ein Geheimnis, das ich Dir, Dir allein anvertraue. Nicht, dass ich von Enthüllungen etwas zu befürchten hätte. Meine neue Existenz ist inzwischen so gut begründet, dass sie durch einen Brief wie diesen nicht zu erschüttern wäre. Wenn ich Dich um Verschwiegenheit bitte, meine ich etwas anderes: Ich bitte Dich um Verständnis dafür, dass ich ein Mensch bin, in dem mehrere Personen stecken und dessen Leben mit dem Älterwerden sich verzweigt wie die Äste eines Baumes. Aus Florian Kepler ist Jonathan Keller hervorgegangen, der in einer Provinzstadt, in Lincoln, Nebraska, Musik unterrichtet und dabei einige Schüler und Schülerinnen ausgebildet und geformt hat, die technisch keine Vergleiche zu scheuen brauchen und deren Verständnis für Musik und für ihre Wirkung weit über die landläufige Konsum- und Genusshaltung hinausgeht. Hier in diesem gottverlassenen Nest hat Jonathan Keller im Erzeugen und Annehmen von Musik, im Geben und Nehmen zwischen Musiker und Zuhörern, im Klang und Widerklang der beteiligten Seelen, mehr, so viel mehr erreicht als Florian Kepler, die ›größte Hoffnung der jungen Pianistengeneration in den USA‹ jemals zu träumen wagte. Um die Bewahrung dieser gemeinsamen Leistung geht es mir, wenn ich Dich um Diskretion bitte. Darum, dass die Schönheit und Natürlichkeit unseres gemeinsamen Musizierens und Zuhörens nicht zerredet wird.

Jetzt hältst Du mich vielleicht für verrückt. Und ich kann nicht leugnen, dass solche Ideen für den Normalbürger den Verdacht auf eine geistige Störung erwecken könnten. Darüber können wir uns vielleicht später einmal unterhalten. Wie weit reicht ›normales Verhalten‹, und wo beginnt das, was man eine geistige Störung nennt?

Ich bin zufrieden hier in Lincoln. Dennoch sehne ich mich manchmal zurück nach Europa. Nicht in die großen Konzertsäle, aber in die kleinen Orte, in denen im Sommer Musik gemacht wird, in Restaurants oder in Bars, namentlich in Wien, in denen ein Pianist, wenn er etwas zu sagen hat und ihm ein ordentliches Instrument zur Verfügung steht, Menschen mit Musik verzaubern kann – und sei es jeweils nur für einige Minuten. Auch hegen die ›Alter Egos‹, die noch in mir stecken wie ungeborene Äste in einem erwachsenen Baum, den Wunsch, exemplarische, aber fast vergessene, zumindest vernachlässigte Werke der Musik, besonders der deutschen Musik, auf CDs einzuspielen – mit erstklassiger Tontechnik, aber ohne die üblichen Kompromisse an den Publikumsgeschmack, die von den Produzenten mit ›Hörgewohnheiten‹ entschuldigt und doch nur um höherer Verkäufe willen eingegangen werden.

Ja, Marlene, das möchte ich alles noch tun. Nicht ich, natürlich, das muss ich hier noch einmal betonen, sondern die Personen, die in mir wohnen und die sich irgendwann einmal Geltung verschaffen wollen. Du staunst vielleicht über dieses Bild, das ich gern benutze – über die ›ungeborenen Äste‹, die aus meinem Leben sprießen wollen oder über die Personen, die sich meiner Existenz bemächtigen möchten. Aber ich bin überzeugt davon, dass es sich hierbei nicht um eine Konstellation handelt, die nur meinem Leben eignet. Jeder Mensch besteht im Grunde genommen aus mehreren Personen. Den meisten wird das allerdings nicht in dem Maße bewusst wie mir. Ich habe dem, was andere ›Möglichkeiten‹ oder ›innere Stimmen‹ nennen, dadurch Raum gegeben, dass ich mich von äußeren Zwängen befreit habe. Natürlich war für diese Entlastung ein Preis zu zahlen. Geld und Geltung, Ruhm und Reichtum, Anerkennung bis hin zu der Schwärmerei, wie sie in Fan-Clubs gepflegt wird – darauf musste ich verzichten. Auch darauf, Kinder aufwachsen zu sehen, habe ich verzichtet. Nicht ganz, wie Du daran siehst, dass ich mich jetzt an Dich wende, aber doch zu einem entscheidenden Teil. Der Trost: Ich wusste euch gut versorgt, denn mir selbst ist von dem vielen Geld, das ich verdient habe, wenig geblieben.

Ich lebe in einem kleinen Holzhaus. Mein einziger Luxus besteht in einer großen Scheune, die ich zu einem kleinen Musiksaal ausgebaut habe und in dem auch ein Konzertflügel steht, den ich einer alten Witwe abkaufen konnte, deren Mann sich einen Steinway-Konzertflügel in sein Riesenhaus gestellt hatte, nur um damit anzugeben. In meiner Scheune, die übrigens eine wunderbare Akustik hat, haben leicht hundert Zuhörer Platz. Dort übe und spiele ich mit meinen Freunden und mit den Schülern, die sich unter meiner Obhut entwickelt haben. Ich beziehe an einer hiesigen Privatschule ein mäßiges Gehalt für den Musikunterricht, für die Leitung des Chores und für die musikalische Ausgestaltung von Festen. Reich bin ich nicht, aber es reicht. Es gibt viele Menschen hier, die ich lieben gelernt habe, Alte und Junge, Kinder und Erwachsene, Männer und Frauen, Arme und Reiche. Sie umgeben mich, Jonathan Keller, mit Wärme und Zuneigung.

Es war übrigens nicht besonders schwer, in diese neue Existenz zu schlüpfen. Zunächst habe ich die Social Security Number von Florian Kepler weiter benutzt. Unter meinem neuen Namen. Dann habe ich meinen Führerschein für Nebraska gemacht. Nach einiger Zeit habe ich darauf hingewiesen, dass mein Name und auch meine Sozialversicherungsnummer offenbar mit der einer anderen Person verwechselt worden seien. Ich bat um Aufklärung und Richtigstellung und blieb von Seiten der Behörden fortan ganz unbehelligt. Meinen alten Pass habe ich nach einigen Jahren in Lincoln durch ein österreichisches Konsulat verlängern lassen. Später beantragte ich bei der gleichen Behörde die Ausstellung eines neuen Passes. Die Begründung: Ich hätte meinen alten Pass verloren und inzwischen meinen Namen auch dem amerikanischen Sprachgebrauch angepasst, hieße jetzt also Jonathan Keller.

Jonathan könnte, wenn er denn wollte, also auch wieder reisen und in Augenschein nehmen, was aus Marlene und Joshua geworden ist. Vielleicht tut er das ja auch bald einmal ...

Es zieht mich – ich sagte es bereits – sehr nach Europa. In meinem Existenzwechsel, in der Beendigung von Florian Keplers Leben und Karriere und in seiner Auferstehung in anderer Gestalt, liegt ja auch die Möglichkeit, die Menschen und Szenen aus meinem Inkognito heraus zu beobachten, zu sehen, was aus ihnen geworden ist und wie ihr Leben ohne mich weitergegangen ist. Eine Art von Voyeurismus würdest

Du vielleicht sagen. Sicher sind Dir derartige Gelüste fremd. Vielleicht empfindest Du sie sogar als unsympathisch. Aber das Zuschauen, das passive Dasein, das nur wahrnimmt und urteilt, aber nie handelnd eingreift, ist ja an sich noch nichts Schlechtes. Niemandem wird etwas getan, niemandes Privatsphäre würde verletzt. Allerdings bin ich nicht ganz sicher, ob ich die hier angedeutete Passivität auch wirklich einhalten könnte. Das muss sich zeigen. Aber eines weiß ich: Nie würde ich aus meinem Versteck so weit heraustreten, dass dabei Unruhe oder gar Leid entstehen könnte. Die Briefe an Dich sind in diesem Sinne zu verstehen. Wenn Du mit einer Brücke von Jonathan Keller zu Dir, zu Marlene Kepler, einverstanden bist, dann schreib mir an die angegebene Adresse. Wenn nicht, dann lasse es. Ich bin Dir deshalb nicht gram. Ich kann es ja später wieder einmal versuchen.«

13

Von Marlene finde ich in den Briefunterlagen, die ich im Laufe einiger Abende immer wieder durchlese, keine Zeile. Insofern kann ich zunächst auch nicht beurteilen, ob Florian – oder Jonathan – hier über Jahre hinweg ein Selbstgespräch führte oder ob es sich doch wenigstens in Andeutungen um eine Korrespondenz handelte.

Die Briefe enden mit der Beschreibung einer Einspielung in einem Zürcher Studio. Der letzte Satz lautet: »Jetzt sind wir einander so nahe. Von Zürich nach Feldkirch, das ist weniger als ein Katzensprung.«

Enthält dieser Satz die Andeutung eines bevorstehenden Besuchs? Von 1965 datiert ist ein Brief aus Lincoln, in dem von einem »alten Feind« die Rede ist, der sich jetzt in Wien in einflussreicher Stellung befände und mit dem Jonathan gerne in Verbindung treten würde. Er ließe sich wohl zu absoluter Verschwiegenheit verpflichten, denn ein Bruch der zu vereinbarenden Vertraulichkeit würde ihn desavouieren. Ob Marlene ihm dabei helfen könne, diesen Mann zu erreichen? »Das Nähere werde ich Dir lieber telefonisch mitteilen. Ich möchte in dieser Angelegenheit keine schriftlichen Spuren hinterlassen.«

Offenbar hat Kepler alias Keller damals bekommen, was er wollte, denn von nun an erwähnte er Aufenthalte in einem Tonstudio, von dem allerdings nicht klar ist, wo es sich befindet. Erst später, in den Siebzigerjahren, steht etwas von einem Zürcher Studio. Zweimal ist auch die Rede davon, dass sie zu dritt seien, der Astronom, der Tontechniker und der Musikkritiker. Der Astronom, das muss wohl Kepler selbst gewesen sein, Tycho Brahe, Nikolaus Kopernikus oder Galileo Galilei.

Der Techniker war Jaroslav Svanda, er wird in dem letzten Brief vom 1. August 1982 ja auch genannt. Wer aber war der Musikkritiker? War er identisch mit dem »alten Feind«, den Florian seiner Tochter gegenüber erwähnt – war es Anton? Ich habe seit meinem letzten Besuch in Klosterneuburg nichts mehr von ihm gehört. Ich sollte ihn anrufen, mich nach seinem Befinden erkundigen, und, wenn es geht, bald mit ihm zusammentreffen. Einige Tage denke ich nur an Anton, im Januar greife ich dann wirklich zum Telefonhörer. Die Festtage liegen hinter uns, das Leben verläuft wieder in seinem gewohnten Takt, kalt ist es und früh dunkel. Die Praxis verschwindet, so kommt es mir vor, gelegentlich unter einer Grippewelle. Jedenfalls sprechen die Gazetten in ihrer Kenntnislosigkeit und platten Sensationsgier von Grippe – in Wirklichkeit handelt es sich nur um die üblichen jahreszeitlichen Erkältungen.

Ich bekomme Frau Schwitters ans Telefon, die mich mit Schwester Rosa verbindet, jener resoluten, runden und fröhlichen Person, die mich bei meinem letzten Besuch zu Anton geführt hat.

»Sie haben Glück, Herr Doktor«, sagt sie. »Der Herr Muxeneder ist gerade wieder auf Station.«

»Und wo war er davor? In seinem Zimmer?«

»Nein«, sagt Schwester Rosa, »nein, wir hatten schon etwas Kummer mit dem Herrn Muxeneder in letzter Zeit. Gar nicht gut ist es ihm gegangen.«

Ich schaue aus dem Fenster und sehe den Marienplatz unter einem kalten und undurchdringlich erscheinenden Wolkenhimmel.

»Ist das Wetter in Wien auch so unfreundlich?«, frage ich.

»Mit dem Wetter hat des nichts zu tun. So einfach ist das mit dem Herrn Muxeneder nicht.«

»Kann ich ihn sprechen?«

»Natürlich, ich lege Ihnen das Gespräch in sein Zimmer.«

Nach einer kleinen Pause höre ich eine matte Stimme, die ich auf Anhieb gar nicht wiedererkannt hätte.

»Ja bitte?«

»Ich bin es, Anton, Klaus Mosbacher, ich wollte hören, wie es dir geht.«

Seine Stimme belebt sich spürbar. »Das ist schön von dir, Klaus, dass du dich einmal meldest.«

Und dann erzählt er ganz spontan von seiner Krankheit, von Bluttransfusionen und von neuen Medikamenten, die man an ihm ausprobiere. Er habe ein »Non-Hodgkin-Lymphom«.

»Habe ich das richtig ausgesprochen?«

»Ja«, sage ich und füge gleich hinzu, dass es auf diesem Gebiet eine ganze Reihe neuer Behandlungsmöglichkeiten gebe. Die Aussichten seien gar nicht schlecht. Nur Geduld müsse er haben. Diese Art von Zuspruch gerät bei mir immer ein wenig zu routiniert, deshalb erkundige ich mich nach den Einzelheiten seiner Behandlung. Anton scheint sich zu freuen.

»Ich wollte dich wieder einmal besuchen, Anton«, sage ich. »Wäre dir das recht?« Aber ich spüre schnell, dass ich ihn mit dieser Frage beunruhige.

»Hast du denn etwas auf dem Herzen?«, fragt er. »Können wir es auch am Telefon besprechen? So ganz stark fühle ich mich nämlich nicht.«

»Dann will ich dich auch nicht sekkieren.«

Wenn ich mit Anton rede, verfalle ich gerne in die Redeweise, die er im Umgang mit mir pflegt. Es rührt wohl daher, dass ich auf ihn eingehen möchte, besonders jetzt, da es ihm nicht gut geht.

»Wir können schon sprechen«, sagt er. »Wenn ich müde werde, sag ich's.«

Ich erzähle Anton, den ich vor meinem inneren Auge vor mir sehe, in seinem Morgenmantel, Pantoffeln an den Füßen, in seinem Lehnstuhl sitzend, vielleicht eine Decke um die Beine geschlungen, so, wie ich ihn beim letzten Mal angetroffen hatte, von meinem Besuch bei Marlene und von den Briefen, die Kepler an seine Tochter geschrieben hat.

»Du wusstest, dass Kepler bei dem Absturz nicht ums Leben gekommen ist?«, frage ich ihn ohne Umschweife.

»Zunächst wusste ich nur, was in den Zeitungen stand«, antwortet Anton sehr sachlich und ohne Aufregung. »Dass er diesem Absturz entkommen sein und weitergelebt haben könnte, das erfuhr ich erst … lass mich überlegen, dreizehn oder fünfzehn Jahre später.«

»Wer hat es dir gesagt?«

»Er selbst.« Anton hat offenbar keine Mühe, über ein weiteres geheimes Kapitel in seinem Leben zu sprechen. Steht er plötzlich über den Dingen, jetzt, da er krank ist?

»Er selbst?«

Jetzt lacht Anton sogar ein tonloses Altmännerlachen. »So simpel darfst du dir das nicht vorstellen. Ich bekam einen Anruf von einem Jonathan Keller, der vorgab, Pianist zu sein, mich gut zu kennen, und der offenbar auch über mein Verhältnis zur Familie Forster Bescheid wusste. Er lebe unter verschiedenen Inkognitos, sagte er mir damals. Einerseits ließ er durchblicken, wer er war, andererseits gab er auf meine Frage, ob er etwas mit Florian Kepler zu tun habe, keine eindeutige Antwort. Vorläufig, meinte er, wünsche er nicht, mit diesem toten Pianisten in irgendeine Verbindung gebracht zu werden. Er suche den Zugang zu einem erstklassigen Aufnahmestudio, mit dem er einige Stücke einspielen könne, die ihm besonders wichtig seien. Die Aufnahmen wolle er unter verschiedenen Pseudonymen einem begrenzten Kreis von fachkundigen Hörern zugänglich machen. Diesen Teil solle ich übernehmen. Zunächst wolle er für die Aufnahmen auch selbst bezahlen. Erst, wenn mehrere Gutachter die Aufnahmen positiv beurteilt hätten, würde er daran denken, sie zu veröffentlichen.«

»Und wenn du einfach abgelehnt hättest, Anton?«

»Das schien mir damals nicht ratsam zu sein, denn er ließ durchblicken, dass er meine Beziehungen zur Familie Forster kenne. Es war keine eigentliche Drohung, eher eine Andeutung, dass er mir auch Scherereien machen könne.«

»Erpressung also?«

»So hab ich es damals eigentlich nicht empfunden. Ich war ja nicht einmal sicher, ob der Mann nicht ein Spinner war oder ein Schwindler.«

»Du bist also auf seinen Wunsch eingegangen?«

»Ich habe mit Svanda in Zürich darüber gesprochen. Der hat Jonathan Keller dann einige Termine in Zürich in Aussicht gestellt. Allerdings sollte den geplanten Aufnahmen ein Probespiel vorausgehen.«

»Und weiter?«

»Eines Tages kam er wie vereinbart nach Zürich und wollte etwas aufnehmen. Einmal die Sonate in h-Moll von Franz Liszt und, wenn noch Zeit bliebe, die drei Hindemith-Sonaten von 1936.« Anton legt eine kleine Pause ein. Es klingt, als trinke er einen Schluck. »Ich bin dann dazugekommen und habe den Mann gesehen. Mit dem jungen Florian Kepler, den ich nur von Bildern aus der Zeitung kannte, hatte er kaum Ähnlichkeit. Andererseits hätte ich auch nicht schwören können, dass er nicht Florian Kepler war. Menschen verändern sich ja mit den Jahren. Dieser Jonathan – er wollte, dass wir ihn Jonathan nennen –, war ein großer, athletisch wirkender Mann mit einer eher ungepflegten grau-braunen Haarmähne, die seinen Kopf umstand, und mit etwas exzentrischen Manieren. Die Aufnahme der Sonate in h-Moll von Liszt sollte, wenn sie gelänge, unter dem Kennwort Johannes Kepler angeboten werden. Für die Hindemith-Sonaten schlug er als Kennwort ›Tycho Brahe‹ vor. Er sei lange nicht mehr im Musikbetrieb tätig gewesen und müsse sicher sein, sagte er. ›Worüber denn?‹ fragten Svanda und ich, aber darauf gab er keine Antwort. Das würden wir schon noch erfahren, entgegnete er. Dann, nach ziemlich langen Vorreden, setzte er sich ans Klavier und fing an zu spielen. Nach ein paar Minuten war klar, dass es sich entweder um Florian Kepler selbst oder um einen gleichrangigen Pianisten handeln müsse. Der Mann spielte einfach phänomenal.«

»Und wozu wollte er dich dabei haben?«, frage ich.

»Ich war doch einmal Musikkritiker. Das wusste er. Irgendjemand hatte ihm auch von meiner Plattensammlung erzählt. Er hatte die Noten für den Liszt und für den Hindemith mitgebracht, und ich musste die Texte mit ihm musikalisch durchgehen, alle seine persönlichen Eintragungen. Dann musste ich darauf achten, dass er alles so spielte, wie es in den Noten stand, während Svanda und seine Leute für den tontechnischen Teil zu sorgen hatten. Nach drei Tagen war er zufrieden. Wir hörten uns gemeinsam dann noch andere Aufnahmen der Sonate in h-Moll an. An seine Einspielung kam kein anderer heran. Er hatte diesen Notentext durchgearbeitet und verinnerlicht wie kein anderer Pianist seiner Zeit. Sein Gehör beeindruckte mich besonders. Der Steinway im Studio musste alle paar Stunden nachgestimmt werden, und Svanda konnte anhand der Schwingungszahlen seiner Messgeräte nachweisen, dass dieser Keller oder wie er nun hieß, die minimalen Schwankungen in der Tonhöhe von einer Aufnahme zur nächsten wirklich hörte.

›Wer sind Sie, in Gottes Namen?‹, fragten wir ihn, nachdem die Liszt-Einspielung im Kasten war.

›Ich bin, der ich geworden bin‹, antwortete er, ›nicht der, der ich einmal war.‹

Also, er benahm sich schon etwas merkwürdig, aber er spielte grandios.«

»Und wie ging es weiter? Es kamen ja dann noch weitere Aufnahmen?«

»Er blieb einige Wochen weg und kam dann wieder, um die Hindemith-Sonaten aufzunehmen, die er zunächst gleich im Anschluss an den Liszt spielen wollte. Was dann geschah, kann ich dir aus dem Stegreif nicht mehr aufzählen. Jedoch wiederholten sich seine Auftritte, meistens mit selten gespielten, aber bedeutenden Werken und immer mit einem rigorosen Anspruch an Werktreue, technische Vollkommenheit und mit einem plausiblen interpretatorischen Konzept. Ungewöhnlich, ganz und gar ungewöhnlich.«

Wieder trinkt er irgendetwas.

»Anton?«

»Ja?«

»Wann wusstest du, dass dieser Pianist Florian Kepler war?«

»Geahnt hatte ich es schon einige Zeit. Ich habe mir damals in den Sechzigerjahren Bilder des jungen Kepler besorgt und mir dann Jonathan Keller sehr sorgfältig angesehen, wenn er nach Zürich kam. Dabei ist mir aufgefallen, dass unser Pianist das Gesicht des jungen Kepler hatte. Er war nur älter. Sein Gesicht wirkte im Ausdruck verändert, aber anatomisch stimmte es. Und außerdem ...«

»Was?«

»Er hat es mir anlässlich seiner letzten Aufnahme gesagt. Die Max Reger-Einspielung. Damals, 1982. Er müsse wieder zurück nach Europa, nach Wien, da komme er her. Da habe ich ihm auf den Kopf zugesagt, dass er Florian Kepler sei, und er hat mich traurig angelächelt. Traurig und ein bisschen verschmitzt. ›Jedenfalls war ich einmal Florian Kepler‹, hat er geantwortet. Dann hat er gesagt: ›Heute bin ich Galileo Galilei. Und wer werde ich morgen sein?‹ Danach haben wir nie mehr über dieses Thema gesprochen.« Anton räuspert sich. Offenbar strengt ihn das lange Sprechen an. »Ich muss schon sagen, Klaus, ganz wohl war mir nicht bei der Sache. Aber ich dachte daran, dass die Einspielungen, die wir mit ihm machten, eines Tages sehr wertvoll sein könnten.«

Ich schweige. Warum hat mir Anton auch von dieser Geschichte nie etwas erzählt? Ich will ihm Vorwürfe machen. Dann aber stelle ich mir vor, wie er in seinem Lehnstuhl sitzt und seinem Ende entgegensieht, und wie angesichts seiner Krankheit und seines Todes, der vielleicht nicht mehr weit weg ist, alles andere in seinem Leben in einem neuen Licht erscheint. Also sage ich nur: »Du hättest mir doch von diesen Begegnungen erzählen können.«

Er lacht wieder sein tonloses Lachen. »Ich hatte ihm versprochen, sein Inkognito zu respektieren. Und je häufiger ich ihn sah, desto lieber tat ich es. Und außerdem: Einen völlig stichhaltigen Beweis für seine Identität hat es ja nie gegeben. Und jetzt, Klaus, sage ich dir ja alles, genau so, wie ich es selbst erfahren habe.«

»Siehst du diesen Jonathan Keller noch?«

»Ja, er besucht mich gelegentlich. Er hat übrigens auch Marlene Margreiter besucht.«

»Ich weiß.«

»Aber sie hat ihn nicht erkannt. Wie sollte sie auch? Einerseits ist sie wohl überzeugt, dass Jonathan Keller und Florian Kepler ein und derselbe Mensch sind, andererseits würde es ihr auch nichts ausmachen, wenn es sich um verschiedene Personen handelte.«

»Anton, ich kann diese mystischen Andeutungen nicht mehr hören. Jetzt redest du schon wie dieser Mann.«

Anton bleibt ganz gelassen. Jetzt spricht er mit mir wie mit einem Kind. »Du, Klaus«, sagt er, »jetzt höre mir einmal zu. Was ist daran eigentlich so ungewöhnlich? Du meinst zwar, noch derselbe zu sein, als der du auf die Welt kamst. Was deinen Körper angeht, na ja, das ist ja noch vertretbar. Obwohl, du weißt das besser als ich, praktisch alle Zellen in deinem Körper inzwischen durch neue Zellen ausgetauscht worden sind – mehrfach, nicht wahr?«

Anton scheint überhaupt nicht müde zu sein, aber meine Mittagspause nähert sich ihrem Ende. Franziska hat schon verschiedentlich den Kopf zur Tür hereingesteckt und geflüstert: »Wie lange noch?« Als sie es jetzt wieder tut, gestikuliere ich und flüstere ihr zu: »Ich kann jetzt nicht! Es dauert noch.« Zu Anton sage ich: »Schön und gut, aber das genetische Programm, meine DNA, die ja auch mein biologisches Entwicklungsprogramm enthält, die ist dieselbe.«

»Zugegeben.« Anton spricht mit einer fast animierten Stimme. »Zugegeben, deshalb habe ich ja auch zuerst von deinem Körper gesprochen, von dem sich ständig verändernden

Gefäß, in dem die Personen sich aufhalten müssen, die diesen Körper bewohnen. Aber bist du noch derselbe Klaus Mosbacher, der du warst, als wir uns kennenlernten? Vielleicht. Du hast in der Tat etwas Konstantes. Aber der Student, der Florian Kepler getroffen hat oder der mit meinem Buben in die Berge gegangen ist, der, mein lieber Klaus, bist du sicher nicht mehr. Auch in dir haben verschiedene Personen gewohnt, und wer weiß, eines Tages bist du vielleicht noch einmal ein anderer.«

»Aber Florian ist doch Florian«, rufe ich ins Telefon, »auch wenn er heute anders aussieht.«

»Florian ist Florian. Oder besser: Er war es. Florian ist nicht Jonathan, und wenn Jonathan sich zeitweise andere Namen gibt – er hat es nun einmal mit den Astronomen –, dann tut er es, weil er weiß, dass er nicht eine Person ist, sondern dass mehrere Personen in ihm leben, Verwandte vielleicht, aber Personen mit durchaus gegensätzlichen Ansichten und Lebensmöglichkeiten. Er ist eben jemand, der diese Tatsache stärker empfindet als andere und der den Personen, die aus seinem Leben gewachsen sind, Raum geben will.«

»Und was machen wir mit den Einspielungen?«, frage ich. »Sollen sie unter dem Namen Florian Kepler erscheinen?«

»Ich weiß es nicht«, sagt Anton, »darüber spreche ich noch mit ihm. Nur so viel: Jonathan ist einverstanden, dass du und Peter Waldstetten sich um die Ausgabe kümmern, solange nur Einspielungen aufgenommen werden, die er, Jonathan, gebilligt hat und solange ein Text von ihm in den Begleittext übernommen wird. Euer Geschäftspartner heißt Jonathan Keller. Den Text wird er euch zustellen. Zahlungen sind an Jonathan zu leisten.«

»Wir brauchen seine Adresse«, sage ich. »Wir müssen uns ja an ihn wenden, ihm Vertragsentwürfe schicken und Vorschläge für die Gestaltung des Begleittextes.«

»Schicke alles an Jonathan Keller, Stubenring. Die Adresse hast du ja.«

»Aber das ist doch ...«

»Meine Wohnung, ich weiß. Ich habe sie Jonathan Keller vermacht. Er wird sie als sein Büro benutzen – oder benutzen lassen.«

Ich bin perplex. Ich denke an Antons fast hypochondrisches Bedürfnis, diese Wohnung loszuwerden, seinen Verarmungswahn ... und nun?

»Und was wird aus dir?«

Was für eine taktlose Frage, denke ich, kaum, dass ich sie ausgesprochen habe. Aber Anton ist offenbar durch nichts zu erschüttern. Er schweigt einen Augenblick. Aber es ist kein beleidigtes Schweigen. Er scheint zu überlegen.

»Nichts mehr«, sagt er leichthin. »Nichts, was der Rede wert wäre. Ich kann hier bleiben, solange ich noch lebe.«

Ich weiß nicht, was ich ihm darauf antworten soll. Aber er nimmt den Faden wieder auf. »Du hast einmal gesagt, ich könnte etwas gutmachen, indem ich Florians verloren geglaubte Musik seinen Angehörigen zurückgebe.«

Ich erinnere mich an dieses Gespräch, das wir im Stubenring geführt haben.

»Das tue ich jetzt in einer etwas umfassenderen Weise, als du es damals vorgeschlagen hast«, sagt Anton.

Ich verstehe nicht ganz, was die Wohnung damit zu tun hat, aber Anton ist noch nicht fertig. »Ich habe diese Wohnung einmal sehr billig erworben. Sie war frei geworden, weil der Augenarzt, der dort praktiziert hatte, ein Jude war. Nach 1938 verlor er seine Stellung an der Universität, dann durfte er auch nicht mehr praktizieren. Schließlich wurde er mit seiner Frau nach Theresienstadt deportiert. Dann stand die Wohnung leer. Ich wusste davon. Ich hatte genügend Weitblick, um zu vermuten, dass sie eines Tages viel wert sein würde. Da ich bei den Nazis gut angeschrieben war, durfte ich die Wohnung kaufen. Jetzt ist es Zeit, sie zurückzugeben, nicht den ursprünglichen Eigentümern, die sind ja tot, und Anna Forster interessiert sich nicht mehr dafür. Aber Florian, Jonathan, Marlene, Joshua vielleicht, auch Tycho Brahe, Nikolaus Kopernikus und Galileo Galilei sind von der Idee begeistert. Irgendwo brauchen sie ja einen Mittelpunkt, diese Menschen, und vor allem der eine Mensch mit all seinen Kopfgeburten.«

»Wie schön, Anton«, sage ich, ohne mich nach Einzelheiten zu erkundigen. Das kann ich später tun, und so füge ich nur hinzu: »Was für eine wunderbare Idee.« Dann bitte ich ihn noch, mir zu sagen, wenn er sich stark genug für einen Besuch von mir fühle. Er verspricht es, und wir legen auf.

Jetzt kommen Patienten. Ich kann nicht ständig an Anton denken und mich mit seiner oder meiner Vergangenheit beschäftigen. Elfriede Mittag und Franziska wechseln sich inzwischen darin ab, in mein Sprechzimmer zu treten und mir Rezepte zur Unterschrift vorzulegen. Eigentlich geht das nicht, ohne dass ich die Patienten gesehen habe. Ich unterschreibe ein paar Überweisungen und Rezepte und bitte Elfriede, mir die anderen Patienten vorzustellen, bevor ich ihnen das Gewünschte ausstelle. Der erste Patient, der nach meiner telefonisch bedingten Pause in mein Sprechzimmer tritt, ist Herr Scheffler, derselbe Herr Scheffler, der vor Monaten in meiner Praxis einen Status asthmaticus entwickelte und den wir nach Behebung der akuten Situation zur Rehabilitation an den Starnberger See geschickt hatten. Hermann Scheffler. Ganz mühelos atmet er noch immer nicht, aber er kann gehen, sogar einige Treppen steigen, wenn er es langsam tut. Ich freue mich, ihn in so gutem Zustand wieder zu sehen.

»So lasse ich mir das gefallen«, sage ich ihm und bitte ihn, den Oberkörper freizumachen und sich auf das Untersuchungsbett zu setzen, damit ich ihn abhören kann. Die spastischen Geräusche über seinen Bronchien sind jetzt fast weg. Natürlich hat er ein Emphysem. Seine rechte Herzkammer arbeitet gegen einen erheblichen Widerstand an, aber er ist kreislaufmäßig gut kompensiert.

»Wie geht's mit dem Schlafen?«, frage ich.

Herr Scheffler nickt. Das heißt wohl, er ist zufrieden.

»Ich habe ein neues Medikament, das ich bei Ihnen ausprobieren will, Herr Scheffler, wenn Sie einverstanden sind. Es erweitert die Lungengefäße und erleichtert dadurch Ihrem Herzen die Arbeit. Ein sogenannter Endothelin-Antagonist. Wir können Sie ambulant damit behandeln, aber Sie müssten die nächste Woche täglich vorbeikommen.«

»Warum?«, fragt er.

»Damit wir die richtige Dosis für Sie festlegen.«

»Nicht zu viel und nicht zu wenig?«

»Ganz richtig«, sage ich. »Kann Sie jemand bringen?«

»Meine Schwester«, sagt Scheffler, der sich nun wieder anzieht.

»Ich bin sehr zufrieden«, sage ich und stelle in Aussicht, dass es ihm mit dem neuen Medikament noch besser gehen könne. Er strahlt mich an, während ich ihm ein Rezept schreibe.

»Bis übermorgen?«

Er nickt. Ich spüre, dass er wieder Mut hat. Sein biederes Gesicht ist vor Eifer gerötet. Wir geben uns die Hand. Er will meine Hand gar nicht loslassen. Murmelt irgendetwas von Dank. Ich lache, klopfe ihm auf die Schulter und sage: »Danken können Sie mir, wenn das neue Medikament angeschlagen hat und es Ihnen noch besser geht.«

Er sagt trotzdem: »Ich bin Ihnen ja so dankbar.«

Ich antworte damit, dass ich ihn auffordere, Menschenansammlungen zu vermeiden. »Nicht erkälten jetzt«, sage ich und bitte Elfriede, ihm für übermorgen einen kurzen Termin zu geben.

Die Arbeit macht mir Spaß heute, und sie geht mir flott von der Hand. Liegt es an Anton und an der Nachricht, die ich von ihm bekommen habe? Hat sich nun alles zum Guten gewendet?

Dieselbe Frage stelle ich mir abends, als ich in meiner Wohnung sitze, ein Glas Wein trinke und über den vergangenen Tag nachdenke. Es scheint mir, als habe Anton in seiner

Vergangenheit Ordnung geschaffen. Ein Heim für Florian Kepler und seine Kinder in der Stadt, von der Florians Geschichte einmal ihren Ausgang nahm. Aber wer wohnt denn wirklich dort? Joshua Kepler? Wohl nicht. Marlene? Ich weiß es nicht, vielleicht zeitweise. Jonathan Keller und seine »Kopfgeburten«? Will er dort im Stubenring leben und Klavier spielen? Es wird sich klären, denke ich. Einiges, nein, sehr viel hat sich ja schon geklärt.

Am nächsten Tag nehme ich mir vor, Marlene anzurufen, um ihr meinen Eindruck von den Briefen ihres Vaters zu schildern. Aber sie scheint ein Gespräch als ebenso dringlich zu empfinden, wie es umgekehrt der Fall ist. Jedenfalls kommt sie mir mit ihrem Anruf zuvor. Ich bin bereits im Begriff, meine Wohnung zu verlassen, gehe aber noch zum Telefon, obwohl die wirklich wichtigen Gespräche alle über meine Praxis laufen.

»Margreiter«, meldet sich eine bekannte Stimme am anderen Ende. »Marlene Margreiter.«

Ich habe nicht mehr viel Zeit und sage es Marlene, bitte sie um einen Besuch, aber sie sträubt sich.

»Haben Sie alles gelesen?«, will sie wissen.

»Ja, ich habe alles gelesen.« Manches erscheine mir nicht ganz glaubhaft, aber ich verstünde nichts von der Führung von Passagierlisten, und damals, 1953, noch dazu in einem Flughafen wie Anchorage, in dem es auch zwanzig Jahre später noch sehr leger zugegangen sei, könne so etwas schon einmal passiert sein. »Ein Passagier gibt seine Karte ab und verlässt die Maschine dann wieder, um seinen Flug zu unterbrechen. Später wird die Karte aus Versehen mitgezählt. Etliche Passagiere hatten das Flugzeug verlassen, genauso viele Karten wurden ausgegeben, und genauso viele sind wieder eingesammelt worden. Die Passagierliste wurde nicht geändert. Vielleicht hat sogar jemand bemerkt, dass da noch der Name eines Passagiers stand, der gar nicht mehr an Bord war, aber er hat es nicht gleich geändert, und dann war es plötzlich zu spät.«

Marlene schweigt. Das heißt wohl, dass ich weitersprechen soll.

»Das andere«, sage ich, »das mit den Ästen, die aus dem Stamm Florian Kepler herauswachsen wollen. Die Personen, die alle in demselben Menschen Platz finden wollen, das kam mir schon ein wenig seltsam vor.«

»Das ging mir auch so«, sagt Marlene.

»Und wie ist es jetzt? Sie haben Ihren Vater ja am Telefon gesprochen und auch gesehen? Jedenfalls schien mir der letzte Brief die Möglichkeit eines Wiedersehens anzudeuten?«

»Geschrieben hab ich ihm ein paar Mal«, sagt sie. »Gesprochen haben wir dann auch gelegentlich, und gesehen haben wir uns 1982 nach der Max Reger-Einspielung in Zürich.«

»Und?«, frage ich. »War da ein gegenseitiges Erkennen?«

»Schwer zu sagen«, antwortet Marlene. »Erkennen im Sinne: Der da ist mein Vater, nein. Er hätte es sein können, aber er hätte auch ein anderer sein können. Im Sinne von spontaner Sympathie: eindeutig ja. Ein Gefühl der Zugehörigkeit war gleich da.«

»Es hat sich ja inzwischen einiges ereignet«, sage ich und erzähle Marlene von meinem Gespräch mit Anton. »Diese Entscheidung, Ihrem Vater seine Wohnung zu überlassen …«

»Das hat Sie gewundert?«

»Ja, offen gestanden.«

Sie zögert ein wenig, bevor sie weiterspricht. »Dass Jonathan Keller und Anton Muxeneder sich über die Jahre hinweg angefreundet hatten, war mir bis vor Kurzem auch nicht so klar. Ich hab das erst verstanden, als Jonathan mir sagte, er könne die Wohnung von Muxeneder übernehmen.«

»Und?«, frage ich, »wird er?«

»Er wird dort unterrichten«, erklärt Marlene. »Ich übrigens auch. Ab und zu wird er wohl auch dort wohnen, aber er ist ein unruhiger Geist. Ob er dort sesshaft werden wird, weiß ich nicht. Offiziell wird er dort wohnen, ja. Schließlich sind wir in Österreich. Ein Mensch muss irgendwo gemeldet sein.« Sie lacht.

»Und Sie, Marlene?«

»Ich werd nach Wien ziehen. Ich hab dort eine Stelle als Musiklehrerin am Konservatorium, und einige meiner Schüler wollen eh nach Wien.« Marlene erwähnt den Umzug, als sei er etwas ganz Selbstverständliches. Sie muss also daran glauben, dass Jonathan Keller und Florian Kepler miteinander identisch sind. Aber da gibt es doch immer noch Zweifel. Geringe Zweifel vielleicht, aber immerhin: Der strenge Nachweis, dass Jonathan Keller früher einmal Florian Kepler war, wurde nie geführt. Alles beruht auf Mitteilung, auf Intuition, auf anatomischer Ähnlichkeit – und natürlich auf dem außergewöhnlichen Klavierspiel, das beide Personen miteinander verbindet. Ich versuche, Marlenes Einstellung dazu genauer zu ergründen.

»Sie sind Ihrer Sache also ganz sicher, Marlene«, sage ich und füge der Deutlichkeit halber noch hinzu: »Florian Kepler ist Jonathan Keller oder umgekehrt.«

»Anders ist die Sache ja kaum zu erklären«, sagt Marlene. »Ich meine, wenn man alles zusammennimmt: die Vorgeschichte, die Briefe, das Klavierspiel – oder?« Sie pausiert einen Augenblick. »Und wenn es wirklich eine andere Erklärung gibt, dann gehören die beiden Menschen ja doch zusammen. Ihr Spiel früher und heute ergänzt sich, man müsste sie als verwandte Geschöpfe begreifen.«

»Sie werden beide vertreten, wenn es um die Veröffentlichung der Einspielungen geht?«

»Ich vertrete den einen, der uns in zwei verschiedenen Leben und in zwei Zeitabschnitten begegnet ist.« Dann zögert sie einen Moment lang und sagt fast verzagt: »Ach, Klaus, ich weiß es doch auch nicht, wie denn auch? Ich nehm's halt, wie Jonathan es mir geschildert hat. Jonathan oder Florian, mein Vater oder nicht mein Vater.«

Ich verstehe und will auch nicht weiter bohren. Marlene wird ihrem Gefühl vertrauen und es dabei bewenden lassen.

»Sie machen es schon richtig, Marlene«, sage ich zum Abschied. »Aber eine Frage wäre noch zu lösen. Wir, das heißt Waldstetten und ich, brauchen von Ihnen eine Freigabe der früheren Aufnahmen von Kepler. Sie müssten sich mit Ihrer Mutter einigen und mit Ihrem Bruder und uns eine entsprechende Erklärung schicken. Notariell beglaubigt. Für die späteren Aufnahmen müsste Jonathan Keller einen Vertrag unterschreiben, den Ihnen Waldstetten zuschicken wird.«

Marlene meint, das ließe sich wohl machen. Sie werde sich um beides kümmern. Dann frage ich, um die Unterhaltung mit einem unverfänglichen Thema enden zu lassen, nach Joshua, ihrem Neffen.

»Was haben Sie mit ihm angestellt? Hat er gefunden, was er gesucht hat?«

»Ach, der!« Marlene lacht, aber es klingt nicht besonders heiter. »Der hat es vorgezogen, in den kanadischen Rocky Mountains Ski zu fahren. Mit dem Hubschrauber von Gipfel zu Gipfel. Nachdem er alle verrückt gemacht hatte, hat er kurzerhand abgesagt. Zwei Tage, bevor er hier erscheinen wollte.«

»Na, vielleicht kommt er im nächsten Jahr«, sage ich. »Jetzt, wo er auch in Wien eine Anlaufstelle hat.«

14

Anton ist tot. Ich kann es immer noch nicht fassen. Natürlich weiß ich, dass er krank war. Aber neulich am Telefon wirkte er so erleichtert, ja fast beschwingt, dass ich vermutete, es gehe ihm besser. Ich war der Meinung, er befände sich in einer Remission seiner Krankheit und habe nun eine längere Periode relativer Gesundheit vor sich. Aber natürlich weiß ich nichts über die eigentliche Todesursache. Als Schwester Rosa mich heute früh in der Praxis anrief, war ich entgeistert. Gestern Abend, als sie Anton sein Abendessen bringen wollte, habe er reglos in seinem Lehnstuhl gesessen. Eigentlich habe er ausgesehen wie immer, wenn sie um diese Zeit nach ihm schaute. Nur mit der Kopfhaltung habe etwas nicht gestimmt. Der Kopf sei seitlich auf die rechte Schulter gesunken. Unbequem habe das ausgesehen. Trotzdem habe sie im ersten Augenblick geglaubt, er schlafe. Erst nachdem sie ihn mehrfach angesprochen und er sich daraufhin nicht gerührt habe, sei ihr klar geworden, dass dies kein gewöhnlicher Schlaf sein könne. Sie habe ihr Stethoskop genommen und ihn abgehört. Aber da waren keine Herztöne mehr, keine Atemgeräusche. Der Dienst habende Arzt sei dann erschienen. Zusammen hätten sie Muxeneder auf sein Bett gelegt. Dann, nachdem der Arzt noch einmal alles überprüft hatte, habe er den Totenschein ausgestellt.

»Ich ruf nur an, damit Sie informiert sind. Die Anzeigen gehen erst morgen raus«, kündigte Schwester Rosa an.

»Und die Beerdigung?«

»Angeblich hat der Herr Muxeneder alles testamentarisch geregelt«, sagte sie. »Das Heim in Klosterneuburg wird Sie über alles Weitere informieren.«

»Ich komme auf jeden Fall«, versprach ich Schwester Rosa und fügte hinzu: »Dann sehen wir uns, und Sie können mir alles noch einmal in Ruhe erzählen.«

Sie fing an zu weinen, und ich musste ihr gut zureden und warten, bis sie sich wieder gefasst hatte.

»Bitte halten Sie mich auf dem Laufenden«, bat ich sie zum Abschluss unseres Gesprächs. »Schicken Sie mir doch bitte alles, was jetzt über Herrn Muxeneder geschrieben wird. Anzeigen, vielleicht auch der eine oder andere Nachruf in einer Tageszeitung?«

Sie versprach es, und wir trennten uns.

Ich trete ans Fenster. Frühlingshaftes Wetter. Draußen auf dem Marienplatz werden an den Marktständen Blumen angeboten. Töpfe mit Primeln in allen Farben, Narzissen, Tulpen, Weidenkätzchen. Fast österlich mutet der Marienplatz an, obwohl die Verkäufer und Verkäuferinnen noch ziemlich dick eingepackt sind, um sich gegen den kalten Wind zu schützen, der zeitweilig in heftigen Böen über den Platz fegt. Aber der Himmel ist blau, die Sonne scheint. Nur gelegentlich wird sie von einer der kleinen weißen Wolken verschattet, die rasch von Nordwesten heranziehen und mit zerfaserten Rändern weitereilen nach Südosten.

In zwei Wochen ist Ostern, und ich weiß, dass es diesmal anders sein wird in Salzburg. Ich hatte gehofft, Anton zumindest für ein oder zwei Konzerte nach Salzburg zu locken, jetzt, wo es ihm, wie ich nach unserem letzten Telefongespräch annahm, wieder besser ginge. Daraus würde nun nichts werden. Was mache ich mit der zweiten Karte, die ich vor einiger Zeit, als Anton sein Abonnement kündigte, gekauft hatte. Franziska? Nein. Die würde die Ostertage sicher mit ihrem Herrn Späth verbringen. Also rufe ich das Kartenbüro an und sage dort, dass man über den Platz neben meinem Eckplatz in Reihe 14 verfügen könne.

Ich bin traurig. Nicht nur, weil Anton und ich nun nicht mehr zusammen die Festspiele besuchen werden. Mit seinem

Tod werden auch einige Geschichten aus seinem Leben, das mit dem meinen in unerwarteter Weise verwoben war, zur Ruhe kommen. Anton hat, davon zeugten wohl die Ruhe und die Leichtigkeit, mit der er mir von der Weitergabe seiner Wohnung im Stubenring an Jonathan Keller und Marlene Margreiter erzählte, Ordnung in sein Leben gebracht. Ordnung heißt Ruhe. Und Ruhe braucht keine Erinnerungen, jedenfalls keine kritischen Nachprüfungen mehr. Was würde aus Jochen König, aus Helene König, seiner Stiefmutter, aus Lydia Caspari und Peter Waldstetten? Gut, mit Waldstetten würde ich noch zu tun haben wegen der Kepler-Ausgabe, denke ich und korrigiere mich gleich darauf wieder. Was hat Klaus Mosbacher, der Arzt, denn mit einer Florian Kepler-Gedächtnisausgabe zu schaffen? Das ist jetzt Sache dieser japanischen Firma, die Waldstetten ausfindig gemacht hat, und natürlich von Waldstetten selbst.

Und Marlene? Wir werden uns nichts mehr zu sagen haben, von Joshua Kepler und Anna Devereux, wie sie jetzt heißt, ganz zu schweigen. Jonathan Keller? Galileo Galilei, Nikolaus Kopernikus, Tycho Brahe? Was hat das alles noch mit meinem Leben zu tun, jetzt, wo Muxeneder Ordnung in sein Dasein gebracht und sich anschließend daraus verabschiedet hat?

Eine gewisse Leere breitet sich in mir aus. Womit werde ich sie füllen, woran werde ich denken? An meine Patienten, meine Mitarbeiter, die Praxis? Gelegentlich an meine alte Mutter, meine Schwester?

Wenn ich mich jetzt nicht aufraffe, wird dies einer der Tage, an denen ich glaube, vor dem Nichts zu stehen. Ich rufe Franziska. »Was haben wir heute?«

»Das Wartezimmer ist voll«, sagt sie, und fügt, als sie meinen Unwillen spürt, hinzu: »Du hast zu spät angefangen heute. Einige Patienten warten schon seit einer dreiviertel Stunde.«

»Entschuldige.«

Franziska hat ja recht.

»Fangen wir an.«

Am nächsten Abend finde ich in meinem Briefkasten einen in Wien abgestempelten Umschlag mit einem schwarzen Rand. Der Österreichische Rundfunk erfüllt die traurige Pflicht, seinen Zuschauern und Zuhörern vom Ableben seines langjährigen Nachrichtensprechers und Leiters der Kulturredaktion, Anton Xaver Muxeneder, Nachricht zu geben. Die Beerdigung soll am Montag, dem 13. April 1992, auf dem oberen Hauptfriedhof in der Raphael-Donner-Gasse in Klosterneuburg stattfinden. Um drei Uhr träfe man sich dort in der kleinen Halle, die für die Verabschiedung der Toten vorgesehen sei. Auf Wunsch des Verstorbenen sollte die Seelenmesse noch am selben Tag um siebzehn Uhr in der Stiftskirche gelesen werden. Es folgen Hinweise auf Parkplätze, genaue Wegbeschreibungen mit Anfahrtsskizzen für diejenigen, die mit dem Auto anreisen. Für alle anderen gibt es die üblichen Verweise auf die öffentlichen Verkehrsmittel, mit denen der Ort von Wien und seinen Nachbarorten aus zu erreichen ist. Offenbar erwartet der Sender eine größere Anzahl von Gästen.

»Die Freunde des Verstorbenen treffen sich im Anschluss an die Trauerfeier in der Stiftskirche noch zu einem Umtrunk. Der dafür vorgesehene Ort wird noch bekannt gegeben.«

Ein etwas kryptischer Hinweis, scheint mir. Wer sind oder waren Antons Freunde? Ehemalige Kollegen vom Rundfunk? Alle, die sich dafür halten?

Natürlich werde ich nach Wien fahren. Aber ich verzichte darauf, Lydia Caspari und Peter Waldstetten anzurufen, von Helene König ganz zu schweigen. Auch mit Marlene setze ich mich nicht mehr in Verbindung. Ich werde allein fahren. Wenn ich den einen oder anderen Bekannten in Klosterneuburg treffe, gut. Wenn nicht, auch gut. Ich habe nicht vor, mich unter die anderen Gäste zu mischen. Ganz gewiss werde ich mich von dem Freundestreffen fern halten, das im Anschluss an die Beerdigung noch stattfinden soll.

Ich fliege am Montag mit einer frühen Maschine nach Wien, leihe mir – wie bei früheren Besuchen – am Flughafen

Schwechat ein Auto und fahre nach Klosterneuburg. Es ist noch kalt in der Wiener Gegend, vom Frühling ist hier deutlich weniger zu spüren als in München. Außerdem liegt an diesem Tag eine dichte graue Wolkendecke über der Stadt und ihrer Umgebung. Bevor ich mich in Schwechat auf den Weg mache, schaue ich auf die Uhr. Es ist kurz nach zwölf. Ich muss erst um drei Uhr in Klosterneuburg sein. So beschließe ich, einen großen Bogen zu schlagen, um von Südwesten her nach Wien zu kommen. Ich will nach Kalksburg fahren, wo Anton Muxeneder als Heranwachsender das Gymnasium besucht hat. Ich könnte dann nach Wien hineinfahren, mich im Hotel am Parkring für eine Nacht anmelden, anschließend noch einmal durch den Stubenring fahren und zum Schluss über den 18. Bezirk nach Grinzing und von dort über die Höhenstraße nach Klosterneuburg gelangen. Vielleicht könnte ich auch noch durch die Felix-Mottl-Straße fahren, die Straße, in der Muxeneder seine Kindheit verbrachte.

Zunächst aber fahre ich über die Weinstraße nach Brunn am Gebirge. Dort suche ich mir die Abfahrt nach Breitenfurt und Kalksburg. Selbst heute, an diesem grauen und unwirtlichen Tag in einem Frühling, der noch nicht so richtig vom Fleck gekommen ist, berührt mich die Anmut der Landschaft. Ich stelle mir diese Hügel, die in einem weiten Halbrund die Weinorte Baden, Mödling und Perchtoldsdorf umstehen, als lebendige Wesen vor, die Anton schon kannten, als er noch klein war und mit seinen Eltern vielleicht auf Sonntagsspaziergängen hierher kam. In diesen Hügeln ist etwas von ihm aufgehoben, etwas, das bleiben wird, nachdem seine Wanderungen durch den Wienerwald ihr Ende gefunden haben.

Das Gymnasium in Kalksburg ist ein lang gestrecktes, mit spitzen Giebeldächern versehenes Gebäude auf einem großen parkähnlichen Gelände. Die neueren Häuser muss ich mir wohl wegdenken. Sie standen hier noch nicht, als Anton in Kalksburg zur Schule ging.

Warum besuchen wir Wohnungen und Häuser, in denen die

gelebt haben, denen wir nahe sein wollen? Mit Städten und Landschaften ist es ebenso. Auch diese Wiener Vororte Liesing, Mauer, Hietzing, Mariahilf, durch die ich jetzt fahre, gehören zu Anton Muxeneder. Was hat es auf sich mit der Magie des Ortes? Für den suchenden Betrachter hinterlässt ein Mensch an den Orten, an denen er lebte, Spuren. Damit meine ich nicht die sichtbaren Veränderungen wie abgegriffene Stuhllehnen, durchgetretene Teppiche oder dergleichen. Dinge, die jemand tagaus, tagein angeschaut hat, die ihn umstanden, wenn er nachdachte, vielleicht nur als Kulissen, vielleicht aber auch als eine Art passiver Teilhaber seiner Gedanken und Pläne, gewinnen durch diese Teilhabe an einem Leben eine zusätzliche Qualität. Eine Art Zeugenschaft. So vielleicht könnte es sich mit der Magie des Ortes verhalten. Nicht, dass sich die Häuser, Städte, Landschaften, in denen bewunderte oder geliebte Menschen lebten, wirklich, das heißt in ihrer Substanz verändern. Das nicht. Aber wir trauen ihnen zu, dass sie Blicke und Gedanken in sich aufgenommen haben. Sie waren der Rahmen, in dem sich das Leben entfaltete, dem wir nachspüren. Ist es das?

Ich habe mich im Hotel angemeldet und sehe jetzt, während ich die Ringstraße entlangfahre, schon von Weitem die Häuser am Stubenring. Ich finde sogar eine Parklücke, bleibe einen Augenblick lang stehen und betrete das Haus, in dem ganz oben Antons Wohnung liegt. Ich spüre noch einmal den Geruch des Hauses und höre den altmodischen Fahrstuhl, der irgendwohin unterwegs ist, klappern. Ich stelle mir vor, ich führe jetzt nach oben, um Anton in seinem Reich zu besuchen, in dem er sich und seine Geheimnisse so lange verborgen hat. Der Fahrstuhl ist unten angekommen, jemand tritt hinaus in den Flur. Ein großer, athletisch gebauter Mann in einem dunklen Mantel. Auffällig ist der üppige graue Haarschopf, der seinen Kopf einzurahmen scheint. Er beachtet mich nicht, geht hinaus auf die Straße. Als ich ebenfalls wieder auf den Stubenring trete, um in mein Auto zu steigen, sehe ihn nicht mehr. Ich fahre nach Grinzing. Es ist kalt. Der Ort wirkt fast wie ausgestorben. Also fahre ich weiter in Richtung Leopoldsberg und Kahlenberg. Oben am Kobenzl hat das vorn an der Straße stehende Restaurant geöffnet. Ich gehe hinein, finde einen Tisch am Fenster und genieße den Blick auf die unter mir liegende Stadt weit hinein in die sich öffnende Pannonische Tiefebene. Ich lasse mir eine Gulaschsuppe servieren. Danach fühle ich mich besser.

Es ist inzwischen auch Zeit, nach Klosterneuburg weiterzufahren. Ich nehme die Höhenstraße und freue mich an den weißen und blauen Anemonen, die der kalten Witterung zum Trotz die Waldböden bedecken. Nach zwanzig Minuten sehe ich schräg unter mir Klosterneuburg. Auf diesem Wege habe ich mich der Stadt noch nie genähert. Von hier wirkt sie mit ihren Kirchtürmen, den Häusern der Weinbauern und den Weinbergen, die sich wie ein Kranz um die Stadt schmiegen, wie ein geschlossenes Ganzes. Ein Ort, der seine Gestalt gefunden hat und nun immer so aussehen wird wie heute.

Es ist zehn Minuten vor drei Uhr. Ich fahre mitten in die Stadt hinein, finde in der Nähe des Sudetenplatzes eine Parkmöglichkeit und gehe zu Fuß zum Friedhof. Vor dem Eingang der Aufbahrungshalle steht eine Menschentraube. Sind es hundert oder gar doppelt so viele? Kommen die alle zur Trauerfeier für Anton Muxeneder?

Inmitten der dunkel gekleideten und still beieinander stehenden Gestalten leuchten plötzlich helle Farben auf. Die Chargierten einer Studentenverbindung tragen schwarze Stulpenstiefel, weiße Hosen, lange blaue Jacken, dazu blau-weiß-schwarze Bänder und ebensolche Mützen. Ich hatte keine Ahnung, dass Anton Muxeneder einer Verbindung angehörte.

Ich kenne niemanden hier und halte mich jetzt, als die Menge sich langsam in das Gebäude bewegt, im Hintergrund. Dann entdecke ich Peter Waldstetten, der offenbar die gleichen Hemmungen empfindet wie ich selbst und der ebenfalls als einer der Letzten den Andachtsraum betritt. Er kommt auf mich zu, begrüßt mich. »Ich habe etwas für Sie«, sagt er halblaut.

Aus Lautsprechern erklingt leise Orgelmusik. Der Raum, kahl und nichts sagend, ist zu klein, um alle Trauergäste aufzunehmen. So defilieren die Menschen an dem Sarg vorbei, der vorn auf einem kleinen Podest steht. Einige bleiben stehen, deuten eine Verbeugung an und gehen dann weiter. Andere legen eine Hand auf den Sarg, als wollten sie noch einmal einen physischen Kontakt zu dem Toten herstellen, bevor sie sich zu einem der seitlichen Ausgänge bewegen.

Peter Waldstetten und ich gehören zu den Letzten, die an Antons Sarg vorbeigehen. Neben dem Ausgang bleibe ich eine Minute lang stehen und beobachte, wie die Halle sich wieder leert. Ein paar Augenblicke lang steht der Sarg ganz allein auf seiner kleinen Empore, nur von Kränzen und Blumengebinden umgeben. Für mich ist es der eigentliche Augenblick des Abschieds. Antons Körper ist noch unter uns, aber er ist schon abgesondert, liegt in seinem Gefäß, das ihn in die Erde und in das Nicht-mehr-sein begleiten wird.

Ich sehe, wie Friedhofsangestellte den Sarg hinaus ins Freie tragen und ihn auf einen Karren stellen. Dann schieben sie den Karren auf Kieswegen bergan zu einer Grabstelle knapp unterhalb der Weinberge. Waldstetten und ich mischen uns unter die kleinere Gruppe von Trauergästen, die hinter dem Karren einhergehen. Unterwegs zieht Waldstetten einen Briefumschlag aus der Manteltasche und gibt ihn mir.

»Ein Textentwurf für die Kepler-Ausgabe«, sagt er. »Rufen Sie mich an, wenn Sie das gelesen haben.«

Dann verabschiedet er sich. Er müsse heute noch weiterreisen, sagt er mir und benutzt einen Seitenweg, um aus der Kolonne der Getreuen, die zur Grabstelle unterwegs sind, auszuscheren und den Friedhof zu verlassen.

Ich gehe noch mit bis zum Grab, halte mich aber auch dort im Hintergrund und bin einer der Letzten, die drei Hände voll gelber lehmiger Erde auf den Sarg werfen, den sie hinuntergelassen haben in seine Grube. Unter den vielen Erdresten und den vereinzelten Blumen, die ihm nachgeworfen wurden, lässt er bereits die Vergänglichkeit ahnen, der er und sein Inhalt bald anheimfallen werden.

Einige Gäste erkenne ich in der Menge: Marlene Margreiter zum Beispiel oder Frau Schwitters und Schwester Rosa. Auch den Mann mit der grauen Mähne, der heute Vormittag im Haus am Stubenring an mir vorbeiging, bemerke ich von fern und frage mich, was er mit Anton zu tun hatte. Aber ich bin jetzt nicht in der Stimmung für irgendein Gespräch, und so achte ich darauf, beim Verlassen des Friedhofes und auf dem Weg hinunter zur Stiftskirche keinem bekannten Gesicht zu begegnen. Es gelingt mir ohne große Mühe. Die stattliche Anzahl von Menschen, die eben noch die Halle füllte und sich um das Grab scharte, hat sich bereits aufgelöst. Hier und da stehen noch Grüppchen beieinander, zusammen gehen sie ein Stück, spalten sich auf in kleinere Gruppen, vereinzeln sich und verschwinden in verschiedene Richtungen. Wie schnell verläuft sich ein Anhang.

Ich bin einer der Ersten, die unten in der Stiftskirche eintreffen. Bis zum Beginn der Messe, die wohl auch eine Trauerfeier sein soll, bleibt mir noch eine Viertelstunde. In den vorderen Reihen des Gestühls liegt an jedem Platz ein weißer Bogen mit dem Signum der Stiftskirche. Ich nehme einen der Zettel in die Hand. Der Ablauf der Trauerfeier ist darauf vermerkt. Ich setze mich in eine der hinteren Reihen in die Nähe des breiten Ganges, der vom Eingang geradewegs auf den Hochaltar zuführt. Auf diese Weise kann ich mich unbemerkt zurückziehen, sollte die Feier mir unbehaglich werden. Außerdem setze ich mich hier nicht dem Risiko aus, von irgendjemandem angesprochen zu werden. Während die jetzt in größerer Zahl eintreffenden Gäste sich in den vorderen Reihen ihre Plätze suchen, betrachte ich den Hochaltar mit seinem Mariengemälde und dem Deckenfresko, das die Himmelfahrt Marias zeigt. Nichts verbindet mich mit der Glaubenswelt, die hier beschworen wird, und doch bewundere ich die Kunst der Maler und Architekten, die diesen Altar geschaffen haben.

Auf der großen Orgel, die auf der Empore schräg hinter mir steht, hat schon Anton Bruckner gespielt. Sogar recht oft und angeblich gern. Das weiß ich von Anton. Jetzt erklingt sie leise und zunächst ein wenig tastend, dann stärker und bestimmt, zu Ehren meines Freundes. Wer immer da oben die Manuale und die Pfeifen bedient – der kann es so gut oder fast so gut wie Bruckner es gekonnt haben mag.

Jetzt erkenne ich die Bachsche Choralfantasie: »Vor deinen Thron trete ich hiermit«. Der Organist spielt allerdings nur einzelne Variationen und scheint sein Spiel ganz dem Tempo anzupassen, mit dem die Trauergäste die Kirche füllen und ihre Plätze einnehmen. Er macht das sehr geschickt und kommt in dem Augenblick, in dem der Pfarrer den Eingangssegen sprechen will, auf eine stille und fast diskrete Weise zum Ende seines Spiels. Auf den Segen folgt ein Kyrie, dann erinnert der Pfarrer, ein junger Mann, an den Zweck der heutigen Feier. Es folgt Redner auf Redner. Einige von Antons alten Freunden vom Rundfunk kommen zu Wort und tun sich schwer mit ihren Abschiedsworten. Ein alter weißhaariger Mann tritt gebeugt und kleinschrittig vor die Versammlung. Seinen mit brüchiger Stimme vorgetragenen Worten ist nicht nur die Trauer um Anton, sondern auch die zitternde Einsicht in das wohl bald bevorstehende eigene Ende anzumerken.

Dann allerdings ändert sich die Stimmung. Ein in den besten Jahren stehender Herr von der Wiener Verbindung Marco-Danubia, seine Zugehörigkeit zu der katholischen Verbindung nur durch eine Anstecknadel in den Farben schwarz-weiß-blau zu erkennen gebend, ergreift das Wort. Religio, scientia, amicitia und patria, die Lebensprinzipien seiner Verbindung, beschwört der Redner. Er benutzt diese Begriffe wie Spiegel und tut so, als ließe sich das Leben eines Menschen in diesen Begriffen erschöpfend darstellen. Es geht recht allgemein zu in dieser Rede, in der die »aktive Gestaltung des eigenen Lebens« beschworen wird, ebenso wie die »Verantwortung vor Gott, den Menschen und der Schöpfung«, die »persönliche Freundschaft«, und in der Anton Muxeneder zu einem langweiligen Allerweltsmenschen verblasst.

Gott sei Dank hat alles ein Ende. Nicht nur ein Leben, sondern auch die Eulogien und Nachrufe, die dem Leben folgen. Dabei hätte sich über Anton Muxeneders Einstellung zu den Lebensprinzipien der Marco-Danubia einiges sagen lassen, etwa über seine Schwierigkeiten mit der »Verantwortung vor den Menschen«, zu der er sich doch erst während der letzten Monate seines Lebens durchringen konnte, über seine Fähigkeit zur Freundschaft, die sich auch erst spät und mühselig entwickelte und die bis zuletzt von einer Neigung zur Geheimnistuerei begleitet war.

So ist das eben mit Grabreden, denke ich, als ich nach dem vom Kirchenchor gesungenen »Dona nobis pacem« die Stiftskirche verlasse und hinaustrete auf den Kirchenplatz.

Wenn ich wollte, könnte ich heute noch nach München zurückfliegen. Aber mich treibt nichts. Wer weiß, wann ich wieder hierher komme. Ich könnte abends noch durch die Innenstadt bummeln, irgendwo einkehren, bei den »Drei Husaren« zum Beispiel, und bei einem Glas Wein Abschied von Anton Muxeneder nehmen, Abschied von seinen Geheimnissen und von den merkwürdigen Verflechtungen zwischen unseren Lebenswegen.

Ich gehe rasch bergan und bin in wenigen Minuten am Sudetenplatz. Ich starte das Auto, und während ich langsam in Richtung auf die Höhenstraße bergan fahre, denke ich daran, wie zufällig und wie allmählich meine Bekanntschaft mit Anton sich entwickelt hat. Ich denke an zwei Moleküle, die zueinander treiben, zusammenstoßen, voneinander abprallen, sich erneut begegnen und sich dann, da sie keine starke Affinität zueinander haben, lose miteinander verbinden. Später, nachdem andere Moleküle hinzugetreten sind, reagieren sie heftiger und nachhaltiger miteinander. Am Ende sind sie nicht mehr dieselben Moleküle, nicht mehr die Menschen, die sich zufällig begegneten, vor mehr als zwanzig Jahren in Reihe 14 des Großen Festspielhauses in Salzburg.

Ich bin in Abschiedsstimmung. Von der schnell erreichten Höhenstraße schaue ich noch einmal hinunter auf die alte Stadt mit den markanten Türmen und Kuppeln des Chorherrenstifts. Werde ich dieses Bild wiedersehen? Habe ich jetzt noch einen Grund, hierher zu kommen? Später vielleicht, viel später, wenn ich selbst einmal meine eigene Lebenssumme ziehe und dabei die Orte sehen möchte, an die sich einmal ganz bestimmte Gefühle und Erwartungen hefteten. Noch einmal fahre ich die Ringstraße entlang. Hinter den Fenstern von Antons Wohnung brennt Licht. Wer macht sich da zu schaffen? Marlene oder dieser Jonathan Keller? Warum halte ich nicht an, stelle den Wagen in eine Parkgarage, fahre mit dem klapprigen Fahrstuhl die Stockwerke hinauf zu Antons Wohnung und schaue selbst nach, wer dort oben das Licht eingeschaltet hat? Vielleicht treffe ich Jonathan. Könnte es nicht sein, dass er von seinem neuen Domizil bereits Besitz ergriffen hat? Und vielleicht ist Jonathan Florian und wir sehen uns wieder nach fast einem halben Jahrhundert. Es könnte doch sein, dass ein alt gewordener, veränderter, ja vielleicht sogar verwandelter Florian Kepler dort oben Klavier spielt oder sich seine eigenen oder fremde Aufnahmen anhört. Aber ich fahre weiter. Ich will gar nicht mehr wissen, wie Jonathan Keller mit Florian Kepler zusammenhängt und ob einer der beiden sich hinter den erleuchteten Fenstern aufhält. Für mich ist die Geschichte zu Ende. Mit Anton, der jetzt in seinem Grab in Klosterneuburg ruht, habe ich auch meine eigene Neugier zur Ruhe gelegt. Es interessiert mich nur noch wenig, wer jetzt da oben wohnt, sammelt, liest oder Musik macht.

Abends, es geht schon auf acht Uhr zu, gehe ich hinunter zur Kärntner Straße, laufe bis zum Stephansdom, trete in die Kirche, die um diese Zeit nur von wenigen Menschen besucht wird, und setze mich so, dass ich das gotische Kirchenschiff der Länge nach vor mir habe und auf den Altar schaue. Draußen ist es bereits dunkel, deshalb kann ich den farbigen Glanz der Glasfenster, die aus Tirol kommen, nur noch gedämpft wahrnehmen. Aber das Wichtigste sind die Abmessungen einer solchen Kirche. Die Kühle, die Weite, die Ruhe, der Eindruck von Stetigkeit. Wie viele ihrer großen europäischen Schwestern hat auch diese Kirche ihre baulichen Veränderungen durchlebt. Dennoch vermittelt sie den Eindruck von Zeitlosigkeit. Wer den Riesenbau einmal umwandert, erkennt die romanischen Anfänge, die Gotik des Hauptschiffes und des Südturms, den Renaissanceaufsatz am unvollendet gebliebenen Nordturm. Über Jahrhunderte ist der Dom gewachsen. Dass er diese Jahrhunderte in seinen Mauern darstellt, macht ihn zu einem Ort, an dem die Unwiderstehlichkeit der Zeit relativiert wird.

Ob Anton das ebenso empfunden hätte? Wir haben nie über Empfindungen und Stimmungen gesprochen, die an religiöse Fragen rührten.

Lange sitze ich so und überlasse mich einem Raum, der über Jahrhunderte hinweg unzähligen Bürgern und Besuchern dieser Stadt das Glück des Innehaltens gewährt haben muss. Oder war es nicht so? Kommen die meisten Menschen hierher, um etwas zu erbitten? Gesundheit oder Genesung, Liebe, Erfolg, Wohlstand, glückliche Heimkehr? Ist meine Empfindung des Innehaltens, das Gefühl von aufgehobener Zeit, ein persönliches Bedürfnis, das nur von wenigen geteilt wird?

Irgendwann verlasse ich diesen geschützten Ort und werde wieder Teil des Lebens auf den Straßen, das um diese Zeit eher ruhig verläuft. In einer Nebenstraße finde ich das Restaurant, das ich gesucht habe, und werde freundlich empfangen, obwohl ich unangemeldet erscheine. Aber heute ist Montag. Außerdem hat die Reisezeit noch nicht begonnen. Ich habe sogar die Wahl zwischen mehreren Tischen und entscheide mich für einen durch Holztäfelungen vom übrigen Restaurant abgetrennten Raum. Hier sitze ich abgeschirmt und kann doch in einen Teil des Restaurants hineinsehen.

Es ist mein letzter Abend in Wien, denke ich, für lange Zeit, vielleicht, wer weiß, für immer. Ein Abend, den ich in Gedanken an meine Freundschaft mit Anton Muxeneder verbringen möchte. Da fällt die Antwort auf die Fragen des Obers nicht schwer. Ich folge seinen Empfehlungen und bestelle einen Tafelspitz mit den obligaten Beilagen: Apfelkren, Röstkartoffeln, Rahmspinat, dazu einen Grünen Veltliner, der, so hat Anton mir wiederholt erklärt, immer ein wenig nach Pfeffer schmecken muss. Und alles muss so angerichtet sein, auch dies war eine Forderung Antons, dass man die Formen und Farben des Gerichts, den grau-roten Ton des gekochten Fleisches mit einem zarten gelben Speckrand, den leuchtend grünen Spinat, die knusprige, rötlich-braune Oberfläche des Kartoffelgratins, den gold schimmernden Apfelkren und das helle Grün-Gelb des Weines – kühl muss er serviert werden, damit das Glas leicht beschlägt – bewusst und ausgiebig mit den Augen genießen kann, bevor man anfängt zu essen und sich durch Zunge und Gaumen bestätigen lässt, dass die Augen nichts Falsches versprochen haben. So hat Anton es mir erklärt, und genauso will ich es an diesem Abend noch einmal halten. Nicht ihre Originalität sei die Stärke der Wiener Küche, sondern ihre Assimilationskraft und ihre Fähigkeit, aus Gegensätzlichem Harmonie herzustellen, hatte mir Anton erklärt. Und wenn er von der Wiener Küche sprach, dann meinte er nicht nur diesen Teil der österreichischen Kultur, sondern das ganze alte kaiserliche und königliche Österreich, mit dem er in seiner Jugend nichts anzufangen wusste und das er in späteren Lebensjahren für den bisher gelungensten Versuch hielt, die unterschiedlichen Kulturen, Sprachen und Mentalitäten Europas unter einem einzigen Dach zu vereinen.

»Was war eigentlich dieses Dach? Worin bestand das einigende Band?«, fragte ich ihn einmal, als wir in einem Salzburger Kaffeehaus saßen und Anton die modernen Einigungsbestrebungen Europas dem Europa gegenüber stellte, das unter österreichischer Führung schon einmal existiert hatte.

»Leben und leben lassen«, antwortete Anton, »alles aufnehmen und zueinander in Beziehung setzen, mit einigem Geschmack, mit Sinn für Harmonie.«

Ich betrachte das auf edlem Porzellan aufgetragene Gericht, wie Anton mich geheißen. Der Kellner deutet mein Zögern falsch.

»Fehlt etwas?«, fragt er und fügt gleich hinzu: »Das Fleisch ist nicht von heute Mittag. Wir machen den Tafelspitz immer frisch.«

»Ich habe nur mit den Augen gegessen«, antworte ich, »wie Josef Roth.«

Während ich esse und trinke, erklingt Musik. Sehr leise, dezent zunächst – Wiener Lieder, Klavierbearbeitungen von Strauß-Walzern, hier und da ein paar Tänze von Schubert und dann eine Passage aus der »Westside Story«. Zunächst achte ich nicht darauf. Bar-Pianisten gibt es in vielen guten Restaurants in Wien, und einige von ihnen spielen sehr gut, ich meine technisch gut und mit musikalischem Geschmack. Dieser hier, das wird mir erst klar, als ich meine Mahlzeit fast beendet habe – der Ober bringt mir auch gerade einen »Großen Braunen« –, dieser Pianist ist etwas Besonderes. Er spielt virtuos. Was er auf dem Klavier sagt, das sagt er deutlich, aber auch sehr diskret. Er spielt gewisse Dinge, wie eine offenbar selbst zusammengestellte Suite aus der »Fledermaus«, mit Schwung, Musikalität und makelloser Technik, und doch klingt es beiläufig. Die Gäste dürfen sich ruhig unterhalten, während er spielt. Es scheint ihm sogar lieb zu sein, wenn die Unterhaltung weitergeht. Doch dazwischen spielt er kurze Stücke zum Zuhören: ein Chopin-Impromptu oder eine Ballade von Brahms. Jetzt will er, dass man zuhört, und nach zwei Takten ist es mucksmäuschenstill im Restaurant. Selbst die Kellner bleiben stehen oder beschränken sich auf die notwendigsten Handhabungen. Der Brahms klingt fast überdeutlich, dabei dunkel und leidenschaftlich. Die Gäste klatschen. Ich kann den Pianisten nicht sehen, aber an den Blicken der Gäste meine ich zu erkennen, dass er sich kurz von seinem Klavierschemel erhebt und für den Beifall dankt. Danach gleitet er mühelos in eine kleine Improvisation, aus der dann wieder die Walzer, Ländler, Wiener Lieder oder auch Schlager hervorgehen, die man in Restaurants gern hört, leise, dezent im Hintergrund. Bis nach zwanzig Minuten ein neues Stück von Brahms oder auch von Schubert oder Mendelssohn die Aufmerksamkeit der Gäste erheischt – alles ohne ein Wort.

Der Kellner bringt mir die Rechnung. Ich taste nach meiner Brieftasche und entdecke den Umschlag, den mir Peter Waldstetten am Nachmittag zugesteckt hat. Ich öffne ihn, sobald sich der Ober entfernt hat, und überfliege den Inhalt. Von Florian Kepler ist die Rede, davon, dass er nach dem Zweiten Weltkrieg als der hellste Stern am amerikanischen Pianistenhimmel galt und vielerorts mit Dinu Lipatti verglichen wurde. Dann sein plötzlicher Tod und die anfängliche Befürchtung, dass das Spiel dieses Hochbegabten für immer verloren sein würde. Erst spät sei entdeckt worden, dass einige der denkwürdigsten Konzerte Florian Keplers mitgeschnitten wurden – von wem, steht nicht da – und dass die Aufnahmen von diesen Konzerten nun in digitalisierter und klanglich stark verbesserter Form vorlägen und Zeugnis ablegten von Keplers einmaliger Intensität, von seiner »fast verbissenen Integrität« und seiner stupenden Technik. Alles nichts Besonderes. Diesen Text hätte man aus einem der alten Nachrufe abschreiben können, die nach dem 23. November 1953 erschienen waren. Aber dann steht da doch noch etwas Ungewöhnliches: »1962 behauptete ein amerikanischer Pianist, der damals in Lincoln, Nebraska, lebte, in einem Brief an Keplers Tochter Marlene, Florian Kepler zu sein. Er beschrieb im Einzelnen, durch welche Zufälle er dem Flugzeugabsturz entgangen sei. Nach ›seinem Tod‹ sei er viele

Jahre lang unter dem Namen Jonathan Keller als Musiklehrer tätig gewesen. Einige Jahre später tauchte dieser Mann, dem viele seiner Zeitgenossen eine physiognomische Ähnlichkeit mit Kepler attestierten, in einem Zürcher Tonstudio auf und bat darum, zunächst auf eigene Kosten einige Werke einspielen zu können: die Sonate in h-Moll von Franz Liszt, die 1936 erschienenen drei Klaviersonaten von Paul Hindemith, später die Variationen über ein Thema von Johann Sebastian Bach von Max Reger. Die Angaben, die Jonathan Keller zu seiner Person machte, seine Schilderung der Umstände, die ihn vor dem Absturz bewahrten, und seine Kenntnisse über Florian Kepler, dessen Leben und dessen Familie, verliehen seinem Anspruch, Kepler zu sein, bereits eine gewisse Glaubwürdigkeit. Das stärkste Argument für Kellers wahre Identität aber lieferte er mit seinem Klavierspiel, das auch heute, rund vierzig Jahre nach dem Flugzeugabsturz von Idlewild, New York, keinen Vergleich zu scheuen braucht und dessen Eigenart sich nahtlos an die frühen Aufnahmen von Florian Kepler anschließt. Dennoch ist die Frage, ob hier wirklich Florian Kepler spielt oder jemand, der aus einer ähnlichen Musiziergesinnung und mit einem vergleichbaren Anspruch gewissermaßen von außen in das Leben Florian Keplers eingestiegen ist, nicht entschieden. Hat Florian Kepler sich nach dem Ausstieg aus seiner Karriere und durch ein selbst gewähltes neues Leben in einen anderen verwandelt? Oder ist ein anderer aus Bewunderung für Kepler und seine Kunst sein ›Alter Ego‹ geworden? Jeder Hörer möge das für sich entscheiden. Jonathan Keller spielt nicht genauso wie der junge Florian Kepler. Sein Spiel klingt noch wesentlicher, noch konzentrierter, noch gnadenloser in der Beobachtung aller Details als das des jungen Pianisten. Die Musiziergesinnung, der Ernst, das Suchen nach Wahrheit, zeichnet alle hier vorgelegten Aufnahmen aus. Natürlich profitiert Keller von den Möglichkeiten eines modernen Tonstudios. Einen Stilbruch gibt es dennoch nicht. Mindestens in diesem Sinne ist Keller gleich Kepler. Die Herausgeber gingen bei ihrer Arbeit auch von der personalen Identität der beiden hier unter verschiedenen Namen firmierenden Pianisten aus.«

Unten auf den Bogen hat Waldstetten mit Bleistift die Frage gekritzelt: »Sind Sie einverstanden?«

Bin ich? Der Ober kommt noch einmal zurück, um mir meine Kreditkarte wiederzugeben.

»Wer ist der Pianist?«, frage ich.

»Gefällt er Ihnen?«

Ich nicke. »Er ist ungewöhnlich gut, spielt er jeden Abend hier?«

»Nur, wenn er mag. Er ist schon ein älterer Herr«, fügt er hinzu, um das unregelmäßige Erscheinen des Pianisten zu erklären. »Er hat es nicht nötig.«

Der Ober bleibt noch bei mir stehen. Er ist mitteilsam. Vielleicht will er sich auf diese Weise für das gut bemessene Trinkgeld erkenntlich zeigen. »Der ist halt noch von der alten Schule, der spielt Ihnen alles, was Sie wollen, und alles auswendig.«

»Erstaunlich«, sage ich. »Kennen Sie ihn schon lange?«

»Nicht gar so lang, ein paar Jahre.«

»Und wie heißt er?«

Der Ober lacht. »Eine gute Frage. Wenn ich das wüsste. Er heißt jedes Mal anders. Wie er wirklich heißt …« Er zuckt die Achseln. »Keine Ahnung. A bisserl verrückt ist er schon. Keller hat er geheißen, vor Kurzem hat er durchblicken lassen, dass er Kepler heißt. Johannes Kepler, gerade so wie der Astronom.«

Ich schweige. Dann werde ich ihn doch noch sehen, denke ich, zu guter Letzt.

»Uns ist das egal«, sagt der Ober und lächelt mir zu, sodass zwei Goldzähne im hinteren Teil seines Oberkiefers sichtbar werden. »Nikolaus Kopernikus hat er sich auch schon genannt, und was weiß ich … Wilhelm Herschel. So lässt er sich heute nennen.«

»Wer soll das sein?«, frage ich.
»Er hat gesagt, der Herschel sei ein Musiker gewesen, der von der Musik zur Astronomie gekommen ist. Ausgewandert ist er dann nach England. Dort hat er das Fernrohr erfunden.«
»Und der will er sein?«
»Ja, vielleicht. Jedenfalls will er so heißen.«
»Und Sie?« Ich muss lachen. »Reden Sie ihn so an?«
»Aber ja. Warum denn nicht? Mir san doch net des Einwohnermeldeamt von Wien.«

Ich bin gespannt auf diesen Pianisten und stehe auf, um das Lokal zu verlassen. Jetzt sehe ich das Klavier, einen Flügel, der seitlich den Aufdruck »Bösendorfer« neben einer goldenen Krone trägt. Ich sehe auch den Pianisten. Es ist der Mann mit der grauen Mähne, dem ich heute schon zweimal begegnet bin, einmal im Hausflur am Stubenring und am Nachmittag draußen in Klosterneuburg. Ich will ihm einen Zwanzig-Mark-Schein in ein Körbchen legen, das auf dem Flügel steht und in dem sich bereits etliche Geldscheine verschiedener Währungen befinden. Während ich meinen Schein zu den anderen lege, mustere ich den Mann. Er schaut kurz zu mir auf und mustert mich ebenfalls. Er hat, so viel kann ich feststellen, ein regelmäßig geschnittenes Gesicht, ein langes, aber wohlproportioniertes Kinn und braune Augen. Er nickt unmerklich, als er sieht, dass ich etwas in seinen Korb lege, und lächelt. Oder bilde ich mir das nur ein? Dann konzentriert er sich wieder auf sein Instrument. Ich stehe bereits an der Tür, da höre ich von weit her die Anfangstakte von Beethovens Opus 110. Ich gehe zurück und sehe dem Pianisten aus einigen Metern Entfernung zu. Die Gäste wissen, dass jetzt etwas Besonderes kommt. Etwas zum Zuhören. Die Kellner bleiben stehen, und Jonathan Keller oder Wilhelm Herschel durcheilt behände die Zweiunddreißigstel-Figuren der Exposition, kehrt zum Thema zurück und spielt den ganzen ersten Satz bis zum Ende. Dann nimmt er die Hände von den Tasten. Beifall rauscht auf. Der Pianist erhebt sich, nickt freundlich und setzt sich wie-